遺跡発掘師は笑わない

出雲王のみささぎ

桑原水菜

遺跡発掘師は笑わない

出雲王のみささぎ

Emperor's tomb of IZUMO

序章

本日は亀石《かめいし》発掘派遣事務所の送別会である。

所員のひとり、金垣寛人《かねがきひろと》が来月「栄転」することになったのだ。

「ありがとうございます！　いやもう本当に皆さんにはお世話になりました」

送別会の主役である金垣は、小太りな体を揺さぶりながら、何度も頭を下げていた。

亀石発掘派遣事務所――略してカメケンの面々の、行きつけである居酒屋の座敷には、四人の男女が揃って座卓を囲んでいる。

所長の亀石弘毅《ひろき》は自ら金垣に酌をしてやりながら、終始浮かない顔をしていた。

「こっちはホント残念だわ。大事な戦力、兄貴に取られちゃって」

「まあ、でも亀石建設はカメケンの親会社みたいなものですし、職場も近いじゃないですか。またいつでも声かけてください。飲みに行きましょう」

「露骨に喜びやがって。ニヤニヤすんな。かえってイヤミだ」

そんな二人のやりとりを見守っているのは、所員の永倉萌絵《ながくらもえ》と相川《あいかわ》キャサリンだ。

萌絵がサワーを飲みながら、キャサリンに囁《ささや》いた。

「嬉《うれ》しそうだね。金《かね》さん」

「そりゃ嬉しいでしょう。安月給のカメケンに比べれば、亀石建設は給料もそれなりだし。来月ふたりめが産まれる金さんとしては、願ったり叶《かな》ったりだよ」

「だよね。家計的に大変だよね」

「このご時世だしね」

「キャサリンはいいよ。お嬢様なんだから」

「そんなことないよ。家族でいくお正月と夏休みの海外旅行が、一回になっちゃったし」

父親が一流商社の重役で母親がカナダ人のキャサリンは、くっきりと華やかな顔立ちが自慢の帰国子女だ。グレイの瞳《ひとみ》は魅力的だが、中身はまるっきり日本人（しかもコテコテの）で、好物はイカのゲソ焼き・かつおの酒盗、今も手酌で日本酒を呷《あお》っている。

「まあ、あちらの発掘事業部はうちの地続きみたいなもんだし、職場が変わるだけで、やることは大差ないから」

「ピカピカのオフィスってだけでも羨《うらや》ましいよ。トイレもウォシュレット付きだしなあ」

亀石建設は、亀石所長の兄が経営するゼネコンだ。元々、小さな発掘業者として出発した会社だったが、先代である父親が事業を拡げ、今では地域でも名うての企業に成長した。このたび、金垣は晴れてそこから引き抜かれたというわけだ（だから「栄転」

だ)。

「でも、萌絵は引き抜かれたって『親会社』には行かないでしょ」

「う、うん……。まあ」

引き抜く者もいないだろうが、と萌絵はモロキュウをかじった。

「忙しくなるよね。私たちだけで金さんの抜けた穴、埋められるんかな」

「代わりに新人が来るって話だよ」

「マジ⁉　決まってるの⁉」

「こないだ所長が電話で話してた」

萌絵は色めき立った。ついに自分にも後輩ができるということか。

「いつから来るの？」

「さあ、それは」

「よーし。二次会はカラオケ行くぞ。カラオケ」

亀石が大きな声で言い放った。

「予約しとけ。永倉」

はい、と萌絵は応じた。新人が来ればとりあえず、この下っ端雑用からは逃れられる。

＊

亀石発掘派遣事務所——通称「カメケン」。

その業務内容は、人材斡旋《あっせん》。それも遺跡発掘に係わる人材を現場に派遣することだ。

一口に遺跡発掘といっても、派遣リストに載る人々のキャリアは様々で、高度な専門知識を持ったプロ発掘員から、バイトやパート作業員までと幅広い。さらには発掘のみならず、測量や遺物整理、報告書編集、果ては文化財の復元や海外の遺跡修復まで。発掘や埋蔵文化財に係わる全ての人材を網羅する。依頼主も様々で、市町村などの自治体から発掘業者、独立行政法人や文化庁、海外の学術機関からユネスコまで。

大小様々な依頼に対し、所長の亀石が誇る強力な人脈を駆使して、適材適所の人材コーディネートを行っているのが「カメケン」だ。

永倉萌絵は、入所二年目の二十六歳。

この春、正式に「発掘コーディネーター」を目指すことになった。

文字通り、遺跡発掘や修復の現場で人員コーディネートを行う専門職だ。今までは単なる事務職だったが、これからは発掘修復に係わる専門知識を学び、ゆくゆくは、ひとつのプロジェクトを丸ごとコーディネートできるようになるのが、目標だ。

実は、萌絵が自分から申し出た。

亀石は、許可した。

というより、どうも初めからそうなるように仕向けていた節もある。

ともあれ、コーディネーター修業の手始めとして、最近は発掘現場に通ったり、亀石について様々な会合に参加したりと多忙な日々を送っている。そんなこんなで、ただでさえ課題が増えて勉強時間が足りないのに、古株の金垣が抜けるのは、大変痛い。

この分ではデスクワークがますます萌絵に集中してしまいそうだ。

「あ、モエっち。佐藤《さとう》の黒、ロックで」

「私、ウーロンハイ」

「ぼくはビールおかわりで」

カラオケボックスに来れば、インターホンの真下が萌絵の指定席だ。

他の三人はマイクを奪い合うようにしてカラオケに興じている。萌絵は手拍子で盛り上げながら、受話器に向かい、

「……あ、もしもし。追加で注文お願いします」

そうこうするうちに、亀石が十八番《おはこ》を歌い始めた。子供の頃キャンディーズが大好きだったという亀石は、酔いが回ると、必ずキャンディーズ・メドレーを始めるのだ。萌絵はリアルタイムを知らない世代だが、カラオケで毎回歌われるので覚えてしまった。

「あのー、熱唱の合間になんですけど、所長。新人さんが来るって本当ですか」

「うん？　本当だよ」

「いつから？　どんな人です？」

「引継もあるからなるだけ早く来いって言ってたんだが、先方も色々支度があるらしくてな」

今は六月、中途半端な時期の採用だから、新卒でもなさそうだ。尤《もっと》も就職難のご時世だから、春の入社にあぶれて仕方なく……という者もいそうだが。

「私より若い人ですか？　男性？　女性？」

「おまえのライバルってところかな」

なぬ？　と萌絵は身を乗り出した。聞き捨てならぬ。つまり自分と似たキャリアの女子がやってくると？

「はい次、モエっち」

「誰がモエっちです。私、入れてませんけど」

「俺が入れといた。まあ歌え」

テレビ画面には大きく『年下の男の子』と曲名がある。

「なんでこの曲なんですか」

「まあまあ、いいから」

亀石はニヤニヤとマイクを押しつける。仕方なく歌い始めると、出てくる歌詞に、いちいち身に覚えがあって、どんどん変な汗が出始めた。

「ふー……ん。『生意気』で『意地悪』だけど『好きなの』……ねえ」

「なななんですか所長。何が言いたいんですか」

「いや？」

またニヤニヤしている。

これだから変に聡《さと》いオヤジは……、と萌絵は恥辱に耐えた。こんな唄《うた》を歌っていると、嫌でも思い出してしまうではないか。真っ赤なリンゴをほおばる姿を想像してしまうではないか。発掘現場に吹いていた風の匂いと一緒に、気むずかしげな面影が脳裏をよぎってしまう。

あれから一年以上経つ。今頃、どうしているのだろう。

あの生意気な「宝物発掘師《トレジャー・ディガー》」は。

＊

「じゃ、私はそろそろ、このへんで……」

終電に急ぐ人の流れと反対方向に歩き出した亀石たちを見て、萌絵がおずおずと切り出した。すると、酔いの回った亀石は「なんだ」と仏頂面になり、

「明日《あした》は休みだろ。もう一軒つきあえ」

「はは……。すみません。週明けの出張支度がいろいろとありましてですね」

萌絵はコーディネーター研修の一環で、これから二週間ほど、ある遺跡発掘調査の現場に張り付くことになっている。

「でも出発はあさってだろうが」

「そうなんですけど、派遣する発掘員さんの付き添いも兼ねてるんで、明日中に資料ま

とめて発掘員さんに送らないといけないんです」

口実ではない。留守中の引継表作りに時間をとられ、本当に手が回らなかったのだ。

「ああ思い出した。鍛冶《かじ》さんとこの現場だな」

「鍛冶？　今回の研修の教官ですよね」

「……了解了解。こっちは任せて集中しろ。地獄の現場になるだろうが、がんばれ。虎の穴にでも放り込まれたと思って、せいぜい鍛えてもらってこいよ」

「ちょ、脅かさないでくださいよ。地獄ってなんですか」

「永倉ちゃん、元気で！　立派なコーディネーターになるんだよ！」

「金さんも……。飲み過ぎて、また奥さんに締め出されないように」

またねーまたねー、と叫ぶ金垣の声がいつまでもアーケードに響いていた。萌絵が呆《あき》れ笑いで手を振っていると、三次会についていくと思われたキャサリンが、小走りに戻ってきて、萌絵の手を握った。

「今度の研修、マジでやばいから、耐えるんだよ」

「うん……。って、そんなにきついの？」

「そりゃあもう」

キャサリンが涙を拭《ぬぐ》う真似をした。涙なしには語れないほどらしい。

「鬼の鍛冶さん。発掘員さんもいっぱい泣かされてるし。頑張って耐えるんだよ」

どんだけヤバい現場なんだ、と萌絵は戦々兢々《きょうきょう》だ。

「大丈夫かな。私」

だが、これも乗り越えねばならない試練なのだ。たぶん。

プロの「発掘コーディネーター」になるために。

＊

どうして、それを目指そうと思いたったのか。

まあ、表向きには「コーディネーターの資格が取れれば、お給料があがるから」ということにしてある。

資格といっても、公的な資格試験があるわけではない。いわば、事務所で設定した「内輪資格」だ。亀石が用意する「試験」をクリアすれば、晴れて合格、となる。

通称「亀石テスト」。

これが普段のいい加減な言動からは想像もつかない難易度だ。参考までに過去の問題を見せてもらったが、遺跡発掘や埋蔵文化財に関する法律はもちろん、現場知識、考古学知識、測量や遺物の取り扱い、外国語から近年の遺跡修復プロジェクトの概要……等々、頭に叩《たた》き込まねばならないことが山ほどあって、腰を抜かした（というか、あの亀石の頭の中にはこれが全部入っているかと思うと、世の中が信じられなくなる）。

あんな所長でもコーディネーターとしては一流なのだ。ただの人脈王ではなかった。

同じ事ができるようになるまで、一体何年かかるだろう、と思うと気が遠くなる。

それでも、久しぶりにコーディネーターを目指す所員が出てきたことを、亀石は素直に喜んでいる。かつて「亀石テスト」に受かった所員は、今は国連……ユネスコの職員だという。もうひとりは、エジプトの考古学省に呼ばれたとか。

そんな大それた場所で働くつもりは毛頭ない萌絵だが、前例が華々しすぎて、本当の動機については言い出せなくなってしまった。

萌絵を発奮させたのは、間違いなく、一年前の上秦古墳《かみはた》での発掘だ。

西原無量《さいばらむりょう》がいた現場だった。

カメケンきってのエース遺跡発掘員《ディガー》。弱冠二十一——いや、一年経つから二十二歳か。派遣登録者の中でも、取得が難しい「レベルA」を誇る、凄腕《すごうで》の若き発掘員だ。元々のフィールドは古生物で、今もコロラドで恐竜化石の発掘現場に派遣されているが、遺跡発掘においても、たくさんの功績をあげていて「宝物発掘師《トレジャー・ディガー》」などという異名を持つ。

無量との初現場は、ちょっと大変な事件があったおかげで、格別、印象的なのだが、それを抜きにしても、無量の発掘には大きな刺激を受けた。

土の中に眠る遺物との出逢《であ》いを、その手で果たす無量の姿が、忘れられなかったのだ。

無量自身は、そうすることに複雑な感情を抱いているとしても、立ち会った萌絵は素直に胸が躍った。埋もれていた過去の「真実」が「遺物」という動かざる姿で、そこにある。その興奮は、萌絵を動かすには充分だったのだ。

無量がいるこの世界に、もっと深く係わりたいと思ったとき、迷わず「発掘コーディネーター」の道を選んでいた。

だが、道のりは遠く、果てしなさ過ぎて、心が折れかけるのもしばしばだ。

「辿《たど》り着く前に、おばあちゃんになりそう……」

スマートフォンでメールチェックしながら、萌絵は溜息《ためいき》をついた。

無量とは、その後、ほとんど連絡はとっていない。かくいう無量は新種の恐竜を発見したとかで、また注目を浴びたようだ。「おめでとう」のメールを一度だけ送ったのだが、返事はなかった（……まあ、その程度の認識なんだろな、と軽く落ち込んだ）。

友達に誘われた合コンで、感じのいい理系男子と出逢い、何度か食事にいって「つきあおう」とまで言われたのに、結局、断ってしまった。

それもこれも誰のせいだ。

いざという時に備えて、少林寺拳法《けんぽう》の道院に再び通い始めたのも。

いざという時に備えて、中国語会話を本格的に習い始めたのも。

「おまえのせいだ。西原無量」

と、スマホに収まる画像に呪う。前回の現場で撮った集合写真だ。萌絵の隣に無量がいる（ツーショットなんて気恥ずかしくて撮れなかった）。

化石掘りしか能がなく、いつ帰ってくるとも知れぬ男のために、何をやっているんだか。

「……なんで、あんなコのために、やきもきしてんだ。私」

気を取り直して、カバンから飛行機のチケットを取りだした。

七時四十分発。羽田《はねだ》発・出雲《いずも》行き。

そう。今度の発掘現場は、島根県出雲市。

だが、そこで再び恐ろしい事件が待ち受けていようとは。

今の萌絵は、知る由もない。

第一章　鬼の手、ふたたび

「斉藤《さいとう》さんが入院⁉　それ本当ですか」

それは前日のアクシデントから始まった。

萌絵《もえ》と現場へ赴く予定だった派遣発掘員が、なんと救急車で運ばれたのだ。原因はぎっくり腰。新聞紙を古紙回収に出そうとして、やらかしてしまったという。椎間板《ついかんばん》ヘルニアで入院を言い渡された。入院自体は長くないが、発掘作業は当分無理、とのことだ。

「えらいこっちゃ。交代要員探さないと！」

萌絵は急いで亀石《かめいし》と連絡をとった。

『そりゃ大変だ。わかった。じゃ、手の空いてる奴をそっちにやるから』

返事はそれきりだった。結局、交代要員が誰になるかの返答もないまま——。

当日、萌絵はひとりで出雲空港に降り立つ羽目となった。

＊

「〝出雲縁結び空港〟……ですか」

萌絵は空港の旅客ターミナルに掲げられた文字をまじまじと見た。

その空港は、宍道湖《しんじこ》の西のほとりにある。

宍道湖は島根県を代表する汽水湖（海水と淡水が混ざる、海と繋《つな》がっている湖）だ。湖の向こう側、日本海に面して横たわる島根半島は、地図で見ると、カバンの持ち手を思わせる。

島根県出雲市は、島根半島の付け根にある。

空港名は、縁結びで有名な出雲大社を擁する土地ならではのネーミングだ。確かに「出雲スサノオ空港」では荒々しすぎて、しょっちゅう飛行機が揺れそうだし、「出雲ヤマタノオロチ空港」では怖くて客が寄りつかないだろうし、その点「縁結び」なら降りただけで御利益がありそうで、福々しい。なんてことを考えながら、萌絵は飛行機から降りた。

到着口には出雲大社の写真が飾られ、そこはかとなく厳粛さを漂わせる。日に数便の地方空港は、ターンテーブルもひとつだけだが、ヤマタノオロチのオブジェが睨《にら》みを利かせていて「神話の国」気分を盛り上げる。スーツケースを引き取った萌絵は到着ロビーに出た。

スマホの電源を入れると、亀石からメールが入っていた。

え！　と思わず画面に顔を近づけてしまった。

「交代要員さんが出口で待ってる？　うそ！」

まさか先に来ているとは！　慌てて、きょろきょろ辺りを見回したが、それらしき者はいない。そもそも誰が来るとも知らされていないのだ。

急いで亀石に確認しようとスマホをいじっていたら、後ろから「ちょっと」と声をかけられた。

「そこのお姉さん。ここに荷物置かれたら邪魔なんだけど」

「え、あ、すみま……っ」

振り返った萌絵は固まってしまった。

そこに突っ立っていた若者を見て、大袈裟《おおげさ》ではなく、息が止まった。

あやうく腰を抜かすところだった。

「さ……ささささ」

「なに。さささって」

「西原《さいばら》くん!?」

仏頂面で腕組みをしながら立っていたのは、西原無量《むりょう》ではないか。

右肩に大きなリュックをひっかけ、カーゴパンツに白Tシャツと革ブーツ、というスタイルで、だらしなく立っている。日焼けした肌は浅黒く、目にまで被《かぶ》さる前髪が鬱陶《うっとう》しげだ。だるそうに目を半開きにして、唇を尖《とが》らせている。

そして、右手にはトレードマークの革手袋をはめている。

「ちょ、これどういうこと。いつから出雲に？」

「たった今。つか羽田から、ずっと一緒でしたけど？」

「同じ飛行機だったの？　なんで声かけてくれなかったの？」

「あんた一番最後に駆け込んできたでしょ。お客さん、みんな待ってたんですけど」

「ごめんなさい、保安検査所が思った以上に混んでて。……じゃなくて」

無量はコロラドにいたはずだ。契約期間はまだ三ヶ月はあったはず。

「ああ。発掘が思ったよりサクサク進んで、期限前だったけど調査終了したから、三日前に帰国した。亀石サンからいきなり電話来て、出雲に飛べっていうから」

「じゃあ、斉藤さんの交代要員って、西原くんなの？　一緒に発掘するの？」

「そのために来たんでしょ」

相変わらず、ニコリともしない。

萌絵は驚きのあまりポカンとしている。そして、縁結び空港の威力に戦慄《せんりつ》した。出雲空港おそるべしだ。

とりあえず、と無量がぶっきらぼうに右手を差し出した。

「現場の資料見たいから、一式渡してくれる？」

＊

なるほど。亀石がキャンディーズを歌わせたのは、こういう理由だったらしい。

帰国していたのだ。西原無量は。

発掘現場に向かうタクシーの中でも、無量は資料に集中してしまい、ろくに萌絵へ話しかけようとはしない。無量が帰ってくるなんて不意打ちもいいところだ。どころか、またもや同じ現場とは、いきなりすぎて実感が湧かない。むしろ動悸《どうき》が止まらない。静まれ静まれ、心臓。別に嬉《うれ》しくなんかないんだから。先行き不安で動揺してるだけだし。こんな厄介な奴の面倒見ないといけないなんて貧乏くじにも程が……。

チラ、と見る。

無量はいつもながらに締まりのない姿勢で、片方の足を膝《ひざ》にのせ、書類を眺めている。こんなことなら出発前に髪を切っておくのだった、と萌絵はすっかりまとまりの悪くなったセミロングの髪を気にして、後悔しきりだ。

「お疲れ様。帰国してすぐじゃ、疲れてるでしょ。時差ボケとか大丈夫？」

「へーき……」

「あの、元気だった？　新種の恐竜発見、おめでとう」

「あー……」

無量は生返事だ。脱力気味のリアクションも「相変わらず」である。その横顔は一年前よりも頰から顎《あご》にかけてのラインが幾分すっきりして、ちょっぴり精悍《せいかん》になった。もともと童顔系ではあったが、ここにきて少年っぽさが抜けてきたようだ。

書類を持つ右手は、革手袋をはめている。

その下に隠されている、通称『鬼の手《オーガ・ハンド》』。

彼の右手には酷《ひど》い火傷《やけど》の痕《あと》があって、鬼の顔のように見えることから、そんなあだ名がついたが、それ以上に特別な意味をもつ右手が、萌絵には無性に懐かしい。

「今度の現場は、弥生《やよい》時代の古墳だね。また古墳なんて、よっぽど縁があるのかな」

「古墳じゃない。古墳て呼んでいいのは、古墳時代以降のものだけ。弥生時代のは〝墳《ふん》丘墓《きゅうぼ》〟って呼ぶの」

う、と萌絵は息を呑《の》んだ。早々に指摘されてしまった。

「あんた、少しは勉強した？」

「し、しました。今のはちょっと分かりやすく言ってみただけ」

「あ、そ」

と無量はそっけない。久しぶりの再会なのに、この温度差はなんだ。気遣いがなさ過ぎる。少しはこちらの近況を訊《たず》ねてくれてもいいものだ、と萌絵は呆《あき》れた。

「あのね。私、発掘コーディネーターを目指すことになって……」

「ふーん」

「その研修で、ここに」

「あ、そ」

「そっか。日本語の会話が久しぶりすぎて、うまく喋《しゃべ》れないんでしょ」

「別に。あっちでもフッーに日本語放送見てたし日本人もいたし」

「でも、おみそ汁や漬け物が恋しかったとか」

「全然。向こうでも米炊いてたし、即席みそ汁喰《く》ってたし」

　こういうやりとりになるのは分かっていたが……。

　無量の通常運転ぶりが、懐かしいやらイラッとくるやら。

「前から思ってたけど、西原くんて、結構、相手見て態度変えるよね。私や所長にはぞんざいな態度とるくせに、鶴谷《つるや》さんとかにはまともな口調なんだよね。なんで？」

「別に。まともな人にはまともに話してるだけ」

「は⁉」

　いや、いかん。と萌絵は自制した。ここで腹を立てては無量の思うツボ（？）だ。この口の悪さが無量の自然体なのだ、と自分に言い聞かせた。

「三日前に帰国ってことは、その間は、ご実家に帰ってたの？」

　すると、活字を追っていた無量の目線が、ふと一点で止まった。

「……………。実家には帰ってない」

「でもずいぶん帰ってないんでしょ？　ご両親、淋《さび》しがってるんじゃ」

「おふくろはいるが、親父はいない。とうに離婚してるし」

「え」

「それに家には、……じーさんがいる」

萌絵は「あ」と口を押さえた。無量は暗い瞳《ひとみ》になって塞《ふさ》ぎ込み、

「じーさんに会うのは、まだ少し……こわい」

ドキリとした。滅多に口にしない弱音をいきなり漏らしたので驚いた、というのもある。無量も無意識だったのか、すぐに我に返って不遜《ふそん》を装うように顎をあげ、書類に目線を戻したが、萌絵は垣間《かいま》見てしまった。いまも消えてはいない無量の、心の傷を。

「西原くん」

無量の祖父・西原瑛一朗《えいいちろう》は、高名な考古学者だった。

だが、十四年前、研究者たちを激震させる事件を起こして、学界を去った。

無量の右手は、その祖父によって焼かれたのだ。

タクシーの車窓には田園風景が広がっている。

平野にぽつぽつと点在する民家は、どれも建て構えが立派で、来待《きまち》色と呼ばれる明るい茶色の石州瓦《せきしゅうがわら》が陽差しを受けて輝いていた。出雲平野特有の北西の強い風を避けるために巡らせた「築地松《ついじまつ》」と呼ばれる黒松の屋敷林が、屋根の高さで行儀良く剪定《せんてい》されている。梅雨の晴れ間で、農作業をする人々も忙しそうだ。左手に見える優しい姿の山が、仏経山《ぶっきょうざん》。なだらかな稜線《りょうせん》が、ひときわ包容力を感じさせる。

「有名な荒神谷《こうじんだに》遺跡は、あの麓《ふもと》ですよ」

タクシーの運転手が言った。

「荒神谷遺跡。って、三十年前くらいに銅剣がたくさん出土して大騒ぎになった遺跡ですよね」

「そうです。山の裏っ側には、銅鐸《どうたく》の出た加茂《かも》岩倉《いわくら》遺跡もあります」

神庭《かんば》荒神谷遺跡。

昭和五十九年（一九八四年）広域農道の建設にともなう調査によって、三百五十八本にものぼる大量の銅剣が一ヵ所からまとまって出土した、全国的にも有名な遺跡だ。国内で、これほど大量の青銅器が一度に出土した例は、他になく、当時、研究者だけでなくマスコミにもセンセーショナルに取り上げられた。

その十二年後、今度は山の裏側で三十九個もの銅鐸がまとまって発見された。加茂岩倉遺跡だ。これも大変珍しく、弥生時代の出雲が青銅器を大量所有していたことを示す根拠となった。

「それで街灯もアレなんですね」

道路脇の街灯は、シェードが銅鐸の形をしている。

町おこしにも一役買っているようだ。

「そういえば、銅鐸の形ってカンテラにも似てますね。案外、本当に街灯だったりして」

萌絵は「はは」と笑って、隣の無量を覗《のぞ》き込んだ。バカにされるか、と思いきや、いやに神妙な顔をしている。

「どうかした？」

「いや」

左手で右手を押さえている無量が、萌絵には気になった。

斐伊川《ひいかわ》にかかる橋を渡り、川沿いの堤防道を上流に向かう。斐伊川は中国山地を源流として、出雲平野から宍道湖へと流れ込む、出雲を代表する川だ。スサノオがヤマタノオロチを退治した時に流れ出た血が川になったという伝説もある。

今度の発掘現場は、仏経山の南西、斐伊川を望む山裾《やますそ》にあった。

＊

「よぉ！　来たな、無量！　待っとったぞ！」

現場に到着した二人を出迎えたのは、年配男の野太い声だった。

げっ、と無量が叫んで、後ろに飛びすさった。

「鍛冶《かじ》さん。なんでここに」

カジ、の二文字を聞いて、萌絵はハッとした。「鬼の鍛冶」……。

「もしかして、あなたが教官の鍛冶さんですか」

首にタオルを巻いた拳骨《げんこつ》顔の年配男は、豪快に笑いながら、こちらに近づいてきた。

「あんたがわしに教えを乞《こ》いに来た永倉《ながくら》さんかい。無量の師匠、鍛冶大作《だいさく》だ」

「〝師匠〟⁉」

萌絵が声をあげると、無量は顔面を押さえて、うなだれた。

この男、鍛冶大作。六十五歳。在野のベテラン考古学者で、九州・四国や中国地方を中心に、弥生から奈良時代にかけての遺跡を数多く発掘してきた。昔から破天荒で知られていて、学界の権威たちに嚙《か》みついては、時に鼻つまみ者扱いされたが、その反骨の姿勢を支持する者も多い。

真っ黒に日焼けした顔は、まさに叩《たた》き上げの発掘者だ。萌絵と握手した右手は分厚く、土で黒くなった短い爪は、職人のようだ。

実は、無量へ、最初に遺跡発掘の手ほどきをしたのは、この男だった。

「本当なの。西原くん」

「ああ、まあ」

無量には二人の師匠がいる。ひとりは、幼少の無量に化石発掘のやり方を教えた人物。そして、もうひとりが、この男。無量が十五の時、カメケンの派遣発掘員になって初めて遺跡発掘に派遣された際、指導したのが鍛冶大作だった。丸一年間、鍛冶のもとで遺跡発掘を一から十まで学んだ無量は、その後、海外にも赴くようになったという。

「亀石くんから聞いて、待っとったぞ。いつまで化石発掘なんて退屈なことやっとる。いい加減観念して遺跡掘りに専念しろ」

「……くっそ……亀石サンにはめられた……」

「腕もなまっとるだろうから、一から鍛え直すぞ」

なんと、これは……。萌絵には予想外の展開だ。

師弟の再会で「鬼の鍛冶」のターゲットは無量にロックオンされた。地獄とまで脅されてきた萌絵は、無量がいい具合に矢面に立ってくれたので、ちょっぴりホッとした。

そこへ発掘用のテントからもうひとり、背の高い中年男が近づいてきた。

「今日来る予定の発掘員さんですか」

「はい。お世話になります。亀石発掘派遣事務所の永倉萌絵といいます」

と差し出した名刺には「飛鳥《あすか》の亀石」（奈良県明日香《あすか》村にある亀の姿に彫られた大きな岩だ）を模したカメケンマークが印刷されている。

「出雲埋蔵文化財センターの高野繁雄《たかのしげお》です。よろしくお願いします」

年齢は五十代半ばか。眉尻《まゆじり》にかけて太くなる印象的な眉毛と、やや下がり気味の柔和な目が、精悍《せいかん》さと誠実さとを醸している。顎髭《ひげ》は短く整えられ、上背があり、ちょっとした偉丈夫なので、無量たちは見下ろされてしまう。

「そちらが西原くんですね」

「西原無量です。よろしくお願いします。ここが墳丘ですか」

発掘現場の小高い丘陵は、すでに樹木は伐採されていて見晴らしがいい。眼下には斐伊川の広い河川敷が見下ろせる。住宅地と違って、山裾の現場から見渡せるのは川と田んぼと山だけ。のどかな現場である。

丸裸になった丘の上では、作業員がそこここに散って作業中だった。すでに広範囲でトレンチ（発掘用の掘削穴）が掘られ、黄褐色の土層が露《あら》わになっていた。

「ここ神立《かんだち》南遺跡は、もともと降矢《ふるや》神社の境内だった場所で、墳丘頂部と見られる場所に、小さな社殿が建っていました。社殿の建て直しに際し、地権者さんの厚意で発掘調査が行われることになったんです。去年の第一次調査では、弥生後期の四隅突出型墳丘墓であることが確認されています」

「よすみ、とっしゅつがた……」

「はい。この地方独特の形をした墳丘墓です」

形は、ちょっとヒトデに似ている。四角い形の墳丘《マウンド》の四隅に、舌を伸ばしたような形で突き出た部分があり、それが「四隅」「突出型」の由来だ。斜面から突出部にかけては「貼石《はりいし》」と呼ばれる石が敷きつめられていて、一見、石垣にも見える。

西日本の日本海側、出雲を中心に吉備《きび》や北陸でも多く見られる大型墳丘墓だ。独特の形はちょっと目を惹《ひ》く。

「皆はよく〝コタツに似てる〟って言いますね」

「えらい巨大なコタツですね……」

なるほど。斜面と突出部が裾《すそ》広がりになっているところがコタツ布団っぽい。

「古墳時代の前方後円墳よりずっと古いって、すごいですね」

「ええ。このあたりでは、西谷《にしだに》墳墓群のものが有名です。大規模な四隅突出型がいくつも一ヵ所に集まっていて、壮観ですよ。今は復元整備されて見学もできます。副葬品には、吉備や北陸の大型土器や、大陸製の水銀朱などが発見されてます」

「確かに、出雲らへんは大陸からの表玄関みたいなもんですよね」

日本海に面した出雲は、古くから大陸との交易があった痕跡《こんせき》がそこここから出る。西谷墳墓群の四隅突出型墳丘墓は、その規模から、この地を支配した一族の王墓ではないかと言われている。

そのため今回の発掘も大がかりで、トレンチの数も、前回の上秦《かみはた》古墳の比ではない。

西谷墳墓群とは少し離れているが、もしかしたら、それに属する王墓の可能性もある。大発見が見込まれる遺跡だ。

「トレンチのドカ掘りなら、すぐ始められます。じゃ、さっそく……」

「あ、いえ。西原くんに担当してもらう現場はここじゃありません」

え？　と無量は目を丸くした。

「ここじゃない？」

「実は、ここを発掘中に別の場所での緊急発掘の依頼が入りまして」

高野は地図を広げて見せた。

「ここです。厳谷《いつきだに》という現場です。道路工事をやっていたら、なんと銅片が出まして」

「銅片ですか」

「場所は仏経山の北側。正面の山のちょうど裏っかわになります。荒神谷にも近いので、もしかしたら、また何か出るかもしれないと踏み、緊急の行政発掘が行われることになりました。ですが、人員のほとんどがこちらに来てしまってまして……」

「つまり、そっちの緊急発掘のほうを手伝えと」

「はい。詳しくは担当調査員からも話があると思いますが、実は……本日、お休みを」

「担当の方はお休みなんですか。今日来ることは伝えてたはずなんですが」

「お葬式なんです」

高野が言いにくそうに告げた。

「一昨日《おととい》、お祖父《じい》様が亡くなられたそうで」

昨日が通夜で、今日が告別式なのだという。

「それはお気の毒に……。では作業にとりかかるのも明日《あした》以降」

「高野さん」

後ろから声をかけられ、振り返ると、道路脇に止めた車から、喪服姿の女性が現れた。黒いワンピースに黒い靴、髪は頭頂部でお団子にまとめている。

「あれ？　降矢さんじゃないですか」

ふるや、と呼ばれた喪服の女は、ワンピースの裾を軽くあげて小走りにこちらへ駆けてきた。

「遅くなってすみません。神立南遺跡と厳谷の担当調査員・降矢むつみです」

「永倉萌絵です。こちらが発掘員の西原無量。お葬式だったんじゃないんですか」

「ええ。今日は火葬場が混んでいて順番が午後からになってしまって。お葬式はその後ですから」

このあたりでは火葬を終えてから葬儀を執り行うのが一般的で、火葬の順番によっては、葬儀が夕方になることもあるという。

「西原無量さんですね。噂の『宝物発掘師《トレジャー・ディガー》』に来て貰《もら》えるなんて、頼もしい限りです。よろしくお願いします。すみません。こんな格好で」

「いえ。ご愁傷様です」

「これもご縁かしら。実は私、大学で藤枝《ふじえだ》教授のゼミにいたんです」

無量がドキッとして身を硬くした。萌絵には何のことか分からない。

「藤枝教授って」

「はい。お父様ですよね」

萌絵は思わず無量を振り返ってしまった。無量は目に見えて顔を強ばらせている。

「大学では本当にお世話になりました。藤枝先生のご指導で藤原京《ふじわらきょう》の発掘調査に参加したのが発掘デビューだったんです。先生は文献史学の方ですが、実はここの職員になれたのも、藤枝ゼミで『風土記《ふどき》』の研究をしたのがきっかけで」

「……………。もう父親じゃありません。親とも思ってませんし」

むつみが「あ」と口を押さえた。途端に場の空気が凍りついた。

無量は目線をそらし、あからさまに会話を拒絶している。嫌悪感を露わにした無量に、

萌絵もうろたえたほどだ。むつみもすぐに自分の興奮が的はずれだったと気づき、

「ご、ごめんなさい……。私ったら無神経なことを。取り急ぎ、概略を説明しますので、どうぞテントのほうに」

というと、無量を連れて去っていった。調査員の降矢《ふるや》むつみは、三十歳前後の、眼鏡をかけた利発そうな女性だ。身内の葬式の合間にわざわざ現場に来るほどだ。責任感のある仕事熱心な人なのだろう。残された萌絵に、高野が言った。

「一昨日亡くなった降矢さんのお祖父様は、実はこのあたりの名士と呼ばれる方でして」

「名士ですか。じゃあ、お嬢様なんですね」

「ええ。この遺跡の地権者も、実は降矢さんのお祖父様だったんです」

萌絵は驚いた。遺跡の持ち主ということではないか。

「なので、ぼくもあとで参列する予定です。と言いますか、この界隈《かいわい》の人はみんな参列するんじゃないでしょうか」

「えらいタイミングでしたね」

「ええ。ただ、もしかしたら相続が終わるまで、発掘も止まるかもしれません。日数が限られているんで、あまりストップして欲しくはないんですが」

つんつん、と萌絵の肩を突っつく者がいた。振り返ると、鍛冶大作がにっこり笑っている。

「というわけで、永倉さん。さっそく研修を始めますか」

萌絵は「しまった」と思った。無量が別の現場に行くということは、鍛冶の指導も萌絵に絞られるということで。

「あ、あれ？　もうですか。ゆっくりお昼ごはんを食べてからでも」

「はい。ヘルメット」

——地獄の現場になるだろうが、がんばれ。

萌絵の顔はひきつった。

＊

結局、厳谷のほうの発掘は二日後から開始となったので、それまで無量も神立南墳丘墓の作業を手伝うことになった。

「こら、永倉ー。なんだそのへっぴり腰は！　無量、エンピ投げを疎《おろそ》かにするなー！」

発掘現場には、現場監督・鍛冶大作の怒鳴り声が響き渡っている。無量と萌絵は、周縁部にあたる第七トレンチの掘り下げ作業を任された。トレンチの中に入って、エンピと呼ばれる先の丸いスコップで、指示された深さまで掘っていくのだが、

「永倉ー、ワンスコって言ってるだろ！　それじゃ半スコだ！」

萌絵はあっというまに汗だくだ。「半スコ」というのは、掘る深さを指示する時の用

語で、「スコップ半分の長さ分」という意味で使われる。丸々一個分が「ワンスコ」だ。

掘った土はトレンチ横の一ヵ所に積み上げるか、上で待ち構えている「ネコ車」と呼ばれる一輪車へと投げる。土を投げるのにも技が要って、さすがに無量は慣れたものだが、今度は「飛んでいく土塊の形が気に入らない」と、またしても鍛冶の指導が入る。

「あー、も。ダッセ。そろそろ休んでもいいすかねー。ししょー」

「駄目だ。まだ一時間も経っとらんだろ」

「包含層が大体読めてるんだから、ぎりぎりまでユンボ入れてくださいよ」

「駄目！」

その横で萌絵が腰を叩《たた》きながら、へたばっている。

「いきなりこんな重労働なんて聞いてませんけどー」

萌絵は「鍛冶の助手」という名目で指導を受けるはずだった。が、どうやらそれは「体で覚える」指導だったらしい。「無量と一緒に発掘」なんてワクワクしたのは最初のうちだけだ。土を掘るだけがこんなにきついとは思わなかった（粘土層なので余計にだ）。

「腰曲がってっけど、オバサン大丈夫？」

「誰が!?　ちょっと慣れてないだけでしょ。あ、いたたた」

「ぷ。だっさ」

「そういう西原くんこそ、師匠からずいぶんと可愛がられてますこと」

「そりゃ愛弟子《まなでし》ですから。愛弟子二号にされないよう、せいぜいお気をつけあそばせ」

「うう。もしかして私、フッーに労働力？」

そろそろ泣きが入ってきた。ついでに腕もあがらなくなってきた。

そんなふたりに、上から声をかけてきた男がいる。

「あんたが西原無量か」

顔をあげると、トレンチの縁に作業服姿の男が立っている。三十代くらいの眼鏡をかけた、ちょっと理知的な風貌《ふうぼう》の男は、首から製図用の画板を下げていた。

「ふーん。思ってたより子供《ガキ》だな」

「なんすか。あんた」

「俺は九鬼《くき》雅隆《まさたか》。埋蔵文化財センターの職員だ。実測と復元をやってる」

埋蔵文化財センターは西谷墳墓群の向かいにある数年前にできたばかりの公立のガイダンス施設で、発掘調査の作業室も併設されている。九鬼は、隣のトレンチから検出した斜面の貼石を実測しているところだった。面長できつい眼つきの眼鏡男は、トレンチの縁にしゃがみこんで、無量の顔をじろじろ覗《のぞ》き込んでくる。

「大した当たり屋（掘るたびに質のいい遺構や遺物を出す者）だそうだな。世間じゃ〝宝物発掘師《トレジャー・ディガー》〟とか呼ばれてチヤホヤされてるみたいだが、俺はそういううさんくさい手合いは信じん主義だ。この現場じゃあんまり大きい顔はせんほうが身のためだよ」

あからさまな物言いに、無量はムッとした。

「別にそんなんじゃねーすから」

「そ。……ま、あんたのじーさんみたいにインチキで出されても困るけん、ほどほどにお願いしますよ」

　と言うと、担当のトレンチに戻っていった。萌絵は露骨に反抗的な顔になり、

「感じ悪い。なんなの、あれ」

「気にするだけ損。ああいうのはどこにでもいるし」

　ねたみ・嫌み・冷やかしに慣れている無量は、相手にしない。肩をすくめただけでスルーした。しかし達観するまでどれだけそういう目に遭ってきたかと考えたら、なんだか気の毒に思えてくる萌絵だ。そこに高野がネコ車を押して戻ってきた。

「あれでも、実測の腕は確かでしてね。物凄《ものすご》い精密で正確な実測図を手際よく描き上げてくれるんで、仲間内じゃ『実測の鬼』だなんて呼ばれてます」

　無量と萌絵はポカンとした。……鬼、ときたか。

「一度、実測したものは忘れないっていうので、一種の天才肌なのかもしれませんね」

「天才にありがちなイタい性格ってやつっすか？」

「西原くんも人のこと言えないよね」

「俺は別に天才じゃねーし」

　コラー！　と頭の上から鍛冶の怒鳴り声が降ってきた。

「喋《しゃべ》っとる暇があったら手を動かせ！」

ふたりは小さくなって黙々とまた土を掘り始めた。

どうにか一日目の作業を終えた萌絵と無量は、宿舎の民宿に辿《たど》り着いた。なんと温泉付きと聞いて、萌絵は涙が出るほど喜んだ。ドカ掘りで体中ぎしぎしだ。湯《ゆ》ノ川《かわ》温泉なる源泉は、美人の湯と聞いてまたまた喜んだ。

風呂《ぶろ》からあがると、食事をとる前にもう眠気がやってくる。歓迎会をする予定だったが、調査員の高野をはじめ、主だった面子《メンツ》は皆、降矢家の葬式に参列するので、食堂には、無量と萌絵と鍛冶の三人だけが集まった。

「師匠！　ひとの海老《えび》フライ勝手に喰《く》わないでくださいよ。とっといたんだから」

「若いからって脂とりすぎると、すぐハゲて成人病にまっしぐらだぞ」

「あ、唐揚げまで。むちゃくちゃです。師匠」

「鶏《とり》の唐揚げだけに『とりあげる』だ。若輩め」

子供のようなやりとりに、萌絵は半笑いだ。いつも萌絵を振り回している無量が、振り回されている。こんな無量は初めてなので、大変小気味よい。

腹が膨れると今度は、鍛冶の説教大会だ。

「――……大体、イマドキの発掘は行政発掘ばっかりでつまらん。所詮《しょせん》、お役所仕事の延長だ。本来の発掘はそんなもんじゃない。考古学者が自ら率先して発掘しなけりゃ始まらんというのに、無気力な奴らが多すぎる。わしの若い頃はなあ」

鍛冶の熱い「発掘武勇伝」を聞いている間に、萌絵はウトウトしている。

「無理して付き合わないでいいから寝たら」

「う、ううん……。まだまだ」

しまいには無量のほうが師匠の弾丸トークに疲れ果て「お先に寝るっす」と部屋に戻っていってしまった。

「まったく。相変わらず師への態度がなっとらんな。無量の奴め」

鍛冶は愚痴るが、遠慮しないのは気の置けない間柄だからだ。発掘修業を始めたばかりの頃は指導の厳しさに音を上げ、脱走を図ることもしばしばだったという。人見知りで、師弟などという特濃コミュニケーションからは誰よりも遠ざかりたい無量だったが、少なくとも鍛冶には扉を開いているように見える。指示がしつこいだの親父ギャグがきついだの、と愚痴りつつも、鍛冶に対する無量なりの親愛の情が伝わってくるのだ。どこか親子のような距離感だ。自分や亀石の前でも見せたことがない。

親、という一言に、萌絵はふと昼間のことを思い出した。

「……あのう、師匠。ひとつ訊《き》いてもいいですか」

「なんだい。永倉ちゃん」

「西原くんのお父さん——藤枝教授って……」

すると、鍛冶は「ああ」と察して、コップに残ったビールを飲み干した。

「藤枝幸允《ゆきのぶ》氏のことだ。筑紫《つくし》大学で古代史をやってらっしゃる」

「藤枝って苗字《みょうじ》……。そういえば離婚したって」

「十四年前だったかな。例の事件の後で」

無量の祖父が起こした事件のことだ。

ある遺跡の発掘調査で、研究室ぐるみの捏造《ねつぞう》をやらかした。それが世間に発覚して、祖父・西原瑛一朗は学界を追われ、地位も名誉も全て失った。

「娘婿の藤枝氏は当時すでに、古代史の分野で気鋭の研究者だったから、舅《しゅうと》の醜聞は彼のキャリアに悪い影響を与え兼ねなかった。もしかしたら、奥さんのほうが気遣って離婚を申し出たのかもしれんが、無量は父親をよくは思っとらんようだな。あの騒動の時も、マスコミは自宅にまで大挙して押し掛けて何日も張り込んどったし、まるで犯罪者の家族扱いだった」

「そんなことが……」

「無量からすれば、父親が家族を守らなきゃならん時にひとりで逃げた、くらいには思っていたかもしれん。まして、右手のこともあったしな」

捏造発覚後、重い神経症を患った祖父に、化石発掘をしているところを目撃され、右手を焼かれた無量だ。まだ小学生だった。「今も怖い」と漏らした無量の胸中を思い、萌絵は気持ちが塞《ふさ》いだ。

祖父のことを「憎い」ではなく「怖い」と表現したのは少し意外でもあったのだが、思えば当時、彼はまだほんの子供だったのだ。祖父は遺物捏造の罪で世間から槍玉《やりだま》にあげられていた。教授職を罷免され、積み重ねてきた功績も全て失った。自業自得とはいえ、捏造をしていない過去の発掘までも全て検証の対象となり、学界の信用崩壊という大罪で囂々《ごうごう》たる非難を浴びていた祖父は、追い詰められた精神状態で身の置き場もなく、自分の孫が「発掘」という行為をしているだけで耐えられなかったのだろう。

――発掘は二度とするなとあれほど言っただろう！　こんな手は焼いてやる……！

祖父の常軌を逸した行いは、子供心にどれほどの恐怖を植えつけたか分からない。一時はトラウマで家に帰ることもできず、祖父と年の近い男性にまで怯《おび》えるほどだった。同じ屋根の下にいる祖父を恐れて、部屋に鍵《かぎ》をかけて引きこもったりもしたという。そして、その心の傷は未《いま》だ癒《いや》されてはいないのだと思うと、萌絵には痛ましかった。

「何度も皮膚移植をして、あれでもだいぶきれいになったが、体的には相当きつかったろうと思うよ」

ただ、鬼の顔に見える部分だけは治療を重ねてもうまく消えないのだという。そんな無量は右手について語る時もあえて飄々《ひょうひょう》として悲愴《ひそう》な素振りは見せない。傍目《はため》にはとうの昔に乗り越えたようにも見えるが、決して癒えたわけではなく、むしろ心の傷のほうが治癒は難しかった。

「……そう、だったんですか」

「藤枝くんと離婚してから、奥さんも病気がちだと聞いてる。報酬や助成金の返還とかで何件も訴訟を抱え、家を売ったりもしたそうだ。無量が高いギャラを求めて海外に出るのも、本当は経済的な理由からみたいだね。……藤枝くんの話題になると人が違ったみたいになる。恨んでるんだろうな、無量の奴」

父親から守られるどころか切り捨てられた。親とも思っていない、との台詞《せりふ》には強い嫌悪感がこもっていた。ほんの一言に、聞き流せないほど暗い感情が滲《にじ》んでいた。恨みというより憎しみに近い。

無量にとって家族のことはあまり触れられたくない話題なのだろう。難しい家族だという気配はあったが、萌絵が思っている以上に、その根は深いのかもしれない。

＊

翌日も、出雲はよく晴れていた。

青空が広がり、梅雨の晴れ間にしてはカラリとして、爽《さわ》やかな風が吹いている。斐伊川の河川敷にはひばりのさえずりが響いて、のどかだが、発掘現場は緊張感に包まれていた。

神立南遺跡は、丘の頂の、被葬者が埋葬されていると思われる「第三主体」と呼ばれる部分の調査が、まさにクライマックスを迎えていた。棺《ひつぎ》の上に載っていたとおぼしき大量の土器片は全て取り上げが済み、いよいよ、棺の内部の掘削に取りかかっていた。

忌引で休んでいた降矢《ふるや》むつみも、今日から復帰している。

「特徴はやはり、西谷墳墓群と同じですね……。四カ所の柱穴も検出していますし、恐らく、この第三主体がメインの被葬者のものと思われます」

若いが、てきぱきと指示だしする姿は頼もしい。熟練の発掘者たちを相手に、まったく気後れなく、作業配分を決めていく。今日は鍛冶も墳頂部にかかりきりだ。

墳頂部の賑《にぎ》わいを横目に、萌絵は筋肉痛に苦しみながら、周縁部のトレンチ掘りだ。無量も基本、別遺跡の担当なので、主体部の作業には加わらない。萌絵と一緒に掘削作業の傍ら、時折、様子を見に行く程度だ。

「どう？　西原くん。何か感じてる？」

萌絵が問うと、無量は頭にタオルを巻いたいつもの発掘スタイルで首を振った。

「よくわかんね。ちょっとは疼《うず》くけど、梅雨時はフツーにこうなるし」

彼の右手が『鬼の手《オーガ・ハンド》』などと呼ばれる所以《ゆえん》は、例の火傷《やけど》が発掘中に奇妙な反応をするせいだ。というのも、土に埋もれた遺物を「嗅《か》ぎ取る」のである。

痺《しび》れや痛みという症状になって現れる。まるで遺物が発するか弱いエネルギーを感知しているかのようだ。話を聞くとどことなくオカルトめいているが、何に反応しているのかは、無量自身にも分からない。

「でも、昨日、ここに来るタクシーの中でも何か感じてたみたいだけど」

「うん、まあ」

無量は遠い目になって、仏経山の稜線《りょうせん》のあたりを眺めた。「あのへんかな……」

「あのへん?」

「——……それより、なに。あのひとたち」

発掘現場の近くの道路に、農作業着の地元住民がぽつぽつ集まってきて、遠巻きに見ている。好奇心で集まってきた野次馬とも違う。何か不穏げに時折、ひそひそと何か話している。

高野がネコ車を押してやってきた。

「氏子さんたちですね。みんな気になってるようだ。降矢の神社を掘ると聞いて」

「何かあるんですか」

「変な噂が立ってるみたいです。降矢のお祖父様が亡くなったのは、この遺跡を掘り返したせいじゃないかって」

「祟《たた》り、ですか」

「そんなとこです」

昨日の葬儀でも参列者の間で噂されていた。墓の埋葬者の祟りではないか、と。

無量は一笑に付した。

「なに言ってんだか」

「事前にお祓《はら》いはしたんですがね。ただ降矢の家は、昔から曰《いわ》くのある家系で『降矢に害なす者は、天の神軍が矢で射る』なんて言われて、里の人からも恐れられていたとか」

「な、なんですか。それ」

「迷信でしょう。降矢家は神主で、ずいぶん昔から墓守だと言われていたそうです。このあたりじゃ権威がある古い家柄だったらしく」

「そんなおうちがよく発掘の許可を出しましたね」

「先日亡くなった巌《いわお》氏の、奥様・降矢ミツさんのおかげです。つまり、むつみさんのお祖母《ばあ》様ですね。『降矢のゴッドマザー』なんて呼ばれている方で、巌氏が倒れてからもう十年近く経つんですが、その間、降矢一族の一切を取り仕切ってこられたそうです。でも周りからは『発掘許可を出したのは孫のため』なんて陰口も」

孫のむつみが、市の所謂《いわゆる》「行政内研究員」であるため、手柄をとらせるために許可したなどと思われているようだ。

「そういう方じゃないんですが」

「よくご存じなんですね」

「ええ。事前調査の時、何度か会いましたから。出雲の歴史をとてもよく勉強されてます。歯にきぬ着せぬ物言いをなさる方で、思ったことも言わないような出雲人にはちょっと珍しいタイプかな。『女傑』とでも呼びたくなるような、威厳のある女性ですよ」

「なるほど。そういえば相続のほうは」

「ストップがかからないところを見るとスムーズに済んだのかも……。きっとミツさんが仕切って親族にも口出しさせなかったんでしょう」

作業は一旦《いったん》、昼の休憩を挟むことになった。

仕出し弁当を広げる現場に奇妙な出《い》で立ちの男が現れた。高級外車で乗りつけて、土まみれの現場には不似合いな艶々《つやつや》の革靴とスーツ姿で踏み入ってくる。異質な装いに、皆が思わず注目してしまったほどだ。

「やあ、むつみさん。進んでますね」

顔立ちのきれいな若い茶髪のスーツ男は、降矢むつみへ親しげに声をかけてきた。

「孝平《こうへい》さん。いきなりどうしたんですか」

「喪中なのに相変わらず仕事熱心だね。いよいよ棺の蓋《ふた》を開けるっていうから、見学に来たんですよ」

「木棺ならとうに腐ってありません。それに関係者以外、立入禁止です」

「そう言わないで」

「作業の邪魔ですから、墳頂部から降りてください」

つれなく言われて、渋々、無量たちのいるトレンチ付近まで降りてきた。なかなかの美貌《びぼう》だったので、萌絵の目線が張りついている。ぶち壊すように無量が、

「そこのひと。革靴なんかでウロウロしてると滑って穴に落ちますよ」

「おっと。穴だらけだな。君たちも作業員ですか」

見りゃわかるだろ、と無量は呆《あき》れた。

「ここからは何か、出たのかな」

「さあ。素人さんが見ても面白くもなんともない貼石くらいだと思いますよ」

「ここの発掘が始まってから降矢のお祖父様は亡くなるし、うちの山から変な銅のガラクタが出て工事も止まってしまうし。やっぱり祟りなんですかね」

無量と萌絵は、顔を見合わせた。孝平、と呼ばれた男は「ここは暑いね」と笑って、上着を脱ぐと、シャツのカフスを外し始めた。萌絵は目ざとく、

「あっ。可愛い」

手首にはめていた数珠《じゅず》風のブレスレットに気が付いた。緑の勾玉《まがたま》と白い小玉と赤い管玉（マカロニ状の加工石のことだ）が順繰りに並んでいる。男が身につけるには妙に凝ったデザインだったので、つい声をかけてしまったのだ。

「ああ、これ？うちに代々伝わるお守り。勾玉と管玉と丸玉を使った昔ながらのアクセサリーで、御統《みすまる》っていうんだよ。八頭《やがしら》の跡継ぎだけが身につけられる特別な玉飾りだ。父の代に作り直したばかりだからキレイだろ？ ぼくも昨年やっと父から譲られた。天然石とか好き？」

「大好きです」

「このデザインは出雲大社が皇室に献上した『美保岐玉《みほぎだま》』という首飾りを模してるんだよ。美しいだろう。特にこの緑のめのうの勾玉」

「はあ」

「緑だけど『青めのう』っていうんだ。玉造《たまつくり》温泉に花仙山《かせんざん》って山があるのは知って

る？」

いきなりうんちくを語り始めた孝平に、萌絵は首を傾げた。

「松江のほうにある有名な温泉ですよね」

「古代から勾玉なんかを作ってた職人がいたから、玉造っていうんだよ。そこにある花仙山って山は、昔からめのうが採れて、玉の材料になったんだ。緑のが特に名産で、出雲石とも呼ばれてる。古代から天皇家に献上されたりしてた由緒正しい玉なんだ。これも花仙山で採れた特別な青めのう。何なら休みにでも遊びにいらっしゃい」

と名刺を差し出す。「八頭建設常務取締役　八頭孝平」とある。裏返すと、いくつかの肩書きの中に温泉旅館の名前があった。

「うちが出資してる温泉旅館。ぼくの名前を言えば半額にしてあげるから、彼氏とでも泊まりにくるといいよ」

「彼氏なんて」

ちら、と無量を見て、

「……いません」

「そう。なら、ぼくが一緒に泊まってあげようか」

「ええっ」

「よければ電話して」

突然現れたイケメンに誘われた萌絵は、顔を赤らめてポカンとしている。こんな露骨

なナンパは初めてだ。去っていく孝平を見送って、入れ違いにやってきた高野へと、無量は白け気味に、

「誰なんです。高野さん。あの変なひと」

「ああ……。降矢さんの婚約者らしいです」

いっ！　と萌絵は妙な声をあげた。婚約者!?

「古い家だから許婚《いいなずけ》みたいなのがあるらしいですね。それと、我々とも無関係じゃありません」

「銅のガラクタが出てきたって言ってたけど、まさか」

「そう。厳谷《いつきだに》の発掘現場。地権者は……あのひとです」

無量は険しい顔になった。

「あの男が……」

＊

嫌な男よ、と降矢むつみは切り捨てた。

テントには関係者が集まって弁当を食べている。魔法瓶の麦茶を飲み干したむつみは、無量と萌絵を前にして、愚痴のように言った。

「八頭《やがしら》の血筋を鼻にかけて。そもそも、あの道路計画だってゴリ押しだったんです」

「道路って。巌谷のとこのですか」

「そげです。八頭《やがしら》の叔父《おじ》さんは県議会議員で、少し前に高速道路ができたけん、今度はバイパスを造ろうなんて言い出して。よりにもよって仏経山を削ろうとしたの」

「あの正面の一番高い山のことですか」

「神名火山《かんなびやま》って言うてね、『出雲国風土記』にも名前が残るほど、古くから大切にされてきた山なの。高速道路は仏経山の下にトンネルを通したんですが、麓《ふもと》の斐川《ひかわ》にインターができてしまって。おかげで山を削って新しい道路をどんどん造っちょうのです。バイパス計画もそのひとつで」

だから銅片が出てきて工事が止まり、むつみはホッとしていた。荒神谷という超有名な遺跡がすぐ近くにあるおかげで、さすがに調査をしないわけにはいかなかったのだ。

「変な業者だと、気づかんフリして工事を進めてしまうこともありますけんね」

「高野さんの言うとおり。八頭の人間は、出雲人の心がなーの。なのに自分たちが天皇の子孫だなんて……」

え？　と無量は目を剝《む》いた。むつみはハッとして、

「いや、その、変な家だってことです」

「しかし、好きでもないのが許婚だなんて、降矢さんもつらいだろう。本当に結婚する気かい」

鍛治がお茶うけのあられを口に放り込んで、同情気味に言った。

「ええ……。おじいさまの病気を理由に結婚を引き延ばしてきたけど、喪が明けたら、いよいよ入籍させられそうで」

「駄目ですよ！　好きでもない相手と結婚なんて絶対！」

それにあのひと絶対浮気する！　と強く訴える萌絵に、むつみは「そげなんだけどね」と頼りない。

「うちの家、ちょっと変わっちょうけん……」

深刻そうな表情だ。

休憩が終わり、作業再開となった。

「出ました！　朱です！」

主体部の作業班から歓声が湧いたので、下にいた無量たちも墳頂部に駆けつけた。長方形の穴が深く掘られ、棺《ひつぎ》があったとおぼしき部分の土が鮮やかな朱に染まっている。

「なにあれ。土が真っ赤」

「水銀朱だ」

と無量が横から説明した。

「辰砂《しんしゃ》とも言って、大昔から永遠の命を意味する呪《まじな》いとして、石棺に塗られたりする」

資料にあった（同じく四隅突出型の）西谷墳墓群でも、棺の底にあたる部分から真っ赤な土が出てきた。その赤土が出ることが、被葬者の棺のあった場所である証拠なのだ。

ベテラン発掘者の鍛冶が、発掘穴の真上に渡した板へとねそべりながら、ねじり鎌や竹べらで土を削っていく。

「おい、無量。どこだ」

突然、鍛冶に呼ばれた。

「板もってきて、ここ手伝え」

やはり無量の手を借りるのが早いと思ったのだろう。細かい作業では、無量の手際のよさは図抜けている。無量は適当な板を持ってきて、穴の上に渡し、その上に腹這《はらば》いになった。

「どこっすか」

「そっち。Ｅ４グリッドやれ。朱を削りすぎないようにな」

無量も板を抱くような姿勢で、作業を始めた。慎重に、手際よく土を削っていく。やはり他の作業員とは比べものにならない速さだ。絶妙な加減で、時々、刷毛《はけ》やブロアーを交互に使いながら、遺物を露《あら》わにしていく。高野も感心しながら作業を見守っている。

隣にいる萌絵に、

「このへんの四隅突出型では、ひとつの墳丘から複数の棺が見つかってるんだが、メインの被葬者の棺の周りには必ず大きな四本の柱が立ってた跡が出る。いま掘ってる主体部の周りからも柱穴の跡が出てるから、たぶん……あの棺が、王のものじゃないかな」

「王様ですか……？」

「ああ。当時このあたりを支配してた人物が埋葬されてるはず。だとすると、それ相応の副葬品が見つかるはずです」

皆は固唾《かたず》を呑《の》んで見守っている。

ふたりがかりで板に横たわり、土をのける作業を行っていたが、やがて……。

「おお。出た出た。碧玉《へきぎょく》だ」

首飾りと思われる管玉が連なるようにして出てきた。そのあたりに被葬者の胸部があったらしい。骨は跡形もないが、管玉の並ぶ形から、頭部の向きも明らかになった。

「こっちもっす」

無量が言った。

「鉄剣ですね」

現場からどよめきと拍手が起きた。緊張が緩んで関係者は破顔している。まずは大きな成果だ。メインの中央トレンチからは次々と豪華な副葬品が発見された。

しかし、ひとり、表情の硬い者がいる。

降矢むつみだ。

「ないわ……」

皆が一斉に「え」と振り返った。

むつみは顔を強《こわ》ばらせて呟《つぶや》いた。

「玉藻鎮石《たまものしずめいし》が——ない」

第二章　厳谷の髑髏

棺から出てきたのは、碧玉《へきぎょく》の首飾りとガラスの胸飾り、そして鉄剣だった（ちなみに人骨は残らない。日本のような酸性の土壌ではほとんどの場合、原形を留《とど》めず土に吸収されるからだ）。

錆《さび》に覆われた鉄剣は、もし銘でもあれば、被葬者の重要な手がかりになる。取り上げ後は、X線などの非破壊検査で詳細な科学分析にかけられる。

しかし、無量《むりょう》が気になったのは、降矢《ふるや》むつみがこぼした呟きだった。

——玉藻鎮石《たまものしずめいし》がない。

それは何なのか。

訊《たず》ねてみたが、むつみは言葉を濁して明かそうとしない。

「聞いたことありますか。師匠」

「いや。何のことだろう」

鍛冶《かじ》も知らない。むつみは出てくる遺物を予想していたようだが、何か学術的な意味のある言葉かと思いきや、専門の研究者である調査員の誰も、その名称に聞き覚えがない。翌日のブリーフィングでも一言も出なかった。

明らかにされないまま、無量は、本来の担当である「厳谷《いつきだに》」に移動することになった。

萌絵《もえ》は名残惜しがっていたが、無量は師匠の目から逃れられ、ホッとしている。さっそく高野《たかの》とともに車で「厳谷」に向かった。

厳谷は斐川町の外れ、神名火山の北麓《ほくろく》にある。JRの線路を越えて更に奥、集落からもやや離れた鬱蒼《うっそう》とした山林だった。襞《ひだ》状に延びる小さな谷を縫うように多少、水田がある程度で、普段は農作業者以外は滅多に足を踏み入れない。道も、軽自動車がやっとすれ違えるほどの狭さだ。

「ココすか。現場は」

思った以上に急斜面だった。木はすでに道路工事のため伐採され、草も刈られ、山のすぐ際までブルドーザーで削った跡があり、足場も悪かった。今は立入禁止のロープが張ってある。

神立《かんだち》南の墳丘墓は民家にも幹線道路にも近く、見晴らしが利いていたのに比べると、ここは人も寄らない谷間の最奥部だ。斜面と斜面の合わせ目から、仏経山の頂が望めた。

「実は一度試掘をしたんですが、作業員がなぜか怪我や病気でどんどんやめてしまい、困ってました」

「この足場じゃ、ぬかるんでる時に足滑らせたら一発だ」

「まあ、それもあるんですが、ちょっと曰《いわ》く付きの場所で」

「曰く付き？　ここも？」

言っているそばから「おいこらあ」と声をかけられた。

「そげなとこで何しちょう。あんたらか。こんとこ、忌み地を勝手に掘り返しちょうバチあたりいうのは」

振り返ると、下の田んぼに軽トラックに乗った年配の農作業者がいて、怖い顔で二人を睨《にら》みつけている。

「八頭《やがしら》様の許可はとったか？」

「地権者ですか。ちゃんともらってますけど」

「そこは神様の土地だがね。八頭のモン以外で、手ぇ入れたモンには祟《たた》りがあーて昔から言われちょうわ。死人も出ちょるちー話だが。悪いことは言《え》わんけん、早《はよ》こと去れ」

無量は高野と顔を見合わせてしまう。軽トラは行ってしまった。

「なんなんすか、ここ。祟り祟りって、鬱陶しい」

「この間も言ったが、この近辺は古くから色々ある土地でね。降矢と八頭という、ふたつの家が力をもっていて、やたらと迷信が多いんだよ」

この谷の名前も「厳谷」。「いつき」とは「斎」。神を祀《まつ》る谷、という意味の「斎谷《いつきだに》」から来ているらしい。

「神庭《かんば》荒神谷遺跡のある西谷《さいだに》地区――西の谷と書くんだが、実はそこも『斎《いつき》』という字の『斎谷』から来てるという話でね。まあ、神庭というくらいだから祭祀《さいし》関連の地だというのは分かるんだが、この辺りでは昔から〝谷は神聖なところ〟とされてたらしい。西谷という地名が多いのも、そのせいだろう」

「だから祟りですか」

「それにここ厳谷は昔から、時々『天から矢が降る』忌み地でね」

「天から、矢？」

「神様が怒ると、雨の代わりに矢を降らせたって、言い伝えのある谷だそうだ。住民は『天の怒りだ』『不吉なことの前兆だ』って恐れたらしい」

無量は切り株だらけの斜面を凝視して、少し考え込んだ。――矢が、降る。

「もしかして、降矢さんの苗字もそこから？」

実は元々は降矢の所有する土地だったという。その降矢家にも「降矢に害なす者は、天の神軍が矢で射る」という不穏な言い伝えがある。ここの降矢伝説とも無関係ではなさそうだ。

「いったいなんなんです。その、降矢と八頭というのは」

「うーん。ぼくも余所者《よそもの》なので、詳しくは」

ただ地元で権威ある両家、というのは間違いない。やりにくい土地だ。

「さて。測量さんもそろそろ来ますから、支度してましょう」

長靴を履いた高野は、立入禁止のロープをくぐって発掘場所に向かった。

無量はこれから挑む急斜面を見つめたまま、革手袋をした右手を押さえた。疼《うず》く。神立南の墳丘墓の時よりも、強い。

まいったな、と無量は憂鬱《ゆううつ》そうに吐息した。また『鬼の手』が反応している。一見なんの変哲も特徴もない山林だが、地下から何かが強く存在を主張する。そこにいる、と親切にも無量に教えてくれるのだ。何度も思い過ごしだと思いこもうとしたが、外れた例しがない。

どうも気が進まない。ここを掘るのは。

なぜなのかは説明できない。だが無量の右手は食いつきたがっている。まるで肉食動物の狩猟本能だ。少しおとなしくしてろ、と右手に言い聞かせ、宥《なだ》めるように手首を押さえた。

化石や鉱石を掘っている時はさほどでもない。が、そこに人間が関わり出すと、『鬼の手』は俄然《がぜん》目覚めたように騒ぎ出す。遺跡ではてきめんなのが無量の胸を塞《ふさ》がせる。恐竜化石を掘っている自分は自分であると素直に思えるから安心だが、一度遺跡に立つと、体の奥から得体の知れない気配が立ち上がる。

祖父に手を焼かれてからというもの、自分の「発掘したい」という欲求がどこから生まれて来るのか、無量には分からなくなっていた。自身の欲求なのか、それとも右手の欲求なのか。手を焼かれた恐怖から一時はハンマーを握るのも怖かった。だが、土の中にあるものから「呼ばれる」という感覚はむしろ焼かれた後のほうが強くなった。右手が突き動かすのだ。そこを掘れ、と。衝動に体中を支配されて無量自身にも抗《あらが》えない。

自分をこんなわけのわからない体にしたのは——。

「あんたかよ……。じーさん」

時折思うことがある。この手には祖父の生き霊が宿っているのではないか。

求める遺物をついに発見できず、果てに過ちを犯してしまった祖父の、怨念《おんねん》とも執念とも呼べる何か。毒を放ちながら獲物を嗅《か》ぎつけ、狩ってようやく満足する。右手に宿った鬼とは、祖父・瑛一朗そのものではないのか。

発掘するのはあんたじゃない、俺だ。

と右手に言い聞かせ、無量は革手袋の上から軍手をはめた。

＊

こうしてそれぞれの現場で発掘作業が始まった。厳谷では試掘トレンチを数カ所入れて、様子を見ることになったが、さっそく遺物に当たってしまった。

「師匠、西原《さいばら》くんの現場で遺物が出たそうです！」

神立南の墳丘墓で作業に携わっていた萌絵のスマホに報《しら》せが入った。厳谷の発掘現場からだ。トレンチ内で取り上げ作業をしていた鍛冶が腰をあげ、

「出したか。無量か」

「はい。青銅器みたいです。しかも一カ所から複数」

荒神谷遺跡に近いこともあり「またしても大量出土の発端か」と現場は沸いた。降矢むつみも笑顔で近づいてきて、

「やはり出ましたね。銅鐸《どうたく》ですか？　それとも銅矛？」

「上部が折れてなくなってるけど、銅剣じゃないかって」

降矢むつみは「してやったり」だ。仏経山の道路工事に反対していた彼女は、貴重な遺物の出土が工事計画中止への何よりの口実になる、と読んでいた。

「さすが宝物発掘師《トレジャー・ディガー》、幸先《さいさき》いいですね。昼休みにちょっと見てきます」


一方、厳谷の現場では、出土遺物を取り囲んで埋納状況の記録中だ。

雨でぬかるんだ現場は、ブルーシートでテントが張ってある。急斜面なので、土が崩れないよう、細心の注意が払われた。

場所は第七トレンチ。出土したのは銅剣と見られる。まだ全部は出ていないが、露頭している部分だけでも数十本ほどが束になっている。高野は興奮気味にデジカメのシャッターを切っていた。

「さすがだ。西原くん。君のアドバイスのおかげだよ」

「いや、荒神谷の前例があったおかげです」

無量は発掘の合間に荒神谷遺跡にも足を運んでいた。いまは公園となっていて、発掘

現場の谷は出土時の様子がわかるよう、きちんと復元されている。無量は、当時の発掘者がそこの地形をみて「掘立柱建物の跡がある加工段（人工のテラス状平坦《へいたん》地）ではないか」と見立てた話を覚えていたのだ。

荒神谷では、その見立てが大当たりして、大量の銅剣が出土した。あてずっぽうで出したわけではないのだ。その先例を参考にしたのである。

「それでも掘る場所が三十センチずれてたら、何も出なかった。発掘勘は大事だよ。ぼくも毎回、あともう一センチ掘れば遺構が出てくるんじゃないかって悩ましい思いをさせられる。我々、発掘者は山師と一緒だよ。鉱脈に届くかどうかは勘にも依《よ》る」

「山師……ですか」

「発掘者の間では〝掘りすぎは一時の恥、掘り足らずは末代の恥〟っていうくらいだからね。一度自分が調査した場所で後から何かが出たりすると『おいありゃ誰が掘ったんだ』ってことになって、そりゃあ恥ずかしい思いをするもんだよ」

確かに「一センチ手前」で掘りやめてしまったために永遠に出てこなかった遺構や遺物も、世の中にはたくさんあるのだろう。尤《もっと》もそれを言っていたら発掘はキリがない。

「もっと掘れば、荒神谷のような大量出土もあるかもしれない。〝掘り足らずは末代の恥〟だ。さっそくサブトレンチを入れて掘削範囲を広げてみよう。しかし興奮するなあ。やはりこの神名火山の周辺は、青銅器がたくさん埋められてる土地なんだ」

弥生時代の青銅器を専門とする高野は、少年のように目を輝かせている。

銅剣はそのままでは取り上げられない。錆《さび》が多く、金属質が抜けてクッキー状になっているためだ。かなり脆《もろ》いので取り上げには慎重を要する。そこは高野《たかの》の出番だ。

「大丈夫。破損しないよう、うまくやろう。……山下《やました》くん、ちょっと来て」

張り切る高野の横で、無量は顔を曇らせていた。

この現場、どうも変だ。

第三試掘トレンチの土層に、かなり大きな攪乱《かくらん》（土を掘り返した痕跡《こんせき》）が見られた。土層の具合からすると、そう古いものではない。ここは昔から神様の土地で、手を入れると祟《たた》りがある忌み地だったはずだが……。

——死人も出ちょるちー話だが。

以前にも掘ったことがある？　それは、あの「攪乱」を指しているのか。

それに、と無量は試掘中の斜面を振り返った。気になるのは、銅剣が出た場所から、数メートル離れた右斜め上。ほんのわずか、テラス状になっている。誰も気に留めない、小さな平坦だが、それが無量にはひとの手を加えた「加工段」に見える。

右手も、反応している。

あそこだ。あそこを掘れ、と無量を急《せ》かす。あそこを掘らせろ、と。

まただ……。またこの感じ。

掘りたい。掘ってみたい。自分を突き動かすのは、本当に自分自身なのか。発掘に飢えた別の何かの意志ではないのか。まぎれもなく自分なのだとしても、こんな得体の知れない「内なる声」に身を任せていいのか。

あの場所から呼ばれている、ということを——。

高野に伝えるべきか。黙っているべきか。

昼休みになると、神立南墳丘墓の現場から、降矢むつみが駆けつけた。

急斜面で足場の悪い現場だが、むつみは果敢にあがってきて、斜めに切られたトレンチの、まだ半分土に埋もれている銅剣（らしきもの）を見て、興奮していた。

「上部が折れたのは土圧のせいですね。中細形《なかぼそがた》……でしょうか」

「断定はできませんが、中細形C類ではないかと」

「荒神谷のと同笵《どうはん》（同じ鋳型で作ったもの）の可能性は？」

まだわかりません、と高野はニコニコしている。むつみも興奮して、

「すごい。やっぱり、この谷も神様の祭壇だったんでしょうね」

「いやいや。捧《ささ》げ物として埋めたとは限りませんよ。ぼくは敵から隠したんだと思うな」

「高野さんは隠匿説派ですもんね。でも私はやっぱり……」

さっそく論争を繰り広げている。こんなところは研究者だ。

「西原くんはどっちだと思う？」

「俺はどっちでもいいっす」

「駄目よ、西原くん。発掘者なら、ちゃんと問題意識をもって」

お説教されてしまった。研究者たちの侃々諤々《かんかんがくがく》を、無量は茶を飲みながら眺めている。

むつみは小一時間ほどで自分の現場に帰っていった。

「まいったな。降矢さんはなまじ口が達者だから議論になると絶対ひかない。あの気の強さは祖母譲りだな」

「実は、彼女、同じ松江の高校の後輩でね」

高野は辟易《へきえき》しながらも、嬉《うれ》しそうだ。

「そうなんすか。どうりで」

年若い後輩が、同じ考古学者として頑張っている姿が、高野には嬉しいのだ。大急ぎで昼食の弁当をかきこみ、午後の作業に入った。取り上げ方法を協議している間、実測が行われて、土壁を整える無量を高野が手伝った。

「嬉しそうっすね。高野さん」

「ああ。そりゃあもう。ぼくもかつて荒神谷の興奮を味わったひとりだからね」

目を細めながら、高野は言った。

「荒神谷の大発見があったのは、ぼくが学生の時でね。現地説明会にも行って物凄《ものすご》く興奮したさ。それに刺激されて、青銅器《あおもの》研究を始めたクチだしね」

「そうだったんすか」

「またあの興奮が味わえるんじゃないかって、わくわくしてしまうんだよ。そうなったら、君も名を残すことになるぞ」

無量は口をつぐみ、「そういうのは、あんまり……」と呟《つぶや》いた。

すると、高野には察するものがあったのだろう。興奮を一旦《いったん》収めるようにして、

「……色々大変だったとは思うが、君自身は、あまり気にしないでいいんじゃないかな」

「そうしてますけど、あんま表に立つと、いいこと言われないですし」

「〝実測の鬼〟の九鬼《くき》くんの言うことなら、気にすることないよ。あーゆー性格なんだ。それとも、降矢さんが藤枝教授のこと持ち出したのを怒ってるのかい？」

無量は刷毛《はけ》を扱う手を止めて、うつむいた。

「……そんな上等なやつじゃないっすよ。あの男」

「あの男？　九鬼くんのことかい？」

「藤枝のことです」

父親を呼び捨てた無量に、高野はちょっと驚いた。

「あの男は考古学なんて下に見てた。所詮《しょせん》、憶測でしか物が言えない、半端な学問だって。文献史学を裏打ちするための、単なる補助学問だって。発掘屋は、文献屋に奉仕する二次学問に過ぎない、なんて言って憚《はばか》らないようなやつなんです」

「そりゃひどいな……」

「俺には、あの男の勘違いが、許せない」

淡々と呟いてはいるが、刷毛を握る右手がかすかに震えている。

「大事なのは自分と自分のキャリアだけなんです。自分の名を守るために家族を切って、とっとと逃げた。あんなやつ尊敬なんか、するもんじゃない」

「……。もしかして、君が恐竜だけでなく遺跡発掘もやってるのは、そういう理由？」

「まあ、それだけじゃないすけど……」

無量には、日本の考古学業界に身を置くのがつらいと思うなら、完全に離れる選択肢もあったのだ。素直に古生物に専念していれば、祖父の名前を背負うことも右手の生き霊に脅かされることもない。なのに、そうしないのは――。ただひとえに「無量の意地」だとしか表現できない。

日本での遺跡発掘に背を向けるのは、絶対に屈したくない相手から逃げることのようで、我慢できなかった。刃向かいたい相手から敵前逃亡するようで悔しい。だから、翻したくなる踵《かかと》にぐっと力を込めて踏みとどまっている。

心のどこかで見返したいと思っているのだろう。考古学《おれたち》はおまえの下僕なんかじゃない。切り捨てられた側が弱いとは認めたくない。その視線の先に父親がいる。

「分かるよ。君の気持ち。肉親だからこそ、許せない。そういうことはある」

「高野さん……」

出雲のベテラン研究者は、小さく頷《うなず》くと、目尻《めじり》に笑い皺《じわ》を刻んだ。

「だったら、ぎゃふんと言わせてやろうじゃないか。そっちこそ、所詮は人が書いた事実か作り事かも定かでない文章を頼るしかない、土台もあやふやな学問だって」

父親とそう年の変わらない高野の、頼もしい物言いが、無量の気持ちを軽くした。理解してもらえた嬉しさが胸に滲《にじ》んで、迷いがほどけた。無量は思い切って口を開いた。

「高野さん……。ちょっと聞いて欲しいことが」

＊

「ぐはあ。もうだめ。へとへと」

一日の作業を終えて宿舎に戻った萌絵は、風呂《ふろ》上がりの体を引きずるようにして、食堂にやってきた。おかげさまで現場研修は大変充実しており、脳味噌《のうみそ》も腰もぱんぱんだ。

今日は光波測定器の扱いを徹底的にしこまれた。ただのコーディネーターなのに、ここまでやる必要が？　と思うほどだ。鍛冶のスパルタ教育は微に入り細を穿《うが》ちで、無量はよく音をあげなかったものだ（いや、あげたから脱走を繰り返したのだろうが……）。しかもウケを狙って合間に挟む親父ギャグがじわじわと萌絵のＬＰ《ライフポイント》を削っていく（キャサリンが「耐えろ」と言ったのはこれだったのかと納得した）。

「ああいやいや、ここで寝ちゃ駄目だ。所長に報告メール打たなきゃ」

「あら、永倉さん。おかえりなさい」

民宿の奥さんが、地元でとれた出西生姜《しゅっさいしょうが》を手に声をかけてきた。

「え？　私に来客ですか？」

奥さんの言葉に驚いて、客が待つという玄関ロビーに向かうと、にやけたスーツ姿の男が、ガラスケースに収まる鷲《わし》の剝製《はくせい》に見入っている。

「八頭《やがしら》……さん、ですか？」

なんと。待っていたのは、降矢むつみの婚約者・八頭孝平《こうへい》ではないか。孝平は萌絵を見ると、爽《さわ》やかに笑った。

「こんにちは。スウェット姿も似合いますね。お風呂上がりですか」

萌絵は慌てて首に巻いたタオルをとった。

「な、何か御用でしょうか」

「このへん不便でしょ。車がないと買い物にも出れないような場所ですから、不自由してないかと思って。何か必要ならコンビニまで車出しますよ」

「要る物は昼休みに買ってますから、おかまいなく。それが御用ですか？」

孝平は曖昧《あいまい》な笑みを浮かべる。なまじ美貌《びぼう》なので、萌絵はちょっとドキドキしてきた。

「厳谷の現場で何か出土したそうですけど、それ見つけたの、この間、あなたと一緒にいた男の子ですか」

「西原くんのことですか？　ええ。でも見つけたってのは語弊が。試掘トレンチは調査員さんが設定しますし」

「サイバラ……。そう」

孝平はうなずきながら、思案気味に呟いた。

「確か、むつみさんが派遣依頼したんですよね。あなたがたを」

「はい。あ、でも元々来るはずだった発掘員さんは腰を痛めて、西原くんは交代要員なんです」

「交代要員が……西原瑛一朗の孫ってことですか」

萌絵はドキッとした。

「あの……なんでしょう」

警戒する萌絵に、孝平が差し出したのは、旅館のパンフレットだ。

「玉造温泉。ご招待します。骨休めに彼と一緒に遊びに来てください」

「ええっ。いいんですか」

「厳谷の地権者は、ぼくの父ですし、わざわざ遠くから来てくださったささやかな御礼です。お宝が出れば、あそこも荒神谷みたいな観光スポットになりますしね。……メールアドレス交換してもらってもいいですか」

「携帯なら部屋に」

「ならプライベート名刺渡しときますから、あとでメールください。あ、むつみさんには、ぼくがここにきたことは内緒で」

言うと、去っていってしまった。玄関を開けると、ちょうど入れ違いに無量が帰ってきた。が、孝平は「お疲れ様」と声をかけただけで、車に乗り込んでいってしまった。

「なにあれ。地権者さん？　なにしにきたの」

「うん。西原くんとお泊まりにきてって」

「げっ。なにそれ」

相変わらず、手首には仰々しい天然石の数珠《じゅず》ブレスレット（「御統《みすまる》」と言ったか）をつけていた。

降矢《ふるや》と八頭《やがしら》。

その家の者に害をなすと、天の神軍が矢で射るという——降矢。

その家の谷に手をだすと、祟《たた》りで死ぬという——八頭。

何か深い因縁で結ばれた両家のようだが……。

＊

厳谷の現場では、いよいよ出土した銅剣の取り上げ作業が始まった。

結局、五十七本がまとまって出た。三百五十八本の荒神谷には及ばないが、それでも結構な数だ。

粘土の中に埋められ脆《もろ》くなった遺物の表面に、アクリル樹脂を塗って強化し、更にガーゼで補強する。乾いたら添え木をあてて一本ずつ取り上げる、という荒神谷の時のやり方に倣った。違うところは、アクリル樹脂の溶媒にトルエンではなくアセトンを使ったところくらいだ。

トレンチに板を渡して腹這《はらば》いになりながらの作業は、なかなかに体力と神経を使う。

「よし。あと十五本。このまま分析にまわすから大学に連絡して」

取り上げ作業中も、無量は別の場所での試掘にかかりきりだった。第八トレンチだ。あの「少し離れた斜め上の加工段」だった。無量はその後、意を決して高野に掘削を提案していたのだ。高野は受け入れ、無量に任せる形で追加の試掘を許可した。

無量は黙々と作業を続けている。相変わらず、誰も声をかけられないほどの集中力だ。土と向き合う時の姿には妙な迫力があって、人を寄せ付けない。

その手がようやく止まったのを見て、高野が近づいていった。

「西原くん、そっちはどうだね」

「はい……。ちょっと見てもらえますか」

無量が指さしたトレンチの底に、何か、土とは明らかに違う塊が、顔を覗《のぞ》かせている。

高野は目を剝《む》いて、顔を近づけた。

「銅鐸《どうたく》……か？」

「そのようなんすけど、ちょっと様子が変なんです」

銅鐸とは、バケツを伏せたような形の青銅器で、その使用目的も定かではないが、鐘のような「音を出すための道具」ではないかと言われている。風鈴のように、内部に棒状もしくは板状の「舌《ぜつ》」と呼ばれる部品がぶらさがっており、それを揺らして音を打ち鳴らしていたようだ。弥生時代特有の青銅器であり、祭器として使われたようだが、だんだん大型化して、最終的には音を鳴らすより置物として用いられた、との説もある。

近くでは、加茂岩倉遺跡で大量出土した例がある。荒神谷からも見つかっている。厳谷で発見されても不思議はない、……のだが。

「本当に、これは銅鐸か？」

顔を覗かせた遺物は、奇妙な形をしている。丸みを帯びていて、一見、壺《つぼ》のようだ。銅鐸の曲線は銅板を軽くしならせた感じだが、目の前の遺物は金魚鉢のように丸い。

「もう少し掘って」と指示され、無量は再び手を動かし始めた。

「なんだ、これは……」

全容が明らかになり、無量も高野も、思わず絶句した。

「どくろ……？」

その青銅器は、人間の頭骨の形をしている。

銅でできた髑髏《どくろ》なのだ。

長年、青銅器の研究に携わってきた高野も、こんな遺物を見るのは初めてだ。

「これ、青銅……だよな。本物の人骨じゃ……」

「ないっすね。錆《さび》が出てるし、人工物だと思います」

「にしては、いやにリアルな……」

無量も険しい顔つきをしている。実は先程から右手がびりびり派手に痺《しび》れている。指先が震えているのは緊張のせいではない。『鬼の手』を呼んでいたのは、どうやら、これだったらしい。

「とんでもないものがでてきたぞ！　銅剣どころの騒ぎじゃない！　おい、大変だ！　みんな集まってくれ！」

しかし、なんて不気味な遺物だろう。青銅製の髑髏なんて聞いたことがない。

無量の胸に一抹の不安がよぎる。

これは、本当に掘り出してよかったのだろうか。

＊

無量が掘り出した「青銅製の髑髏」は、センセーショナルな発見だった。

考古学関係者のみならず、地元新聞社などにも大きく取り上げられ「前代未聞の青銅器」として一躍、注目を浴びることになった。荒神谷や加茂岩倉がある神名火山（仏経山）界隈《かいわい》から、またしても謎の出土品発見、との報に関係者は沸いた。現場にはテレビ局の取材なども来て、高野らは対応に追われている。

取り上げを済ませた「髑髏《ずがいこつ》」は、その後、分析にまわされ、青銅製であることが確認された。大きさも人間の頭蓋骨と同じくらい。下顎《したあご》の部分こそ出てこなかったが、頭頂部には人骨と同じく「泉門《せんもん》」と呼ばれる線上の溝も入っていて、いやにリアルだ。眼窩《がんか》は右側のみが空洞になっていて、隻眼のようにみえる。

「西原瑛一朗の孫が、また変なものを掘り出したな」

そう言ったのは〝実測の鬼〟の九鬼だった。

文化財センターでのブリーフィングにやってきた無量を、九鬼はわざわざ廊下で待ち伏せていた。

「怪しい怪しい。また『鬼の手《オーガ・ハンド》』のお手柄か？」

「文句あんなら高野さんに言ってくださいよ」

「本物かなあ……。自分で作って自分で埋めたんじゃないの？」

無量がキッと振り返って、にらみつけた。

九鬼は眼鏡の奥の目を光らせて、にや、と笑った。

「どうやって見つけた。教えろ。おまえの掘るところばかりに、あんなに都合良く出るわけがない。その手に電磁探査器でも埋め込んでんのか。それともじーさんから捏造《ねつぞう》テクでも伝授されたか？」

「変な言いがかりは迷惑なんすけど」

「おまえがどうやってお宝を見つけるか、興味があるっつってんだ。エセ宝物発掘師《トレジャー・ディガー》」

九鬼は眼鏡のブリッジを指先で持ち上げると、いきなり無量を囲い込むように壁へ手をついた。上から威圧するように顔を近づけ、

「俺は騙《だま》されないぞ。西原。学界のボンクラどもと違ってな」

「……手どけろって」

「イカサマを見やぶるのは、実測屋の仕事だしな。俺がカラクリを暴いてやる。小細工しても、俺の目はごまかせないから、そのつもりでな」

言い捨てるように去っていく。

厄介な男に目をつけられたものだ。からかいや嫌がらせは今までもあったが。

「〝実測の鬼〟じゃなくて〝粘着の鬼〟の間違いじゃないの？」

無量は愚痴ってペットボトルの水を飲んだ。


「どうやら、本物の人骨で型取りした鋳型から作られたようですね」

会議室に集まった調査員たちは、ホワイトボードに貼った写真と実測図を見ながら話している。高野とむつみ、鍛冶の他、実測の九鬼の姿もある。無量と萌絵も同席した。

「片目だけくりぬかれてないのには、どういう意味があるんでしょう」

「さあ。工程上のミスか、はたまた未完成品か」

「未完成品を埋めたってことですか。しかし、祭器の一部と仮定するなら、完成品を埋納するんじゃないでしょうかね」

「逆でしょう。捧《ささ》げ物は完成させちゃいけないって風習もありますし」

「祭器と決まったわけでもない。片目をくりぬかないことに何か意味があるのか」

「いずれにしても、人の頭骨から型取りするっていうのは、尋常じゃないですよ」

「問題は、その頭骨の持ち主が誰かということです。何か余程特別な人だったんじゃ」

議論は白熱した。

無量は口を挟まない。ただ腕組みして聞き役に回っている。この上なく渋面だ。

萌絵は気が気でない。無量が何を考えているのか読みとれない。相変わらず「ひねくれ者」な無量は手柄を喜んでおらず、むしろ出したのを後悔でもしているようだ。

ふと議論の最中、無量が席を立った。皆が、はっと議論を止めた。

「どうした。無量」

「すいません。ちょっとトイレ」

言って、出ていってしまう。萌絵もすかさず「私も」と言って後を追った。

廊下に出ると、無量が腕組みをして壁にもたれていた。深く溜息《ためいき》をついている。いつもながら気難しい無量に、萌絵も手こずったが、

「どうしたの。西原くん。もしかして落ち込んでる？」

「ああ。ちょっと」

不機嫌の理由はそれだった。またしても発掘欲求を抑えられなかった自分に、自己嫌悪を感じている。我を忘れて掘るのに夢中になると『鬼の手』の言いなりになったと感じて、憂鬱《ゆううつ》になってしまうのだ。

「調査なんだし、成果を出したのは全然悪いことじゃないよ。落ち込む必要なんてない

んじゃないかな。みんなだってあんなに沸いてるし」

「まあ、ね……」

「手柄なんだから、もっと喜んでもいいのに」

誰が掘っても一緒だ、とは無量は言わなかった。いつもなら手柄を否定する無量だが、今回ばかりはそうも言えない。明らかに追加試掘を言い出したのは無量だったからだ。

「あの遺物、あまりいい感じがしなかった」

「えっ」

「大抵の遺物は、かくれんぼと一緒で、見つかりたくない。『そっとしといてくれ、見つけないでくれ』って捜されるのを強く拒むのに。あれは呼んでた。かくれんぼなのに鬼を呼んでた。早く見つけろ、自分はここだ、ここを掘れ、明るいところに出せって」

萌絵は面食らった。一般人なら理解に苦しむ言葉だ。だが無量には、無量特有の言い回しがあることを、萌絵は知っている。

壁に貼られた観光ポスターを眺める無量の目は、不安そうだ。

「変なことになんなきゃいいけど」

嫌な予感は、奇妙な形で現実になり始めた。

翌日、いつもどおり発掘現場に自転車で通ってきた無量が見たものは、近隣住民の一団から詰め寄られている高野の姿だった。

「発掘を中止せい！」

「一眼鬼《いちがんき》の塚を掘り返しおって……！　すぐに埋め戻せ！」

無量は怪訝《けげん》そうに眉《まゆ》を顰《ひそ》めた。――〝一眼鬼〟の塚？

口々に中止を求める住民たちはいずれも年配ばかりだ。農作業着で駆けつけた住民たちを前にして、高野は対応に困りきっている。なかなか宥《なだ》まりそうにない。

「……あんたかね。一眼鬼の髑髏《どくろ》を掘り出したて御仁は」

突然、背後から声をかけられて振り返ると、スクーターにまたがった法衣姿の年配僧《そう》侶《りょ》がいる。法事に赴く途中で立ち寄ったという風情だ。

「一眼鬼って何のことです」

「この辺りに昔っから伝わる、人喰《く》い鬼のことだでね」

「人喰い鬼？」

どこぞの和尚らしき年配男は「ああ」と言って、発掘現場で騒ぐ人々を見やった。

「〝目一つの鬼來《きたり》て、佃人《たつくるひと》の男《をのこ》を食へり〟……。昔々、このへんには一眼鬼なる人喰いがおって里人を困らせちょった。里人の訴えを聞き届けた杵築《きづき》の神が、一眼鬼の首をとらっしゃった。ここはその首塚というわけですわ」

「厳谷に手を入れると祟《たた》りがあるって聞きましたけど、その人喰い鬼のってことですか」

「迷信を恐れる信心深い年寄りは、祟りが自らに及ぶてて恐れちょうのだわ。まあ、悪いことは言《え》わんけん、このへんでやめときなさい」

「調査でやってるんです。どの道、道路工事で潰《つぶ》すはずだったんじゃないんですか」

「いや。あの斜面だけはぎんりぎり残すはずだったと聞いちょうが」

どこぞの和尚はうそぶくように言って、合掌した。

「怖いのは鬼じゃなく人だけん。……おたくも気を付けーことだね」

と言い残し、和尚はスクーターで走り去った。

無量は自分の右手を見つめてしまった。――〝鬼じゃなく人〟……。

高野が遺物の取り扱いについては今後協議する、と必死に言い訳して、どうにかこうにか、住民たちを引き取らせたが、結局、その対応で午前中、丸々潰れてしまった。

「まいったな……。今度は鬼の髑髏ときたか」

「鬼なんかじゃないっすよ。青銅製の作り物です。現物見りゃ分かることでしょ」

「まあ、そうでなくとも、この谷は〝神様の土地〟だからな……。しかし、サブトレンチもこれからだってのに、この調子で妨害なんかされた日には」

高野の懸念通り、その日から、文化財センターや市の文化財課には、発掘の中止を求める匿名電話がかかってくるようになった。発掘をやめなければ、作業員に危害を加えるという、脅迫めいた内容まであって、大事をとって翌日の発掘が一時中断となってしまったほどだ。ついには無量たちの宿舎にまで、脅迫電話がかかってくるようになった。

「おい、大丈夫か。そっち」

師匠の鍛冶が心配して、食堂にいた無量に声をかけてきた。無量は拗《す》ねたように漫画を読みふけりながら、

「……大丈夫じゃねっすよ。なんか面倒な谷だったみたいです。なんせ神様が怒ると雨の代わりに矢を降らせる、なんて、わけのわからない言い伝えがあるくらいで」

「矢が降る……。ほう。鏃《やじり》が出るのか」

はい？　と無量が顔を上げた。

「よく縄文《じようもん》遺跡のある土地で聞く言い伝えだな。雨が降ると土が流れて、埋まった石鏃《せきぞく》が顔を出す。それを見つけた奴が『雨と一緒に天から降ってきた』って勘違いするんだ」

「つまり、厳谷のも、元々埋まってた鏃が、雨で流土して顔出したってことすか」

その類《たぐい》の伝承は、何もここだけではなく、各地に見られると言う。

「そっか。やっぱり迷信だったんだ」

「迷信や祟りを甘くみたらいかんぞ。無量」

「信じるんすか。師匠。らしくもない」

「そういう意味じゃない。迷信や祟りが伝わる場所は、大昔に何らかあった場所だってことだ。そういう伝承の裏には、必ず歴史的な意味が隠されてる。発掘者なら、そういう伝承に鋭く反応するアンテナを持てと言っとるんだ」

いかつい拳骨《げんこつ》顔で、諭す。

無量は考え込んでしまった。……まあ、確かに、「青銅製の髑髏」なんて奇妙なものが出てくるくらいだ。何かあるのは間違いないが。

そこに萌絵がやってきた。こちらも不機嫌そうな顔をしている。

「おや？　永倉ちゃん、どうした」

「……スマホに変な電話がかかってきたんです。名前も名乗らないで『発掘を中止しろ』って。なんで私の番号知ってるんだろう。気持ち悪い」

「どんな奴だった」

「男の人。中年っぽい感じの。しかも非通知」

無量と鍛冶は顔を見合わせた。市や大学の人間ならともかく、萌絵はよそから来ている人間だ。その携帯番号まで摑《つか》んでいるとは、どういうことだ。

そんなことが二、三度続いた後。

ついに事件は起きたのだ。

＊

夕方から降り始めた雨は、夜半近くに本降りとなっていた。

無量の携帯電話が鳴ったのは、時計の針が十一時を回った頃だった。民宿の部屋ですでに布団に入っていた無量は、着信音で起こされた。寝入りばなを起こされて、不機嫌な無量の耳に飛び込んできたのは、聞き覚えのない男の声だった。

『……厳谷の発掘員さんですか』

途端に目が覚めた。

「だれだ。あんた」

『さっきから発掘現場で怪しい人がうろうろしてます。何か掘り返してるみたい』

聞いた瞬間、もう飛び起きている。

『早く来てください。じゃあ』

「って、ちょ……っ、あんた誰って、おい！」

電話は切れている。

名前も名乗らず、しかも非通知だ。タレコミというやつか。なぜ無量の番号を知っていたのかは分からないが、発掘現場荒らしがいると聞いてはそれどころじゃない。無量は、すぐに鍛冶の部屋へ報《しら》せに行ったが、今夜は松江市内で地元考古学者と飲み会とやらで留守だった。今頃は酔ってべろんべろんだろう。玄関に走りながら、高野に急いで電話した。が、こちらも出なかったので留守電にメッセージを残した。

「厳谷に現場荒らしがいるみたいです。すぐ来てください。俺も先に行ってます」

階下に降りると、民宿の主人がテレビを見ていた。

「自転車借ります！」

レインコートをかぶり、雨の中、自転車を飛ばして十五分ほどで現場に着いた。辺りには街灯すらない。周りは山林で、懐中電灯で照らす範囲の他は真っ暗だ。

無量が駆けつけた時、それらしき人の姿はなかった。

遺跡荒らしをするにしても、明かりなしには作業ができない。が、辺りは真っ暗で人《ひと》気《け》もなく、車なども無い。念のため、懐中電灯で見回ったが、トレンチのブルーシートはしっかり覆ったままだし、これと言って荒らされた形跡はない。

「ガセか？」

遺物は大方、取り上げた後だから、遺物泥棒するつもりだったなら空振りもいいところだろう。トレンチの土嚢《どのう》も無量たちが設置した時のままだ。

「……んだよ。イタ電かよ」

無量は舌打ちした。こんな夜中に悪質もいいところだ。嫌がらせか？

雨の降りも激しくなってきた。長居は無用だ。引き返そうとしたその時だ。

背後に人の気配を感じた。反射的に振り返った。次の瞬間、何かが空を切る音がして、こめかみのあたりに衝撃をくらった。視界に火花が散り、地面に転がった。

「な……っ」

激痛ですぐに立てなかった。目が眩《くら》みつつ顔をあげると、目の前に黒い人影がある。

黒い雨合羽《あまガッパ》の下に目だし帽をかぶり、手にはバットを握っている。振りかぶるのを見て、無量は素早く転がり、危うく追加の一撃を避《よ》けた。が、体の動きが鈍い。

「なんだ、てめ……っ」

暴漢はバットを振り回して、無量に襲いかかる。どうにかかわして懐に飛び込み、バットを握る手を摑んだ。指先に、ごり、と石の感触がした。無量は夢中でそれを摑み、ひきちぎった。ばらばら、と玉が散らばった。

「なんなんだ、てめえ！」

無量の恫喝《どうかつ》にも怯《ひる》まず、暴漢はバットを振り回す。無量は避けて逃げようとしたが、ぬかるみに足をとられた。思わず倒れ込んだ拍子に泥水がはねて視界を奪った。ここぞとばかり、暴漢がバットを振り下ろす。咄嗟《とっさ》にグリップを摑んで抵抗したが、今度は馬乗りになって素手で殴打を始めた。急所をかばってうずくまる無量に、暴漢は容赦ない。

そんな両者を、だしぬけに車のライトが照らしあげた。

激しい雨音に遮られ、無量も暴漢も、車がきたことに直前まで気づかなかった。暴漢はギョッとして殴打の手を止めた。

「そこで何をしてる！」

車から降りてきた運転者が鋭く叫ぶ。暴漢は脱兎《だっと》のごとく逃げ出した。運転者はそれを追うより倒れた無量の介抱を優先した。無量はぬかるんだ地面に這《は》い蹲《つくば》ったままだ。

「おい、しっかりしろ、無量！」

叫ぶ声に聞き覚えがあった。揺さぶられ、耳元で叫ばれても、無量にはまだよく状況が把握できない。なぜなら、必死に呼びかけてくる声が、ここにいるはずのない人間のものに聞こえたからだ。

「無量、大丈夫か、無量！」

泥まみれになりながら、無量はうっすら目を開いた。

「……やべ……頭へんになってる……」

「頭をやられたのか。無量」

「幻覚、でなかったら、ゆめかな……」

抱き起こされた無量は、半信半疑で呟《つぶや》いた。

「なんで、おまえがいんだよ……しのぶちゃん……」

＊

激しい雨の中、ずぶ濡《ぬ》れになりながら、宿舎に無量を担ぎ込んできた男を見て、萌絵はあぜんとした。

その男は無量をロビーのソファに座らせると、すぐに手当を始めていた。萌絵はおろおろするばかりで何が何だか分からない。目の前でてきぱきと湿布を切る男に、萌絵は思わず問いかけた。

「あの、これどういうことなんでしょう」

「暴漢に襲われた。とりあえず応急処置だ。念のため、朝一で病院に行った方がいい」

「これどういうことなんですか、相良《さがら》さん！」

萌絵の強い問いかけに、若者はやっと観念したか、一度大きく息を整えた。そして、濡れた髪を掻《か》き上げると、萌絵を振り返った。

「お久しぶりです。永倉さん」

卵形の端整な面立ちに、アーモンド形をした奥二重の瞳《ひとみ》。きゅっとあがった口角がいつも微笑んでいるように見える……。

相良忍《さがらしのぶ》だった。

何度目を疑ってみても、そこにいるのは、あの「相良忍」なのである。

「ど、ど、どういうことなんです。まさか西原くんをこんなにしたのは……っ」

「違う。忍は助けてくれたんだ」

冷やしたタオルをこめかみにあてながら、無量が言った。

「怪しい奴に発掘現場で待ち伏せされてた。忍が来てくれなかったら、今頃、死んでたかも」

「でも、なんで相良さんがここに……」

すると、忍がおもむろに名刺を取りだして、萌絵に渡した。妙に見覚えのあるデザインだ。萌絵は思わず「え！」と声をあげてしまった。渡された名刺にはカメケンのトレードマーク「微笑む（明日香の）亀石」が描かれている。「亀石《かめいし》発掘派遣事務所」の文字の下に「相良忍」の名がはっきり印刷されているではないか。

「まままままさか！　今度来る新人さんっていうのは！」

「はい。僕です」

「相良さんが……うちの事務所に⁉」

嘘でしょ！　と深夜であることも忘れ、大声をあげた。忍は折り目正しく頭を下げた。

「昨日付けで所員になりました。どうぞよろしく」

「よろしくって……文化庁はどうしたんですか！」

「やめました」

「やめた⁉　文化庁、やめちゃったんですか！」

「はい」

「文化庁の相良さんが文化庁やめちゃったんですか！」

萌絵はへたりこんだ。忍といえば文化庁の新人職員だ。「若きエリート職員」であるはずだった。それがカメケン？　カメケンのしがない一所員？　「将来有望な高級官僚の雛《ひな》」は？　「未来の事務次官」は？

「まあ、あれだけの騒ぎを起こしてしまったわけですし、大体、民間企業の情報漏洩《ろうえい》をするような公務員、職場においとくのは問題でしょう」

「だからって……だからって……」

勿体《もったい》ない。

萌絵は涙目だ。忍は、しかし全く未練のない様子で、さばさばと、

「そんなわけで、僕もこのたび発掘コーディネーターを目指すことになりました。ここ

で明日《あした》から研修させてもらいます」

「はあ？　発掘コーディネーター？　じゃ、相良さんも研修にきたんですか！」

「はい。今夜はちょっと出雲の知り合いに挨拶《あいさつ》する用事があったんで、こっちには明日来る予定だったんだけど」

「なら、なんであの現場に」

「高野さんから電話が」

昼間、空港に迎えにきてくれたという。すでに打ち合わせを済ませ、発掘妨害の件も聞いて、文化庁時代の人脈で何か対策をとれないか、と手回しを練っていたところだ。

「高野さんの自宅は松江だし、僕のほうがすぐ駆けつけられそうだったからね。間にあってよかったよ」

萌絵と無量は、呆気《あっけ》にとられている。実のところ、一番驚いているのは無量なのだ。

「しかし酷《ひど》い妨害だな。警察に被害届出した方がいいよ。無量。さすがに目に余る」

「忍、あれからおまえ、どこで何を……」

「明日、病院で診断書を」

「忍」

無量が強い語調で訴えると、忍は察して、

「あの事件のことなら、もう大方、片がついたから。色々迷惑や心配をかけて、すまなかった。心機一転がんばるよ。……それよりこっちの状況が気にかかる。おまえを襲った暴漢に心当たりは？」

　無量は首を横に振った。暗いところでいきなり殴られた上に、雨まで降っていたので、実は犯人の特徴があまりよく把握できていないのだ。

「ただ、これ……」

　無量が掌《てのひら》を開いて見せると、そこには緑色の勾玉《まがたま》と数個の管玉がある。

「俺を襲った奴が手首にはめてたのを、ちぎった。現場に行けば、たぶんまだ残ってる。緑の勾玉と赤い管玉と白い丸玉」

「ねえ……これ。どっかで見覚えがある」

　と萌絵が言った。

「八頭さんがつけてた〝御統《みすまる》〟とかいうブレスレットじゃない？」

　無量は掌の石を睨《にら》みつけ、険しい顔になった。

＊

　間もなく高野が到着した。家族で両親の介護をしている高野は、夜も滅多に外出しないが、遺跡荒らしと聞いては平静ではいられない。急いで駆けつけたのだが、無量が闇討ちをかまされたと聞いてますます真っ青になった。

「警察には」

「いえ、まだ。とりあえず現場はそのままです。荒らされてはいません」

「西原くんの怪我は。今からでも病院に」

「大丈夫っす。うまくよけたんで大した怪我じゃないっす」

「明日の朝、僕が病院に連れていきます。被害届には診断書が必要ですし」

　また来ます、と言い残し、忍は帰っていった。駅前ホテルにチェックインしていたので今夜はそこで泊まりだ。自身もずぶ濡れだったので、落ち着いて長話でもなかった。

　相良忍は、無量の幼なじみだ。萌絵とは一年前、上秦《かみはた》古墳の発掘で知り合った。忘れもしない。担当教授が何者かに殺害されるという凄惨《せいさん》な事件が起き、重要な鍵《かぎ》を握っていたのが忍だった。事件は紆余《うよ》曲折の末、どうにか片づいたが、忍がその後、どこでどうしていたのかは、無量も萌絵も知らされていなかった。だから余計に当惑している。

　再会できたことは嬉《うれ》しいし、元気な姿を見られて安堵《あんど》もしているのだが、タイミングがタイミングだけに実感できない。寝て起きたら、夢だったと思ってしまいそうだ。

　翌朝、萌絵は朝一番（まだ七時前だ）で亀石所長に電話をかけた。叩《たた》き起こされた亀石は二日酔い気味のねぼけ声でこう答えた。

『……ああ。相良くんね。コーディネーター志望だっていうから、うちで働いてもらうことにしたんだ。言わなかったっけ？』

「言ってないです！　てかなんでそんな大事なこと言い忘れるんです！」

『あ、そうそう。ちなみにコーディネーター試験だけど、受かるのは、どちらか成績のいいほうだけだから』

「は？」

『二人も給料あがると困るから、合格者は一人だけ。つまり二人はライバルってわけ』

「ちょ……！　なんですか、それ！　成績のいいほうって、そんなの相良さんに軍配あがるに決まってるじゃないですか！」

『わからんぞ。大逆転てこともある。まあ頑張ってくれたまえ。じゃ俺は寝るから』

「寝るって、所長！」

電話は一方的に切れてしまった。萌絵は茫然《ぼうぜん》自失だ。元文化庁職員というだけでもバイアスがかかっているのに、相手は国立の一流大学出身で、しかも名のある大企業をライバルの中国企業に買収させようとまでした男なのだ。自分ごときがかないっこない。

目の前が真っ暗になりながら、食堂に降りてきた萌絵は、信じがたい光景を目にした。

「おはよう。永倉さん」

「って、いるし！」

忍だった。朝食を食べている無量の隣に寄り添って、茶を飲んでいる。

「は、早いんですね。相良さん」

「ああ。無量を病院に連れていこうと思って。こいつほっとくと、行かずに済ますから」

「……行くって。ちゃんと」

「駄目だ、無量。おまえすぐ逃げるから僕が付き添う。こっちは任せて、永倉さんはどうぞ先に現場に行っててください」

にこやかな忍を見て、萌絵は「まずい」と思った。このままでは無量のマネージャーの座まで、忍に奪われてしまう。

「いえ、病院には私が。相良さんは今日初日だし、遅刻はしないほうが」

「いやいや、こっちは気にしないで。現場監督には昨日挨拶したし、永倉さんは作業の続きがあって、いないと鍛冶さんが困るでしょ」

「いえ、やっぱり私が」

取り合いになっている。

結局、忍に押し切られてしまった。

萌絵の危機感はいやが上にも募りまくりだ。ゆうべは「相良さんと同じ職場なんて夢のよう」と期待に胸を膨らませていたが、これではまるで「ライバル登場」ではないか。

それに忍はただの元文化庁職員ではない。家族の仇討《かたき》ちのために大企業を動かすばかりか、敵を陥れるためなら国家間の領土問題までも利用するという、したたかの一言では済まない男なのだ。その上、萌絵にはまだ前回の事件のトラウマが残っている。時に忍がのぞかせるゾッとするほど冷たい表情は、一見して「殺人犯」と萌絵に思いこませてしまったほどだ。普段は温厚を絵に描いたような忍だが、いざというときは手段を選ばない冷徹な一面も隠し持っていて、絶対、敵には回したくない人間だ。

なんでよりによってそんな男が、ライバルにならねばならないのか。

萌絵は頭を抱えたくなった。

「なんなの、これ……」

＊

「びっくりさせて悪かったな。無量」

病院に向かう車の中で、忍がハンドルを握りながら話しかけてきた。助手席の無量は、呆《あき》れ果てている。

「いいけど……。一言いってくれりゃいいのに」

「驚かせたかったんだ。おまえと永倉さんを。案の定、いいリアクションしてくれたし」

「遊ぶな」

「あれから、亀石さんには色々相談に乗ってもらってね」

情報漏洩《ろうえい》の責任をとって、文化庁を依願退職した忍だ。その後、殺人事件の実行犯には懲役が確定したが、忍の義兄・剣持昌史《けんもちまさし》は結局、証拠不十分で不起訴となってしまった。一番の証人である三村《みむら》教授がすでに死亡していたのが痛恨だ。だが龍禅寺笙子《りゅうぜんじしょうこ》が黙っておらず、井奈波《いなば》マテリアルの役員会を動かして、剣持を解任し、七剣《しちけん》の座も剝奪《はくだつ》してしまった。社会的制裁を受けて転落した剣持は、もう二度と井奈波の中枢には戻れず、飼い殺しの道が待つだけだった。

「……おまえは、それで満足なのか。忍」

「満足するしかないんじゃないか。あの男の一番大事なものは、生涯奪ったわけだから」

忍は自分にそう言い聞かせているようだった。忍の家族の殺害を命じた男だ。本当は、法で裁いて欲しかっただろうことを思うと、口で言うほど納得できてはいないのかもしれない。

龍禅寺とも、それきり縁を切ったという。

「でも、笙子様は諦《あきら》めてないみたいだ。剣持が抜けた七剣のひとりに推したい、なんて言って、時々メールを送ってくる。俺はもうたくさんだけどね」

国道九号線は通勤の車で混んでいる。レンタカーはまだ新車の匂いがしていた。

あの忍が今また、すぐ隣にいるのが、無量にはなんだか不思議だった。

「緑色琥珀《こはく》、身につけててくれてるんだな」

「え、ああ」

無量は首にかけた革紐《かわひも》を指にひっかけた。先端には小さな緑色琥珀がついている。前回の事件の終わりに忍がくれた。彼の父・相良悦史《えつし》の形見の石だった。

その悦史は、無量の祖父の捏造《ねつぞう》事件を、マスコミにリークした張本人でもあった。

「おまえにあげたのはいいけど、実は、少し無神経だったかなって気になってた……」

「なんで。そんなことない」

「おまえの右手」

忍はすまなそうな顔をした。

「父さんがリークしなけりゃ、おまえの手がそんなになることもなかったと思うと」

「それとこれとは関係ない。そう言ってんだろ」

「ああ。わかってはいても、ね……」

不正を告発した父親の行動は正しかった、と理解していても、それが後に無量とその家族に引き起こした出来事を思うと、責任を感じずにはいられないのだ。

「父さんは、マスコミにリークなんかせずとも、何か他にやり方があったんじゃないかって時々思うんだ。あんな酷《ひど》い騒ぎにしない方法もあったんじゃないかって」

「………。そうできたんなら、忍の父さんはとうにやってると思う。じーさんのことだから、他のやり方で告発しても、きっと揉《も》み潰《つぶ》したよ」

「どうだろう。正しいことをすることが、必ずしも正しいと言えないこともある。今でも時々ふと思うんだ。父さんたちが龍禅寺の事件に巻き込まれてしまったのは、告発したせいで無量たちを苦しめた……天罰……」

「忍！」

無量が咎《とが》めるように一喝した。

「そんなこと絶対考えんな。それとこれとは全然、関係ない。それに俺は忍の父さんを恨んでなんかいない。どころか、この石はメッセージだと思ってる」

「メッセージ？」

「不正に流されぬ勇気を持て。真実を歪《ゆが》める前に自分に克《か》てって。そんな相良のおじさんの気持ちが、この手の毒を抜いてくれる」

今は無量のお守りだ。右手が疼《うず》いて眠れない時、石を握りしめると疼きが和らいだ。尊敬する友を告発するという苦しみに屈することなく真実を求めた亡き相良悦史の信念が、右手にこもる祖父の怨念《おんねん》に打ち勝って、解毒してくれるような気がする。そういう意味だったが、無量の言い回しは少し抽象的すぎたのか。忍は複雑そうに眉《まゆ》を下げた。

「これからどうするかって、あの日から色々考えたんだけど、ずっと義兄《あに》への報復しか考えてなかった俺には、気が付けば結局、何にも残ってなかった。やりたいことも、夢も。最後に思い浮かんだのが、おまえの顔だったんだ。無量」

「俺？」

「ああ。許されるなら、おまえや父さんのいた世界にしがみついていたいと思った。文化庁で多少なりと経験も積んだし、力になれたらって」

「それって、なに。俺に責任感じてるとか、そーゆーこと？　そんなんなら——」

「違う。責任とか罪滅ぼしなんて気持ちはない。ただ、おまえに夢をみてる」

「ゆめ……？」

「ああ。俺は夢なんて持てない人間だけど、宝物発掘師《トレジャー・ディガー》・西原無量には夢をみてる。おまえが掘り出すものは、遠い過去と現在《いま》を結びつける。途切れた時間を繋《つな》ぐ力があるんだって痛いほど感じた。切なくなるほど。そういうおまえを近くで支えられるなら」

無量は押し黙ってしまった。「迷惑か」と忍が訊《たず》ねると、「迷惑だ」と答える。

「……そんなたいそうなもんじゃないし」

ウィンカーの音が沈黙を刻む。

信号が青に変わり、忍は意を決したようにアクセルを踏んだ。

「勘違いするなよ、無量。俺は憂えてるんだ。おまえが不器用で口べたで、人にうまく伝えられないせいで、発見されるべき重要遺物が埋もれたまま終わるのは、社会の……いや人類史における大きな損失だからな」

「な……っ。なんだそれ」

「おまえのためじゃない。人類史の発展のためだ。わかったか」

無量は言い返せない。忍のこんな強引なところは、近所のガキ大将だった頃のまんまだ。忍はいたずらをしたように鼻を鳴らすと、カーナビの指示通り、ハンドルを切った。

「それより昨日、おまえを襲った暴漢。遺留品のブレスレットは八頭っていう地権者の息子のものかもしれないんだろ？　八頭は発掘に反対でもしてたのか？」

「孝平サン？　いや。許可したくらいだから反対じゃないだろうけど、あの『髑髏《どくろ》』が出てから、変な迷信騒ぎで地元のじーさんたちが騒いでた」

「迷信？　高野さんが言ってた、人喰《く》い鬼の？」

無量はまた塞《ふさ》ぎ込んだ。

「……もしかすると、あれは〝出したらいけない遺物〟……ってやつだったのかも」


病院には九時前に着いたので、一番で診てもらえた。

幸い精密検査の結果はシロだった。骨にも異状はなく、頭部の外傷も大事には至らなかった（バットで殴りかかられた時、咄嗟《とっさ》に受け流せたのだろう）。打撲の診断書を発行してもらい、診察室から出てきた無量は、携帯電話へ着信があったことに気が付いた。

「永倉さんから？」

「うん。五回も。いやにかかってきてんな。なんかあったのか」

留守電を聞いた無量は、あからさまに顔をこわばらせた。

異変を察した忍が「どうした？」と問うと、無量は目線をさまよわせ、動揺を滲《にじ》ませながら、携帯電話を耳元から下ろした。

「——神立南の墳丘墓で、八頭サンが亡くなってるって……」

第三章　降矢竹吉

八頭孝平《やがしらこうへい》の遺体が発見されたのは、墳頂部の中央トレンチだった。先日、無量《むりょう》たちが鉄剣と首飾りを取り上げた第三主体部――この墳丘の主と思われる被葬者の棺《ひつぎ》があった場所だ。ブルーシートの上に仰向《あおむ》けに倒れて、息絶えていた。

発見したのは、朝、現場に着いた作業員だ。すぐに警察に通報し、調査主事の降矢《ふるや》むつみらにも連絡が回った。萌絵《もえ》は鍛冶《かじ》と現場に向かっているところで一報を受けた。

「八頭さん……」

到着した萌絵は、間もなく遺体と対面することになった。

美貌《びぼう》はすでに血色も失《う》せて青白く、爽《さわ》やかな笑顔を見せた顔は、苦悶《くもん》に歪《ゆが》んでいる。息絶えて何時間が経ったかは分からないが、もうぴくりとも動かぬ体は、遠目には人形のようだ。ブルーシートにたまった雨水で着ているスーツはずぶ濡《ぬ》れになっていた。胸や腹の数カ所に、小さな石の欠片《かけら》のようなものが刺さっていて、うっすら血が滲んでいる。雨水が赤く染まるほどでないところを見ると失血死ではなさそうだが、奇妙なのは、遺体の周りに、三角形の石の破片が落ちていたことだ。

萌絵は動揺のあまり、鍛冶の腕にしがみついてしまった。鍛冶も硬い表情で、萌絵をかばうようにその手をしっかり摑《つか》んでいる。

間もなく警察も駆けつけて検視と現場検証が始まり、当然、発掘どころではなく作業は中断した。数日前のやりとりがまだ記憶に新しいだけに、萌絵のショックは大きい。無量と忍《しのぶ》が駆けつけた時には、すでに墳丘一帯に非常線が張られている。イエローテープの内側から遺体が運び出されていくのをただ見送るばかりだ。

「永倉《ながくら》サン。これどういうこと」

「わからない……。見つかった時にはもう亡くなってたみたいで」

一番動揺しているのは、降矢むつみだ。まがりなりにも婚約者だ。警察からの質問に気丈な態度で答えているが、さすがに顔が青ざめている。事故、か。それとも。無量たちの素人判断では、なんとも言えない。

「八頭サンの手首に例のミスマルはあった？」

「なかった」

萌絵はショックを受けつつも、しっかり確認していた。

「右手にも左手にも、つけてなかったよ。西原《さいばら》くん」

昨夜の暴漢から引きちぎった天然石のブレスレット。じゃあ、あの男はやはり——。

「八頭孝平だったのか？　でもなんで」

背格好は似ていたが、土砂降りで暗がりだったので、そうとも違うとも言いきれない。

だが、彼だとしたら、いったいこれは……。

＊

八頭孝平の変死により、発掘作業は中断した。

トレンチのブルーシートに仰向けで倒れていた孝平の死因は、窒息死。

前日、孝平は取引先の接待で松江の料亭に夜十時頃までいたそうだ。車で帰宅して以後、足取りは分からない。金品などを取られた形跡はなかった。料亭に来た時と同じスーツ姿だったが、手首には、腕時計の他は何もつけていなかったという。

最も奇妙なのは、彼の体と遺体の周りに、石の破片があったことだ。ただの破片ではなく、加工した痕《あと》があった。

――石鏃《せきぞく》ではないか。

と言ったのは、現場を目撃した発掘員だった。狩猟などの際、矢の先端につけた石製の鏃《やじり》だ。

関係者一同がすぐに思い浮かべたのは『天の神軍』の矢だった。

天が怒ると、厳谷《いつきだに》に降る、という言い伝えの、鏃だ。

――祟《たた》りだ。

人々は口々に噂した。

——八頭さんは天罰で死んだ。

噂はあっという間に近隣の集落に広まった。


「十八、十九、二十……。こんなもんかな」

夕方、無量が萌絵と忍と三人で向かった先は、巌谷の発掘現場だ。

神立《かんだち》南墳丘墓は現場検証で、しばらく現状保存しなければいけないというので、作業も当分、中止だ。巌谷の作業も、反対派の妨害行動を受けて一時中断している。下草が全て払われ、黄褐色の土色が剝《む》き出しになった斜面の下で、三人は昨夜無量が暴漢に襲われたあたりにしゃがみこみ、地面を見回している。

忍が捜しているのは足跡だ。無量の靴跡と一緒に残されている、男物とみられる長靴の足跡。忍は鑑識よろしく長さを測り、写真に収めた。

「暴漢は全身レインスーツだったんだよな。無量」

「ああ。足元は長靴だった」

「サイズは二十六から七。まあ、長靴だからアバウトだけど」

無量と萌絵が捜しているのは、天然石だ。暴漢からひきちぎった天然石ブレスの残りが散らばっている。拾い集めた天然石を復元するように地面に並べてみせた。

「青めのうの勾玉《まがたま》六個、白めのうの丸玉十二個、赤めのうの管玉六個。青玉・白玉・赤玉・白玉の順番でワンセット……」

「ずいぶん凝った数珠《じゅず》だな。卑弥呼《ひみこ》が身につけてそうな」

「御統《みすまる》って八頭サンは呼んでた。出雲大社が皇室に献上した〝美保岐玉《みほぎだま》〟を模してると」

「皇室に……？」

　忍は怪訝《けげん》そうな顔をした。横から萌絵が、

「私も聞きました。花仙山の石で作った、八頭家の跡取りにだけ伝わるお守りだって」

「孝平はひとり息子で、父親は入院中。この数珠の持ち主が孝平だとしたら、やっぱり暴漢は、死んだ八頭孝平か」

　だが、遺体の服装はスーツと革靴だった。合羽《カッパ》と長靴は厳谷から移動する間に脱ぎ去っていたのか。

「しかし、こうもきれいに珠を残しちゃ、無量を襲った犯人だって名乗り出てるようなもんだぞ」

「本当ですね。私だったらバレないように拾いにきちゃうかも」

「証拠隠滅する前に死んだってことか」

　頭を悩ます忍と萌絵の隣で、無量は並べた石をじっと見つめ、考え込んでいる。

「でもなんで西原くんを襲ったりするの？　発掘を止めたいだけなら、地権者権限でなんとでもできたはずじゃ」

「一度許可を出してる手前、まともな理由なく取り下げるのは難しかったのかもしれないね」

「あの『髑髏《どくろ》』を出したからですか。一眼鬼《いちがんき》の祟りが怖いから？」

「逆に無量を闇討ちして『祟り』を実行したつもりかも」

「どういうことです」

「祟りの言い伝えを逆手にとって、現実にし、関係者に恐怖を植えつけ『これ以上掘るな』というメッセージを送った。あわよくば無量を追い出すつもりだった。無量にこれ以上出されては困る物があったから、とかね」

「発見されたら困るもの。何でしょう」

「まさか死体でも埋めたんじゃ」

「や、やめてくださいよ」

「死体だったら最初から発掘許可しないか。いずれにせよ、無量が出したのは計算外だったんだろう。闇討ちかけてまで追い払いたかったとしか」

「……そういえば、八頭さん、西原くんのこと調べてたみたいだった」

八頭孝平が宿舎を訪れたのも、無量が「西原瑛一朗《えいいちろう》の孫」だと確かめに来たようだった。むつみに内緒で来るくらいだ。

「でも、なら、なんで八頭さんは神立南の発掘現場で亡くなってたの？　西原くんを闇討ちした後に」

「そこが一番の謎だな」

ふたりのやりとりを聞いているのかいないのか、無量は石を眺めて押し黙っている。

深い緑色の勾玉は、夕陽を受けて、重々しく輝いている。

三人が民宿に戻ると、こちらもまた変死事件の噂で持ちきりになっている。食堂には鍛治と高野《たかの》がいて、今後のことについて話し合っていた。

「よう。相良《さがら》くん、本当に文化庁やめちゃったんだね」

鍛治と忍は面識があった。反骨で昔気質《かたぎ》の発掘者なので、お役所からは厄介者扱いされがちな鍛治だったが、最近は文化庁の事業に呼ばれて参加することもあるという。

「君とはもっと喧嘩《けんか》したかったよ。宮内庁書陵部とも闘って欲しかったのに」

「はは。勘弁してください。それより今日からこっちに泊まらせてもらいますんで」

「そうか。……しかし、こんな状況じゃ、当分は屋内授業だな」

八頭孝平の変死事件については、高野がいろいろ情報を集めてきてくれていた。

「絞殺……？　殺害だったんですか！」

「ああ。警察の人の話じゃ、そういうことみたいだ」

首に絞殺痕があった。状況からみるに自殺ではなさそうだとのこと。

死亡時刻は、死後硬直や体温低下の具合からみて、発見の六〜八時間前。深夜〇時から二時の間。無量が襲われた時間とほぼ同じかその少し後だが、一時過ぎ頃になじみのキャバクラ嬢へ同伴予約の携帯メールを送っていたらしいから、死亡はやはり厳谷を去った後と見られる。

萌絵はダメージが大きく言葉もない。身の回りで殺人事件が起こるなんて、一生に一度あるかないか、だと思っていたのだが。

「ちょっとチャラい感じもしてたけど、悪いひとには見えなかったのに」

「……」

無量もテーブルに肘《ひじ》をつき、じっと考え込んでいる。

「警察の方が、明日《あした》は聴き取りをするそうなので、すみませんが、協力お願いします」

高野に言われて、無量たちは応じることにした。

*

「黙っておく？　警察に言わないつもりか。無量」

部屋に入った忍が、荷物を解《ほど》きながら、無量に聞き返した。畳に座り込んだ無量は、窓の外を眺めながら「ああ」と答えた。

「暴漢の件は、おまえも警察には言わないどいて。忍」

「なんで。八頭孝平の足取りは重要な情報になるかもしれないんだぞ」

「うん……」

「言った方がいい。僕は話す」

「遺留品のことだけは黙っといて。絶対に」

何かひっかかることがあるらしい。忍はスーツケースを閉じて無量に向き直った。

「一体どうしたんだ。あの御統《みすまる》に何か気になることでも？」

「うん……。まあ、ちょっと」

口ごもる。曖昧《あいまい》な答えに忍は困ったが、無量を信用して承服した。

「……わかったよ。そのかわりと言っちゃなんだが、僕も──無量。聞いて欲しいことがある。あの厳谷の現場のことだ」

「なに？」

「実は文化庁にいたころ、妙な資料を見たことがあった」

それは文化庁主催の史料展で記念書籍発行のために「戦後の文化財行政」についての調べ物をしていた時のことだった。

「たまたま、終戦直後の、占領政策下での文化財行政について、ＧＨＱの発給文書を見る機会があったんだが──」

「ＧＨＱって、確かマッカーサーが司令官をやってた、アメリカとかの進駐軍のこと？」

ああ、と忍はうなずいた。第二次世界大戦で敗戦した日本は、終戦後、連合国による占領下に置かれて、連合国総司令部《GHQ》の総司令官ダグラス・マッカーサーの指揮のもと、多岐に亘《わた》る場面で、民主化が進められた。

「ＧＨＱは占領政策の一環として、略奪文化財──つまり、日本が、中国や朝鮮半島をはじめとする極東地域から勝手に持ち出した文化財や考古史料を、返還する政策を進めていた。その過程で、文部省にも文化財の現状を把握するよう要請してきたことが何度かあったらしい」

文化財に関しては民間情報教育局《CIE》(Civil Information and Education Section)という機関が担当した。そこは宗教・マスコミ・出版の民主化や、教育改革を請け負った。

略奪文化財の返還業務は、民間財産管理局《CPC》(Civil Property Custodian)との協力で進められたが、戦勝国への賠償問題で、皇室財産の接収計画なども進められており、日本にある文化財それ自体が賠償のために提出させられるのではないか、との憶測が、国内でも飛び交ったという。

「そんな中で民間情報教育局《CIE》が発給した文書の中に、奇妙なものを見つけた」

忍は、神妙な表情になって打ち明けた。

「彼らは、中国などから要請された略奪文化財返還のため、民間財産管理局《CPC》とともに、文化財の捜索を日本政府にたびたび要請してきて、文部省や内務省でその業務にあたったようなんだが……。民間情報教育局《CIE》からの捜索要請リストに、なぜか、ひとつだけ、物でなく、地名を記したものがあったんだ」

「地名……? まさか」

「そう。〃イツキダニ〃の文字があった」

無量は目を瞠《みは》った。

「巌谷を捜せ、と？」

「ああ。表記はアルファベットだったから、ここのイッキダニとは限らないが、当時の局長のサインもあった。他のが全て物品の名称だったのに、なぜそれだけ地名だったのかって、妙に頭にひっかかってたんだけど、今回、無量が担当する現場の地名を聞いて、それを思い出したんだ」

実は、そのために、今回の研修をわざわざゴリ押ししたのだと聞いて、無量は驚いた。

「じゃ、おまえが出雲に来たのは」

「まあ、ね。亀石《かめいし》さんには入所早々、わがままを言ってしまった」

理解のある上司というべきか。所員に甘いというべきか。

「GHQ絡みは物騒なことも多いから、亀石さんも許可したんだろう。案の定、こんなことになってるし」

無量は呆気《あっけ》にとられている。まあ、何の前触れもなく突然現れたので、何かあるんだろうとは思っていたが……。

「それに無量は厄介事を呼びこみやすい体質だし」

「おまえに言われたくありませんね」

「はは。なんだ。照れてるのか」

「なんでそうなる」

「島根に進駐した連合国軍に当時動きがなかったかどうかも含めて、少し調べてみるよ。

神立南の発掘も当分中断しそうだし、明日から動いてみる。何かわかるかもしれない」

「俺もつきあう」

と無量が言った。珍しく積極的だ。

「八頭の御統《みすまる》は、皇室に献上された美保岐玉の模造品とか言ってた。なんかあるのかも」

「ああ。実はそれも気になってた。なら一緒にあたってみるか」


その日は、民宿の部屋がいっぱいだったため、忍は無量の部屋で寝ることになった。枕を並べて寝るなんて、子供の頃以来だ。夏休み、川で遊び疲れて、縁側で一緒に昼寝をした。涼風に吹かれて鳴っていた南部風鈴の音が、耳に甦《よみがえ》ってくるようだ。

無量は子供時代を思い出しながら、行儀のいい忍の寝姿を眺めていた。お互いが過ごしてきた波乱の十数年間を思えば、いま普通に隣で寝ているこの状況が、不思議ですらある。理由はどうであれ、忍がもう一度、自分の近くに来てくれたのは素直に嬉《うれ》しかった。が、彼のように優秀な人物なら、この業界でなくても、才能を活《い》かせる職に幾らだってつけるだろうに。

忍が寝ついたのを確かめて、そっと右手の手袋を外した。皮膚がもりあがり、大口を開けて笑う鬼の顔のようになった手の甲。醜いその顔には悪意すら漂う。何かを嘲《あざけ》っているような。

自分が掘り出した「一眼鬼の髑髏《どくろ》」を思い浮かべた。

——怖いのは鬼じゃなく人だけん。

やけにその言葉が耳にこびりつく。

地権者の八頭孝平も、殺された。祟《たた》りでなければ、何が理由で。

誰が。

なんのために。

＊

翌日、神立南墳丘墓の関係者は警察の聴き取り捜査に協力するため、文化財センターに集まった。その中には萌絵の姿もある。八頭孝平のことだけでなく、昨夜どこで何をしていたか、まで訊《き》かれたので（皆に訊いているらしい）やむを得ず「遺跡荒らし」の件は話した。無量が暴漢に襲われたことも話すには話したが、御統《みすまる》の件だけは無量に固く口止めされたので、自分からは明かさなかった。

会議室から出た萌絵は、緊張が解けて、ほっと一息だ。

「まいったなあ……。相良さんが来た途端に、この騒ぎだし」

忍は相変わらず朗らかだったが、敵を陥れる時に見せた悪魔みたいな冷笑が脳裏に甦り、ぱっと「死神」の二文字が頭に浮かんだ。

「か、考えたくない」

「永倉さん。降矢さんを見ませんでしたか」

振り返ると、事務室から高野が顔を出している。

「いえ。今日は一度も」

「そうですか……。やっぱり署のほうに呼ばれてるっていうのは、本当かな」

降矢むつみは八頭孝平の婚約者だ。何か事情を知っているのでは、と警察も睨《にら》んでいるようだ。昨夜は斐川町阿宮《あぐ》地区にある自宅にいた。祖母とふたり暮らしで、夕食後はずっと自室で発掘調査資料の整理をしていたという。

とはいえ、八頭孝平は会社関係でいくつかトラブルを抱えていたようなので、殺害される理由があったとしたら、そちらではないか、と高野は言った。

「そうとも限らないね」

口を挟んだのは、作業室から出てきた九鬼雅隆《くきまさたか》だった。

「降矢は八頭建設が請け負った仏経山の道路工事に反対してた。結婚にも乗り気じゃなかった」

「親が決めた許婚《いいなずけ》っぽかったですけど」

「あの男自体を嫌ってた。消えて欲しい動機には、充分なる」

「ちょ、降矢さんが容疑者みたいな言い方やめてください」

「それにあの日、降矢があの男と言い争ってたのを、作業員が見てる」

萌絵も高野も「えっ」と詰まった。九鬼は作業員から聞いたらしい。

「罵倒《ばとう》する降矢を、八頭が平手打ちしたのを目撃したそうだ。かなり険悪なムードだったそうだし、痴情のもつれというほどの仲でもないが、まあ、思い詰めて手にかけたとしても、おかしくはない。場所も、発掘現場だし」

「そんな言い方……。同僚でしょう」

「婚約を断れなかった降矢も悪い」

九鬼は眼鏡を指でもちあげ、

「……ま、矢も降ったんだし『天の神軍』からの天罰でもいいんじゃないか。ろくな男じゃなかったし。松江のキャバクラにボトル何本も入れてたって話だ。女遊びで財産食いつぶすタイプだよ。降矢も、馬鹿な婚約者が消えてせいせいしてるんじゃないか」

言い残し、作業室に戻っていってしまった。歯に衣《きぬ》きせぬ性格とはいうが……。

「降矢さんは実をいうと、九鬼くんには特別な気持ちを抱いてたみたいで」

高野の言葉に、萌絵は驚いた。

「想いを寄せてたってことですか」

「ええ。でも婚約者がいるから、口には出せなかったんだろうなあ」

あんな口の悪い男のどこが……と萌絵は思いかけたが、人のことは（全く）言えない。

九鬼も、あんな言い方をしているが、むつみに対しては何か特別な感情があるようで、よく作業室で「ああでもないこうでもない」と遺物を前に遅くまで二人で話をしていたという。それはそれは、いい雰囲気だったと。

「そうだったんですか……」

疑われる立場にあるのは、仕方がない。でも、彼女が犯人なら、発見時にあんなに動揺するだろうか。気丈な女性だから、現場でつとめて冷静に振る舞ってはいたが、指先が小刻みに震えているのを萌絵は見た（犯人だから動揺していた、とも受け取れるが）。

八頭が殺されたのは、厳谷の祟りと何か関わりがあるのではないか。疑われているむつみのためにも、あの夜の暴漢の正体を警察に告げるべきだと萌絵は思うのだが……。

なぜ、無量は口止めするのだろう。

＊

無量と忍は、厳谷のある幸田《こうだ》地区へやってきた。住民に聴き取り調査をするためだ。

「つか、なんでスーツなの？」

忍は用意してきたスーツを着込み、かっちりネクタイをしめている。

「ここの人は発掘に好感持ってないんだろ？　なら、お役所っぽい格好のが効果的だ」

さっそく水田で畦道《あぜみち》の草刈りをしている住民を見つけ、声をかけていった。無量が「やばい」と思ったのは、先日、発掘にいちゃもんをつけてきた年配男性だったからだ。

男性は草刈り機を止めて、振り返った。

「なんだい。セールスならお断りだよ」

「お仕事中すみません。文化庁のほうから来ました相良という者です。厳谷の発掘について調査をしています。ちょっとお話を伺いたいのですが」

これには無量が慌てた。とうにやめたくせに文化庁を名乗るのは、さすがにまずいだろ、と。すると、忍が小声で「あくまで『文化庁のほう』だから」と注釈した。まるで水道局をかたる浄水器詐欺のような手口だ。

「ぶんかちょう……？　ああ、よそをあたってくれ。厳谷にはもう関わりたくなあけん。八頭様のぼっちゃんまで死んでしまうし、巻き込まれとうなあけえ」

「巻き込まれる？　何に」

「八頭のぼっちゃん、矢が刺さっちょーたそうじゃないか」

「矢というか、鏃《やじり》ですが」

「あれは『天の神軍』の矢だ。天罰が降《くだ》ったんだわ」

仕方なく民家を探して訪ね歩いたが、会う人会う人、頑《かたく》なに二人を拒み、応じようとしない。先日、発掘現場に押し掛けて中断を求めた者までも、八頭孝平の死に恐れをなしたか「触らぬ神に祟り無し」とばかりに貝のごとく口を閉ざしてしまった。

どうも集落全体に何かを隠している気配が漂う。カーテン越しにこちらを窺《うかが》う視線も感じた。無量たちを見るとコソコソ隠れるくせに、監視するように陰から見つめている。余所者《よそもの》への警戒心は、古い共同体では珍しくはないが（ましてこの状況だ）――。

どうにも息が詰まる。

「仕方ない。素直に役場関係をあたってみるか」

「忍……」

と無量が袖《そで》を引っ張った。目線が、道路脇のバス停に注がれている。杖《つえ》をついた老人がベンチに座っていて、皺《しわ》だらけの目で、こちらをじっと見つめている。

「あんたがた、厳谷を調べちょーのかいね」

驚いたことに、あちらから話しかけてきた。声は嗄《しわが》れていて、見た目も八十はゆうに超えている。背を丸めて小さく座っている。無量と忍は、顔を見合わせた。

「はい。いま厳谷で発掘調査をしているのですが、私たち以外で、昔、なにか、そこを調べているような人を見たことはありますか」

「厳谷は神様《かんさん》の谷てて言《え》って、余所者が入ると祟られるちー話だわ」

口調が間延びして少し頼りない。大丈夫か、このじーさん、と無量は思った。

「ええ、そう聞いてます。ですが、あくまで調査のために」

「昔、進駐軍のモンも死んだ」

なに、と二人は目を剝《む》いた。

「進駐軍の人が来たんですか。厳谷に」

「そげだ。終戦から、ちょっこし経った頃だわな。突然ジープに乗ったMPが谷に押し掛けてきて大きなテントを張りよった。何日も何日も、谷を掘り返しちょーたわのう」

「掘り返す？　まさか発掘をしていたんですか」

無量にはすぐに思い当たることがあった。厳谷の土層に見られた大きな「攪乱《かくらん》」（土を掘り返した痕跡《こんせき》）。そう古いものではなく、戦後すぐ、というなら土層の様子と一致する。ごく最近とは言わないが、半世紀くらい前ならば、充分近い。

「ある日、作業しちょった連中がいきなりバタバタ倒れよったげな。そーで病院に担ぎ込まれて死んだモンもおるて言って、皆、祟《たた》りだ祟りだと口々に噂しちょった」

「死者が出たんですか？　進駐軍の発掘隊に？」

由々しき情報を得て、忍も無量も、神妙な顔になってしまう。

「だけん祟りだがね」

「待ってください。何のために発掘をしたんですか」

さあ……と首を傾げている。そうこうするうちに車がやってきた。デイサービスの送迎だ。介護福祉士に付き添われ、車に乗り込んでいく。忍は執拗《しつよう》に乗り口まで追いかけ、

「何か、そのことを詳しく知っている人はいませんか」

「ああ。松江に住んじょる仙道《せんどう》ちー英語教師を訪ねーとええじ。いまは『あがた』ちー料亭をやっちょーけん」

それだけ言い残すと、送迎車は走り出してしまった。無量と忍は、顔を見合わせた。

進駐軍が発掘……？　やはり掘っていたのか？

こんな何もないような山中で？

＊

忍の運転する車で、さっそく松江に向かうことにした。宍道湖を見渡す湖沿いの国道を走りながら、無量はますます考え込んでしまった。忍も腑《ふ》に落ちない様子で、

「……妙な話だな。進駐軍がわざわざ発掘に乗り出すなんて」

ＧＨＱから日本政府に対する略奪文化財の捜索要請は、何度かあった。そのリストには、日本軍占領下の中国で行われた発掘での出土物や考古史料なども含まれていた。だが、捜索自体は(中国からの調査団が直接まわった例を除いて)文部省を通じ、博物館や学究機関、地方自治体などに委《ゆだ》ねられた。

進駐軍自らが発掘なんて、異例中の異例だ。

「何かを捜してた？」

無量も助手席で腕組みしながら、考えた。

「略奪文化財を、誰かが、あの谷に隠したとでも？」

忍も、そう睨《にら》んでいる。

「しかも、その発掘で人も死んでる……。まさか、おまえが見つけた、あの『髑髏《どくろ》』が実は中国から持ち込んだ略奪文化財だったとか……？」

「いや。それはない。あれが出た土層に、攪乱はなかった。ＧＨＱから隠すために誰か

が掘って埋めたなら、必ず証拠は土に出る」

それを覆すことはできない。

「むしろ攪乱は別のトレンチから見つかってる。たぶん、進駐軍が掘ったのは、そこだ」

「何か出たんだろうか」

なんとも言えない。だが「略奪」文化財と呼ばれるくらいだ。公《おおやけ》に見つかっては困るものだとすれば、隠した当事者が妨害する理由も説明できる。それで、死者が出た可能性もある。祟りではなく。

しかし誰が、何を隠したというのか。


松江市は、宍道湖の東岸にある。かつて松平《まつだいら》氏によって栄えた由緒正しい城下町だ。現在は島根県の県庁所在地であり、松江城を中心に諸官庁が集まり、近代的な街並みの中にも、かつての城下町らしい風情が残っている。

目指す料亭は、ネットで検索して苦もなく見つかった。松江城の近く、大通りから一本、奥まった細い通りの角にある。『あがた』という小豆《あずき》色の暖簾《のれん》が出ている瀟洒《しょうしゃ》な和風建築が、その店だった。本館は料亭だが、別邸では普通にランチもやっているというので、ついでに少し遅い昼食をとることにした。

和洋折衷のハイカラなダイニングは、手入れの行き届いた庭に面しており、古き良き大正・昭和初期といった感じで、雰囲気もいい。茶人として知られた松平不昧《ふまい》公のお膝《ひざ》元《もと》らしく、食後には抹茶と茶菓子も出てきた。無量は「苦い」と渋い顔をしたが……。

「つかぬことをお訊《たず》ねしたいのですが、こちらに、元・英語教師をしてらしたという仙道さんと仰《おっしゃ》る方はおられますか」

会計の折に、支配人とおぼしき者に問いかけた。

「島根の文化財行政について調べております、相良と言います。もしご在宅でしたら、是非お話を伺いたいと思いまして……」

今度はちゃんと名刺を渡した。ランチ客も大方去ったこともあり、支配人は「仙道」に伺いを立ててくれた。すると、ここへ来るという。忍と無量は、待つことにした。

現れたのは、気品ある和装の老婦人だった。元教育者らしく身なりもよく、きれいに結った白髪は清潔感があり、九十近い高齢でありながら、背筋もぴんと伸びていて、聡《そう》明《めい》な雰囲気を湛《たた》えている。老婦人の名は、仙道キクと言った。この料亭の「大女将《おかみ》」であるという。

「発掘派遣事務所……。まあ。遺跡発掘を？」

はい、と忍はうなずき、

「斐川町にある厳谷というところで発掘を行っているのですが、ご存じでしょうか」

「ええ。先日、新聞に載っちょりましたね。『青銅の髑髏』が見つかったとか」

「発見者は、ここにいる西原《さいばら》無量です」

余計なことは言わないでいいから、と無量が小声で咎《とが》めたが、仙道キクは素直に驚いて喜んだ。厳谷の老人とはかつて教育委員会で知り合ったという（老人は小学校長も務めた人物だった）。

「……わたくし、若い頃、進駐軍の通訳をいたしておりましてね。進駐軍が松江にやってきたのは、終戦の年の秋だったと記憶しておりますが」

アメリカ占領軍第四一師団一六二連隊のウィルビー少佐を司令官とする約千名。うち六百名が松江に、百七十名が出雲市に、二百名が浜田《はまだ》市にそれぞれ進駐した。その翌年の二月からは、イギリス連邦占領軍（イギリス・インド・オーストラリア・ニュージーランド）が進駐した。

松江にはインド軍が入り、ターバンを巻いたインド兵の姿が多く見られた、とキクは懐かしそうに当時の様子を話した。

「その進駐軍なのですが……」

忍はさっそく厳谷の老人から聞いた話を切り出した。すると、キクはやや表情を硬くした。だが、今はもう昔の話と割り切ったのか。口許《くちもと》を和らげ、

「はい。発掘があったというのは、事実ですわ」

「やはり。……いったい何を目的に」

「詳しいことは、わたくしも存じ上げません」

発掘は極めて秘密裡《ひみつり》に行われた。恐らく、公式な文書には一切残っていない。キクが

斐川町荘原《しょうばら》の出身だったことも、その秘密調査で通訳を任された理由だったらしい。

「何を捜していたんですか。進駐軍は」

「彼らは〝shimpo《シンポ》〟と呼んでおりました」

「〝shimpo〟?」

「何を意味する名前かは分かりませんでした。ただ余程の秘密調査だったのでしょう。そもそも、すでにアメリカ軍は英連邦軍に進駐を引き継いでいたにも拘《かか》わらず、発掘は米軍によって行われたのです」

そのことが後に英連邦軍に伝わってしまい、ちょっとした問題になりかけたくらいだ。

「それで結局〝shimpo〟は見つかったんですか」

「たぶん見つからなかったのだと思います。怪我人や病人が次々と出て、そうこうするうちに英連邦軍に漏れ、問題となり、中断を余儀なくされたようでした」

無量は忍と顔を見合わせた。

「妙ですね。……略奪文化財の捜索で、もし進駐軍が動くようなら、わざわざ米軍が出てくる幕でもないはずです。地元の英連邦軍の兵がやればいい」

「ええ。英連邦軍には内密に進めたい調査だったのかもしれません」

連合国の日本進駐は、実質、米軍によって進められたが、中国・四国地方のみ、英連邦軍が進駐した。作戦上はＧＨＱの指揮下に置かれつつも、管理上は軍として独立していたという。

そういう「なわばり」があったにも拘わらず、勝手に発掘などを行った裏には、何があったのか。

「詳しい事情は分かりませんが、厳谷の発掘については、それ以前に『降矢竹吉』という人物が調査を行っていたと聞いております」

「フルヤ・タケキチ……？」

「発掘を行った将校から何度もその名を聞きました。フルヤが掘った跡だからと」

どういうことだ。その男が「〝shimpo〟」を隠したと？

「何者ですか」

「元・特攻隊におられた方と聞いています。終戦後、ある問題を起こしてＭＰに検挙され、要注意人物と目されていました」

「問題を起こした、と言いますと」

「松江事件をご存じですか」

終戦直後の昭和二十年八月二十四日未明。若者の一団が、日本の降伏を認めず、徹底抗戦を求めて、島根県庁を焼き討ちした事件のことだ。県庁は全焼。首謀者は岡崎功《おかざきいさお》なる人物で、きっかけは、海軍航空隊が「戦争継続」を訴えるビラを撒《ま》いたことだったらしい。それに発憤し、美保《みほ》海軍航空隊や、米子《よなご》航空機乗員養成所などにビラを撒き、飛行機出動を要請した。しかし、航空隊は応じず、岡崎は当夜、同志を集め、中学校の武器庫から手に入れた銃や銃剣で武装して、官公庁や報道機関を襲撃した。

「その事件は、県民には報道されなかったのですが、当時、徹底抗戦を求める人々は少なからず、いたようで、降矢竹吉という人も、そのひとりだったようです」

ビラが撒かれた海軍の航空機乗員養成所にいた竹吉は、これに呼応し、松江事件にも加わったらしい。だが、襲撃は警察隊によって鎮圧された。

やがて、松江の街にも占領軍が進駐し、そんな最中《さなか》、竹吉はある奇怪な行動に出た。

「天皇を名乗ったのです」

え？　と無量と忍は、一瞬詰まった。キクは蕭然《しょうぜん》とした口調になって告げた。

「自らを新天皇と名乗った人なのです」

*

降矢竹吉。元・特攻隊の生き残りで、戦地に赴く前に松江の旧海軍航空隊練習基地で終戦を迎えた。その後、松江事件にも加わり、ついには進駐軍の目も憚《はばか》らず、自らを「新天皇」と名乗り、これを宣伝したという。

あがたを後にした無量と忍は、宍道湖大橋の袂《たもと》にやってきた。湖岸の散策路にあるベンチに腰掛け、湖を見渡しながら缶コーヒーで喉《のど》を潤した。

相変わらず忍は無量の右隣にくっついて座る。ナチュラルにそうなる。久しぶりにこれをやられると無量はどきっとするが、ほどなく馴染《なじ》む。隙間があると落ち着かないから詰めてしまう。これが子供の頃からの定位置なのだ。

「しかし天皇を名乗るなんて、ちょっと頭ヤバいんじゃないの？　そんなに戦争に負けたのがショックだったのかね」

「いや。実は当時、天皇を自称する者は、他にもたくさんいたんだ」

終戦直後の混乱期、日本には「自らが正統の天皇である」と名乗り出る者が次々と現れた。自分の家系は天皇家の末裔《まつえい》である、と自称して、我こそが正統であると世間に名乗り出た。最も知られているのは「熊沢《くまざわ》天皇」だ。名古屋市に在住していた熊沢寛道《ひろみち》なる人物が、「自分は南朝の皇胤《こういん》である」と喧伝《けんでん》し、北朝系である昭和天皇の廃位と自らの即位を求め、マッカーサーに請願書も出したという。

「尤《もっと》も、熊沢天皇は、その父親が戦前から、南朝の皇胤だと訴えて、何度も上奏文を出してたからね。それを利用してクーデターまで起こそうとした者もいたくらいだ」

終戦後、熊沢天皇の出現は一躍、センセーションを巻き起こした。進駐軍にとっても、戦時中にはありえなかった天皇制批判や言論の自由という意味で、熊沢天皇の出現はむしろ利用できるものであったようだ。新聞や『ＬＩＦＥ』誌でインタビューを取り上げたりもしている。

「でも、国民の反応はキワモノ的な扱いだったみたいだな。その後、雨後のタケノコみたいに、次々と自称天皇が現れて、まともに主張を取り上げるどころか、物笑いの種にしたみたいだ」

「なるほどな。で、『降矢竹吉』もそのひとりってわけか」

自称天皇が流行していたから、それに乗っかった——といったところか。

「けど、どう考えても不毛だよな。本気で即位するつもりでいたんだろうか」

仙道キクの話によれば「降矢竹吉」は熊沢天皇と同じく「南朝の皇統後継者」を名乗っていたという。

十四世紀初頭。天皇家の皇統はふたつに分かれた。ひとつは「北朝」——室町幕府を開いた足利尊氏《あしかがたかうじ》によって擁立された「持明院統《じみょういんとう》」の天皇で、現在の天皇家に続く皇統だ。もうひとつが問題の「南朝」——足利尊氏と対立した後醍醐《ごだいご》天皇に連なる「大覚寺統《だいかくじとう》」である。両者は後醍醐天皇の死後、足利義満《よしみつ》の代になって再び統一されたが、現実には「北朝」の系譜が続き、「南朝」は歴史の表舞台から消えた。

「そうは言っても、政治の世界で何かあるたびに南朝の末裔を探し出し、担ぎ出そうとする動きはあった。まあ、終戦後の自称天皇騒動は、系譜云々《うんぬん》よりも言ったもん勝ちみたいなノリだったんだろうけど」

「問題は、その自称天皇をやらかした奴が、厳谷に何かを隠したってことか。そいつが大陸から持ち帰ったお宝を埋めたとか？」

「僕もはじめ、そう考えたんだが」

忍は、湖岸に打ち寄せる波をじっと見つめ、

「どうもプロフィールと合わない。てっきり満州あたりからの引揚者で、中国から持ち

出したお宝でも埋めたのかと思ったけど、経歴を見る限り、そういうのじゃなさそうだ」

竹吉は、元特攻隊員。海軍の志願兵だったらしい。

年齢も若く、出撃前に終戦を迎えたので、大陸に出ていった形跡もない。

「なのに……。一体なにを埋めたんだ。GHQが発掘に動くほどの物って？」

湖岸でのんびりと釣り糸を垂れる人々を眺めながら、無量は呟《つぶや》いた。それは天皇を名乗ったことと、何か関係があるのだろうか。

しかも苗字が、あの〝降矢〟なのである。

「やっぱり『降矢竹吉』についてもっと調べないと駄目みたいだ。彼は松江の航空隊にいたって言ってたよな。戦友会なんかをあたって同じ航空隊にいた人を探してみるよ」

忍はそう言って、立ち上がった。

＊

公営駐車場に戻る途中、四十間堀川《しじゅっけんぼりかわ》沿いを歩いていた無量がふと、とある看板に気が付き、足を止めた。どうした？　と忍も立ち止まり、視線を辿《たど》ると、宝飾品店とおぼしきショーウィンドーが目に入った。

「めのうの店？」

無量は迷わず、店内に入った。中は天然石でできたアクセサリーやら何やらで埋め尽くされている。どうやらここは出雲の名産である「めのう」細工の専門店だ。

「いらっしゃいませ」

迎えたのは、Vネックのニットが似合う、品のいい男性店員だった。無量は店内をくまなく見て回る。溢《あふ》れんばかりに並んでいる天然石の加工品に、忍も珍しそうに目を輝かせている。

「これ、全部めのうですか」

「はい。こちらで加工してるものです」

「いろんな色があるんですね」

「ええ。中には染めたものもありますが。出雲では赤めのうと白めのうがよく採れたそうですよ」

さすがに勾玉《まがたま》が多い。手頃なストラップから値段の張る宝飾品まで、様々だ。タピオカを思わせる白めのうを興味深げに見ていた忍は、いくつか手にとってみた。

「出雲はめのうが採れるんですか」

「ええ。玉造温泉に花仙山という古代から知られためのうの産地があって、古代には忌《いん》部《べ》氏という玉造の工人集団が住んでたそうです。昔は奈良などでも玉造はされてたようですが、徐々に廃れてきて、いつしか出雲だけになったようです。朝廷などに献上される玉の類は皆、花仙山から採れたものだったので、一種のブランドだったようですね」

「ここにあるのも全部、花仙山で採れためのうですか」

「いや、残念ながらこれらは。うちのはブラジル産が多いですね」

「輸入してるんですか」

「ええ。花仙山では、実はもう採れないんです」

その一言に、無量が食いついた。

「採れない？　めのうは採掘してないんですか。禁止されたとか？」

「いえ、単純に採掘業者がいなくなったんです。まあ、採れないと言っても、商業的な採掘は、って意味なので全く採れないわけではないでしょうが、採掘量自体が減って採算がとれなくなったようですね。地表面に出ていて簡単に見つかるようなものは脆《もろ》くて、質もよくないんです」

無量は意外そうに「じゃあ、花仙山のは全く？」と問いかける。と、男性店員が、

「戦前までは採ってたみたいですが、戦後になってからは、もう。ストック分も尽きたでしょうし。ああ、こちらに花仙山産の石もありますよ。めのうではありませんが」

店の一番奥のショーケースに大事そうに収められている。緑色の石だ。

「碧玉《へきぎょく》……？」

無量には一目でわかった。めのうのような透明感がない。実は、碧玉とめのうは化学組成は同じで、不純物を含んでいるために不透明になったのが、碧玉（ジャスパー）と呼ばれる。

「この碧玉は花仙山産なんですか？　採掘してないのに、なんで」

「実は高速道路の工事の際に割った岩盤から偶然出たものなんです」

花仙山のある地域には、つい数年前に、高速道路の高架橋が造られた。そこからたまたま出たものを譲ってもらい、ここで加工して売っているという。

「この碧玉は出雲では『青めのう』と呼ばれていて、古くから大変珍重された石なんです。この独特の深くて重々しい緑色が特徴で、朝廷にも献上されていました」

「碧玉が『めのう』……？」

無量がいやに鋭く反応した。

「これが『青めのう』なんですか？　碧玉なのに『めのう』？」

「はい。古くからの呼び方なので。別名『出雲石』とも呼ばれています。伝統ある花仙山のものは、もう本当にここにあるだけなんで、大変稀少《きしょう》なんですよ」

無量はショーケースに並ぶ碧玉の勾玉を食い入るように見つめている。

八頭孝平の言葉が甦《よみがえ》った。

──これも花仙山で採れた特別な青めのう……。

青めのうは、めのうじゃない。では、あれは……。

＊

「西原くん、おかえりなさい。今日警察の聴き取りで降矢さんが……って、ちょっと！」

宿舎に戻ってきた無量は、迎えた萌絵には脇目も振らず、一目散に二階へ駆け上がっていった。柄にもなく無量が焦っていたので、慌てて後を追うと、無量はカバンに隠していた「暴漢の遺留品」を取りだしている。

「どうしたの？」

「青めのうだ」

「うん。って言ってたじゃん」

「ちがうんだ」

無量はファスナー付き透明パックに収めた「緑色の勾玉」を凝視して、顔を強《こわ》ばらせている。

「八頭サンの御統《みすまる》。緑の勾玉は確か、めのうだった」

萌絵はますます意味が分からず、頭の中をハテナマークでいっぱいにした。「それがどうかした？」と問いかけると、無量は振り返り、

「八頭孝平が身につけてた御統《みすまる》、勾玉もめのうだった。透明感があってめのうらしい特徴があった。でも、この石は不透明で濃緑色。あの店で見たのと同じ。これ碧玉だ」

「碧玉？　違う石だったの？」

「どちらも主成分は珪酸《けいさん》で同じ玉髄質石英《ぎょくずいしつせきえい》だけど、碧玉は不純物が多くて透明にならな

い。冷えた溶岩の隙間に珪酸が溜《た》まってできるが、めのうは縞《しま》模様の板状、碧玉は塊で出る。花仙山でも採れる場所が違う。めのうは北側、碧玉は南西側だって……。八頭サンと最初に会った時、あの人、緑のめのうを『青めのう』って呼んだから、ふーんそうなんだ、くらいにしか思わなかったけど、花仙山では赤と白のめのうしか採れない。緑のめのうは採れない。採れるのは碧玉のことで、それを『青めのう』って呼んでたんだ」

ただ、めのうも光の加減によっては不透明に見える。暗い所ではパッと見、区別がつかない。遠目だったし、無量も自信が持てなかったのだが、めのう屋の話を聞いて確信を持った。

「父親の代に作り直したって言ってた。花仙山は戦後、採掘をやめてる。たぶん貴重な碧玉が手に入らなくなったから、代わりに白めのうを緑に染めて作ったんだ。八頭孝平はそれを『青めのう』と勘違いしてた」

「でも、この遺留品の勾玉は透明感がない。これは碧玉」

「ああ。つまり、これは――八頭サンのものじゃない」

「偽物!?」

「多分、あの暴漢も八頭サンじゃない」

萌絵は息を呑《の》んだ。無量を襲ったのは、八頭孝平ではなかった……!?

「どういうこと？　でも亡くなった八頭さんの手にも御統《みすまる》はなかったよ」

「殺害犯が持ち去ったんだ」

「犯人が？　待って。わざわざ偽物の御統《みすまる》まで用意して、八頭さんを暴漢に仕立ててから殺したってこと？　なんのために」

「わからない。アリバイ工作のためか。それとも、厳谷の発掘妨害と結びつけて何かをカムフラージュするためか」

暴漢は恐らく、最初から「御統《みすまる》のレプリカ」を遺留品として厳谷に残していくつもりだったに違いない。無量たちが警察に報《しら》せ「持ち主は八頭孝平」と判断されるのを期待したのだろうか。

だが孝平自身が緑のめのうを『青めのう』と勘違いして周りに吹聴していたため、犯人は鵜《う》呑《の》みにしてレプリカの石を正しい方の『青めのう』で作ってしまったのだろう。つい最近、たまたま工事で出た良質の碧玉があったことも偽物作りに役立った。

「――……いずれにしても、八頭孝平を殺した犯人と、厳谷でおまえを襲った暴漢は、無関係じゃないってことだな」

振り向くと、いつのまにか部屋の入口に、忍が神妙な顔で立っている。話を聞いていたらしい。無量はコクリとうなずいた。

「……多分、繋《つな》がってる」

忍は、結論を腹に収めるようにしてうなずいた。きびすを返し、

「永倉さん、無量。このことはくれぐれも内密に。どこに犯人がいるかは分からないが、

僕たちはまだ〝暴漢の正体は八頭さん〟と思いこんでるように振る舞おう」

「振る舞うって、犯人が近くにいるってことですか」

「念のためって意味だよ。僕は戦友会をあたってみる。詳しいことは無量に訊《き》いて」

忍は部屋から出ていった。萌絵は無量に向き直った。「どういうこと？」

無量は頭を掻《か》いた。

「ま、ちょっとアイスでも買いに行こか」


近くのコンビニまで歩いて二十分はかかる。夏至の太陽はなかなか沈もうとはせず、水田に二人の長い影を落としている。無量と萌絵は、カエルが鳴く夕暮れの農道を歩きながら、今日の収穫について話し合った。「厳谷の秘密」を聞いた萌絵は頭を抱えた。

「GHQに自称天皇……。もう相良さんって一体……」

「こっちも狐につままれてるみたいだ」

所謂《いわゆる》「略奪文化財」かもしれない〝shimpo〟が何なのか。

その正体が分からないことには、降矢竹吉との関係も知りようがない。

「忍の話だと、日本軍が大陸を占領してた頃、結構な数の文化財が中国から持ち出されたりしてたみたいだ。占領下の中国で日本人が発掘調査をして出した遺物なんかも含まれてた。リストには雲崗《うんこう》の石窟《せっくつ》や漢代の墳丘墓なんかもあったらしい。厳谷に隠されたのも、GHQが動くくらいなら余程のお宝なんだと思うけど」

「中国政府から返してって言われたものかもね」

「ただ米軍が秘密裡《ひみつり》に動いたってのが引っかかる。実はアメリカはそいつを中国に返す気がなかった、とか」

「うーん。確かにそのくらいの時期って、中国は国共内戦……共産党と国民党が戦ってる頃だし……。アメリカ的には、ソ連とかの共産主義に台頭されたら困るカンジだったから、物によってはないこともない、かも」

すると、無量がネコのように目をまん丸くして萌絵を見た。

「な、なに、その目」

「あんたの口からそんな知識が出てくると、びびる」

「これでも中国に留学してたんですけど」

「あんたのはカンフー留学だろ」

「留学は留学です」

「すると何か？　中国政府に返っちゃ困るお宝だったとでも？　それってどんなお宝？」

萌絵は「そうですね」といかめしい顔になって、

「共産党の秘密を握る翡翠《ひすい》の香炉とか。朝鮮戦争の行方を左右する百済《くだら》の金印とか」

「なんか壮大な国際的陰謀の匂いがしてきたけど……。問題は、そのお宝と今度の殺人事件に因果関係があるかどうか、だな」

夕暮れの田園地帯でそんなやりとりをしていた時だった。橋の向こうから一台のセダンがやってきて、無量たちのそばで静かに止まった。運転席から顔を覗《のぞ》かせたのは、降矢むつみではないか。

「二人揃ってどこ行くの？　デート？」

「きしょいこと言わないでください。ちょっとコンビニに」

「ちょっ。じゃなくて……降矢さん、大丈夫でしたか。その後、何か」

むつみは少し疲れた表情だ。やはり警察に任意同行を求められたらしい。目撃された口論の内容や二人の関係を根ほり葉ほり聞かれた。

「仕方ないの。私、あまりいい婚約者でなかったし……。あの人のことは、男としては好きになれなかったけど、子供の頃から知ってるし、こげなことになってつらいわ」

「お察しします」

「早く犯人が見つかってくれるといいのだけど。あっ……そうだ。紹介するわ、おばあさま。こちらは、西原無量くんと永倉萌絵さん」

助手席に、和装姿の老婦人が座っている。品のいい眼鏡をかけた老婦人は、七十代くらい。きりっとしたショートボブが似合い、むつみと目元がよく似ていて、聡明《そうめい》で意志の強そうな風貌《ふうぼう》は、さすがむつみの祖母だ。

「降矢ミツと申します。噂はむつみから聞いてますよ。あなたがミスター宝物発掘師《トレジャー・ディガー》？」

二人は思いだした。「降矢のゴッドマザー」と呼ばれている、本家の女当主だ。

あだ名の通り、威厳のある佇《たたず》まいだ。「降矢の女傑」を前に無量と萌絵も緊張した。

「青銅でできた頭骨を発見したそうですね。今度、見学に伺ってもよろしい？」

「ええ。でも今、発掘は中断……」

「そのことだけど、西原くん。厳谷の発掘は明日《あした》から再開するそうよ」

本当ですか？と無量が声を高くした。むつみは「よかったわね」と頷《うなず》き、

「神立南のほうは当分、中断するけど、その分、厳谷チームは頑張って。期待してます」

じゃあ、とシフトレバーに手をかけたむつみを、無量が呼び止めた。

「あの、ひとつ訊いてもいいですか」

「どうぞ」

八頭サンのことです、と告げて無量はむつみの反応を見た。むつみは笑顔を消した。

「発見された時、体に石鏃《せきぞく》みたいなもんが刺さってたそうですけど」

「ええ、いま警察の人が調べてるわ。集落の皆さんは『神軍の祟《たた》り』って噂してるらしいけど」

「〝降矢に害なす者には、天の神軍が矢で射る〟って言い伝えと、何か関係ありますか」

むつみは数瞬、黙った。無量の表情から問いかけの真意を読み取ろうとしていたが、
やがて突き放すように、

「ないわ。祟りなんて迷信よ。それが何か？」

いえ、と無量は言葉を収めた。むつみは気に障ったのか、冷たく「じゃあまた」と窓を閉めると走り去ってしまった。

「……疑ってるの？　降矢さんのこと」

「そういうんじゃない。でも八頭孝平は降矢サンにとって、ある意味〝害なす者〟だったのは事実なわけだし」

実は萌絵もそれが気になっていた。むつみは九鬼に想いを寄せている。そんな彼女にとって、孝平の死は、ショックはショックだろうが、おかげで意に染まぬ結婚からは解放されたのだ。九鬼の言うとおり、心のどこかではホッとしているかもしれない。

孝平が殺された原因と、むつみの結婚が無関係とは言いきれない。

「……降矢、か」

一方で、無量が気になっているのは、彼女が「降矢竹吉」と同姓であることだ。まあ、地方では村中、同姓なんていうのはよくある。皆、遠い親戚《しんせき》というやつだ。

「大昔のことは分からないが、少なくとも米兵に降りかかった『厳谷の祟り』は、降矢竹吉が埋めた〝shimpo〟を発見させないための演出だったのかもな」

「祟りは――演出？」

萌絵はギョッとした。

「じゃあ、進駐軍の人が死んでるっていうのも、本当は殺……！」

「師匠がよく言ってた。祟りなんかの迷信がある場所には、必ず隠された過去の真実があるって。祟りと言い触らせば、人は近づかなくなる。隠した〝shimpo〟を守ることにもなる」

祟りという言葉のヴェールが、真実を隠している。無量にはそう思える。

今度の件、思う以上に根が深そうだ。

「問題は、事件はもう終わったのか。まだ先があるのか。そこだよな」

宍道湖の方角に暗い雲がかかっている。

生ぬるい風がどこまでも広がる水田の上を渡っていく。

第四章　幽霊に射られる

「だから……。そんなにじっと見ないで。運転しづらいでしょ」

　ステアリングを握る忍《しのぶ》が、助手席にいる萌絵《もえ》の熱視線に音を上げた。

　翌日、無量《むりよう》が厳谷《いっきだに》の現場に戻ることになったので、代わりに萌絵が忍と一緒に「降矢《ふるや》竹吉《たけきち》」の調査に同行することになった。これから証言者のいる境港《さかいみなと》まで赴く。だが、車内でふたりきりになった途端、萌絵は全身から警戒オーラを発した。

「はっ。すみません。つい」

「僕と一緒にいるとそんなに緊張する？」

「相良《さがら》さんには前に痛い目に遭わされてますから」

「……………。ごめん」

　車が赤信号で停まった。萌絵は腹に溜《た》めていた疑問をここぞとばかりぶつけてみた。

「なんでよりによってカメケンに就職しちゃったんですか。相良さんなら、いくらだって、いい就職口はあったでしょうに」

「うん。実はウォール会長からも誘われたんだけど」

「やっぱり！」

シンガポールに拠点を置く有名投資会社の会長のことだ。

「でも断った。巻き込んだ人の世話になるのも申し訳ないし、だからと言って今更、龍《りゅう》禅《ぜんじ》寺のコネには頼れないし、この就職難だし」

「相良さんなら起業だってできますよ。今からでも遅くないから是非ウォール会長に！」

「永倉《ながくら》さんこそ、なんで発掘コーディネーターを目指そうと思ったの？」

ドキ、とした。忍は前の車のテールランプを見つめながら、

「以前会った時はそんなに発掘に興味あるようには見えなかった。仕事だからついてきたみたいだったけど、今はすごく熱心だよね。無量がいるから？」

「ちがいます！　でも……、刺激を受けたのは本当です」

「僕も同じだ」

忍は遠い目をして言った。

「あの事件で無量に再会できたおかげで、いま僕はここにいられるんだと思う。でなければ、きっと見失っていたよ。いろんなことを」

家族を亡くした後、引き取られた龍禅寺家のもとで冷徹な英才教育を受けた忍だ。彼には時折、どこか物事をいつも突き放してみているような、乾いた一面を感じるが、それは復讐《ふくしゅう》の念がそうさせたというだけでなく、思春期に身を置いた環境の影響もあった

のでは、と萌絵は思う（環境とはつまり、自殺者を何人も出すような学校や、理由もなく虐げる義兄弟のことだが）。忍は固い殻をまとってそういうものから自分の心を守ったのだろうが、拭《ぬぐ》っても拭いきれない「非人間的」な物事からの影響は、そうとは知らず、彼の本質にまで及んでいる。

忍自身、気づいてはいないかもしれないが。

「相良さんにとって西原《さいばら》くんは、あっち側から引き戻してくれる大きなキッカケだったんですね」

「ああ。無量には感謝してる。永倉さんにもね」

「あたしですか！」

「僕の代わりに荒城《あらき》に上段回し蹴《げ》りを決めてくれた」

萌絵は「そっちですか」と肩を落とした。

「……でも相良さんの言うとおりです。私も正直、西原くんに会うまではちょっと腐ってた」

君も？　と忍が問いかけた。萌絵はうなずき、窓の外に広がる宍道湖の湖岸を眺めた。

「就職難ってこともあって、好きなことと仕事にできることは違うんだって思ってましたし、前の職場はノルマきつくて人間関係もギスギスしてて、仕事だからって自分に言い聞かせて続けてきたけど結局リストラだったから……、なんかポキッときちゃって。もうそれからは、できるだけ楽してお給料貰《もら》えればそれでいいやって」

だが発掘現場で埋蔵遺物と向き合う無量を見ていて、何かが疼《うず》いた。学生時代にカンフーと出会って夢中になった時の、あの、どこかに置き忘れていた好奇心や探求心が目を覚ますのを感じた。すっかり受け身になっていた気持ちが自然と前向きになった。それが嬉《うれ》しかった。

という話を一方的に喋《しゃべ》り続けた萌絵は、忍が黙っているのに気づいた。

「……す、すみません。自分語りしちゃって」

「いや。というか、なんか永倉さんには勝てないかもって、今ちょっと思った」

「え？」

「君に比べると、僕の動機は、やっぱり少し不純だ」

萌絵には意味が摑《つか》めなかった。不純の中身は語らず「それより」と忍は明晰《めいせき》な口調に戻った。

「……例の事件、永倉さんの意見はどう。どう感じる？　ここにいるのは僕だけだ。思ったこと言っていいよ」

萌絵も実はこのところずっと考えていた。

「私は、犯人が『降矢に害なす者には天罰を』って言い伝えを利用した殺人事件だったんじゃないかと」

「根拠は遺体に刺さってた石鏃《せきぞく》だね」

犯人は、降矢むつみとの結婚を阻止するために八頭孝平《やがしらこうへい》を殺害したのではないか。萌絵にはそう思えてならない。警察も疑う通り、むつみ自身が手を下した可能性もあるが、実は、萌絵が疑念を抱くのは、彼女ではなく……。

「彼女に他の男と結婚して欲しくない人物？」

「はい……」

九鬼《くき》を疑っている、とは口に出せなかった。

八頭との結婚を望んでいないのは、本人ばかりではない。九鬼がむつみを救うために、孝平を手に掛けたとしても、おかしくはない。それに石鏃なんて簡単に手に入るものではない。九鬼なら実測で扱うこともある。

それに九鬼は無量に反感を抱いていた。やっかみだと思うが、気に入らない無量を、現場から追い出そうとしても不思議ではない。巌谷の闇討ちもそれで説明がつく。

「そうか……」

「相良さんは？　やっぱり巌谷関係だと思いますか」

「実はよくわからない。情報が少なすぎるせいだと思うんだ。『降矢竹吉』にしても五十年以上も前の人物だし。ただ」

「ただ？」

「アリバイ工作だけのために、わざわざダミーの御統《みすまる》を用意して無量を襲うのは、手が込みすぎてる気もする。八頭に襲撃の罪をかぶせるつもりで確実に事を運ぶなら、何も模造品《レプリカ》なんか用意せず、八頭を先に殺して本物を遺留品にしてしまえばよかったんだ。

それをしなかった。つまり」

「つまり？」

「犯人は本物を〝手に入れたかった〟とは考えられないか」

萌絵はきょとんとした。

なんのために？　忍にもそれは分からない。

「逆に、犯人が厳谷に模造品を残したのは、本物が奪われたことに気づかせないための、カムフラージュだったとしたら？」

その言葉に萌絵もハッとさせられた。カムフラージュ⁉

「あ、ありえなくないですけど、なら、なんのために本物の御統《みすまる》を必要とするんです」

忍の推理もそこで行き詰まってしまう。やはり情報が足りない。パズルのピースが全て揃わないことには、組み上げることもできない。

＊

梅雨本番がもたらす蒸し暑い空気の中、厳谷の発掘作業が再開した。

八頭孝平はあくまで「地権者の息子」なので作業自体に影響は出なかったし、妨害が止まったおかげで作業も進み、遅れていた日程も取り戻せそうだ。「銅剣」と「青銅の髑髏《どくろ》」が出たトレンチを拡げて数カ所のピットが検出されたが、今のところ、これといった遺物の出土はない。

そんな発掘現場に来訪者があった。日傘を差して車から降りたのは、和装の老婦人だ。

なんと降矢ミツではないか。

「見学に来ましてよ。宝物発掘師《トレジャー・ディガー》さん」

トレンチにいた無量は、作業の手を止めて、斜面から降りてきた。軍手を外し、頭に巻いたタオルも外した。

「どうも。昨日は」

「ここですね。青銅の髑髏が出たのは」

ミツは日傘を傾け、黄褐色の粘土層も露《あら》わになった斜面を見上げた。土まみれの発掘現場では、忙しそうに作業員がネコ車を押したり、水糸《みずいと》を張ったりしている。そんな土木作業現場には、およそ似合わない上品な和装だ。

「降矢さんじゃないですか」

斜面から声をかけてきたのは高野《たかの》だった。二人は神立《かんだち》南墳丘墓の事前調査以来、顔見知りだ。墳丘墓の発掘にも顔を見せていないのに、突然、厳谷に現れたので、高野は驚いていた。

「ええ。噂の宝物発掘師《トレジャー・ディガー》さんのお仕事ぶりを拝見してみたくなりましたの」

足場が悪いので、ミツは斜面の下から見学することになった。日傘を差してパイプ椅子にしゃなりと腰掛け、蒸し暑いのに扇子で扇《あお》ぐこともなく、じっと見上げている。無量は授業参観でもされているような気分になった。ようやく作業終了となり、トレンチにブルーシートをかけておりてきた無量にミツが言った。

「お疲れ様でした。とても熱心なんですのね」

「まあ。仕事ですから」

「もしよろしければ、西原さん。この後、我が家で夕食など御一緒しませんこと？」

無量は驚いた。「降矢のゴッドマザー」からの招待だ。

「あなたにぜひ見てもらいたいものがあるのです」

さすがにこんな土まみれの格好では、と一度は断ったのだが、地元の権力者で神立南墳丘墓の地権者でもある人の招待を無下に断ってはまずい、と周りに言われ、応じることにした。

一旦《いったん》、宿舎に戻って着替える無量を、ミツは車内で待ってくれた。降矢家の車を運転する寡黙な中年男性は、ミツの次男で「由次《よしつぐ》」という。

「それにしても、大変なものを発見しましたね。西原さん」

後部座席で隣に腰掛けたミツが、無量に言った。由次のハンドルさばきをじっと見ていた無量は我に返った。

「ええ、まあ……」

「厳谷はもともと降矢の土地だったのですが、後に八頭が来てからは、彼らにあの土地の警護を任せるとの名目で、斐川に住まうことを許可したのです。一眼鬼の言い伝えについては、何か聞きましたか」

「はあ。たしか、このへんに伝わる人喰《く》い鬼だって……」

「〝古老の傳《つた》へに云へらく、昔、或《あ》る人、此《こ》の處《ところ》の山田を佃《つく》りて守《も》りき。目一つの鬼來《きたり》て佃人《たつくるひと》の男《をのこ》を食へり〟」

無量がきょとんとしていると、ミツは微笑み、

「『出雲国風土記』の一節です。斐伊川の上流に阿用《あよう》という地域がございましてね。阿《あ》用郷《よのさと》の言い伝えとして記されております。一眼鬼の伝説は、一説によれば、斐伊川の上流から来た産鉄民のことだとも」

「さんてつ……。鉄を作ってた人たちのことですか」

「ええ。斐伊川の上流は昔から砂鉄が採れたそうです。弥生の頃、鉄を作る技術を持つ人々が大陸からやってきて、この地に住み着いたとか。当時の出雲で、製鉄は最新技術でしたからね」

「なんで、一つ眼なんですか」

「様々な説がありますが、職業病で、鉄を熔《と》かす時、片目をつぶって確認したので目を悪くする人が多かった、とも。斐伊川にヤマタノオロチ伝説があるのをご存じかしら」

「ええと、確か、スサノオノミコトに退治された……？」

「そう。斐伊川は暴れ川で有名で、それをオロチに見立てたともいいますが、首を落とされたオロチの血が斐伊川になったとの伝説も。酸化鉄が川底を赤くしたためとも言わ

れますの」

　整備された農道を走る車の中で、ミツは語った。

「スサノオは出雲神話に出てくる神様です。元々は奥出雲の須佐《すさ》の神様だったと言われます。製鉄の神様だったと」

「確かヤマタノオロチの尾から草薙剣《くさなぎのつるぎ》を手に入れたとか。あれも鉄剣でしたね」

「ええ。後に記紀神話に取り入れられたのでしょうね。実はその伝説は大和《やまと》の人たちが鉄を手に入れた過程を表したとも言われているのです」

「鉄を、出雲から、ですか」

「記紀を記した時代の都の人たちは、出雲から製鉄技術を伝える人が来た、と認識していたのかもしれません。スサノオは記紀ではアマテラスの弟で、高天原《たかまがはら》から追放されて出雲に降りたことになっていますが、なぜか出雲の前に新羅《しらぎ》へ降り立っているのです」

「朝鮮半島」

「大陸から製鉄が伝わったことを表しているのでは、と思うのですよ」

　ミツの落ち着きのある口調で語られると、妙に説得力がある。

「なら、産鉄民が〝大陸から伝わった新技術を扱う人〟で、彼らが〝一眼鬼〟として語られているというなら、喰われた側の人たちは誰です」

「地元の農耕民ではないかしら。産鉄集団は砂鉄を求めて移動したり、鉄穴《かんな》流しで土砂が下流に流れ水質を悪くしたことから、先住民との諍《いさか》いが絶えなかったのでしょう。もしくは彼らが来る前の技術を扱っていた人」

「青銅器を作ってた人たちってことですか。なら、あの青銅の髑髏は——」

巌谷から出た奇妙な青銅器。あれも隻眼だった。

言い伝えでは「里人の訴えを聞いた神様が鬼を討ちとり、その首を巌谷に埋めたので〝一眼鬼の塚〟」との謂《い》われがあるのだとか。

「つまり産鉄集団の首領の首をとって、その髑髏を青銅で型取ったってことですか」

「ほほ。面白い考えね。でも、残念ながら青銅器を出雲で作っていた証拠はまだどこからも出ておらんのです。……さあ、着きました」

降矢家は、斐伊川の東岸、仏経山の山裾《やますそ》にあり、屋敷構えの立派な家が多いこの辺りでも、飛び抜けて目立つ。中央にどっしりと構えた母屋と釣屋《つりや》で繋《つな》がった長屋の離れ。この地方独特である反り棟造り（棟の両端を極端に反らせた屋根）の曲線が美しい。重厚な石垣と長屋門は、遠目からはまるで城郭のようだ。

土蔵には家紋がある。「交差する二本の矢」が降矢家の家紋だ。そういえば他家の土蔵にも同じような家紋が見受けられたが、矢羽の数が違ったり、枠の形が違った。それらは分家であるらしい。降矢一族の頂点に立つのが「おやしろ」と呼ばれる本家なのだ。通りかかった集落の住民が、ミツに深々と頭を下げた。挨拶《あいさつ》にしてはやけに丁重すぎる。気安さはなく、どこか畏《おそ》れているようでもある。

玄関のすぐ横には、何かの記念石碑と見まごうほどの大きな屋敷墓が据えられている。

この界隈《かいわい》では、墓は墓地に作らず、各々の家の玄関先に祀《まつ》る。降矢家の墓はたくさんの花やお供えで埋め尽くされている。無量は、降矢家がまだ喪中であることを思い出した。亡くなったのは、むつみの祖父だから、ミツの夫だ。無量はまず墓前に詣《まい》り、それから家にあがることにした。すると、そこへ――。

「お母様。お客様ですか」

通りかかったのは赤いスーツ姿の女性だ。無量と同い年くらいの若者をつれている。

「ええ。そうですのよ。……西原さん。こちら私の娘で、降矢鉄子《てつこ》。孫の海人《かいと》」

降矢ミツの長女で、むつみの叔母《おば》にあたる。無量は形ばかりの挨拶をした。

鉄子は頭も下げない。目を据わらせて、じっと無量を見据え、

「こんな若い子を家に連れ込むなんて、どういうおつもりです。お母様。そうでなくとも、まだお父様の喪中なんですのよ」

「あら。あなたこそ喪中とは思えない服装ですよ、鉄子さん。西原さんはむつみのやっている発掘の功労者なのですよ。地権者である降矢がもてなすのは当然のことです」

「お母様は二言目には『むつみ、むつみ』。ネコ可愛がりした末に、祟《たた》りのある墓など掘り返して、挙げ句お父様は天国。気が知れませんわ」

「言葉を慎みなさい。鉄子」

怒気を孕《はら》んだ語調で窘《たしな》められ、鉄子は口をつぐんだ。そして、どこか呪わしげに、

「……まあ、お母様こそ長患いをしたお父様から解放されて身が軽くおなりなのでしょ

うけれど、氏子連の妙な噂にならんよう、せいぜいお慎みくださいませ。さ、海人。まいりましょ」

「どこへ行くの。お葬式以来、一度も母屋に顔を出さないではありませんか」

「納骨も済んだのだけん、何しようが、こちらの勝手です。松江で食事でもしてきます」

言うと、鉄子は肉付きのいい尻《しり》を揺すって息子と一緒に車に乗り込んでいった。

女傑の娘だけあって態度も大きい。目つきひとつにも相手を黙らせるような迫力があった。気圧《けお》されている無量に、ミツが「ごめんなさいね」と謝った。

「娘がひとりだったので、夫が甘やかしすぎたのです。お気になさらず、さ、どうぞ」

降矢家の屋敷構えは豪農だった頃の名残で、どこも手入れが行き届いている。襖《ふすま》で仕切られた座敷がいくつもあって、一度あがると、どこかの城にでも迷い込んだようだ。

「……突然お招きしてごめんなさい。あなたを見ていたら、懐かしい人を思いだしてしまいましてね。どうしても、あるものを見ていただきたくなったのです」

無量はしばらく座敷で待たされた。重厚な座卓と、床の間には古色蒼然《そうぜん》とした山水画の掛け軸。部屋全体を照らすには少々薄暗い白色灯が、妙に肌寒く感じられる。鴨居には故人とおぼしき人々の白黒写真が並んでいる。ほとんどは年配だが、中には軍服の若者もいた。見知らぬ死者たちの沈黙に居心地の悪さを感じていると、ミツが戻ってきた。

ミツは、畳半畳分はありそうな長い桐箱を携えている。座卓に置くと、まるで博物館の学芸員のように白手袋をはめ、恭しく、桐箱を開けてみせた。

「どうぞ御覧になって」

中を覗《のぞ》き込んだ無量は、息を呑《の》んだ。

「鉄剣……？　ですか」

ミツはうなずいた。錆《さ》びた鉄剣だ。まるで褥《しとね》のように箱いっぱいに敷き詰められた脱脂綿に、鉄剣は横たえられている。あまり修復もされていないようで、だいぶ表面はぼこぼこして、原形からはほど遠い有様だったが、間違いなく出土品だ。

「どう御覧になります？」

「この柄《つか》の形状からすると円頭太刀《えんとうだち》ですね。古墳か何かから出たものですか？　かなり立派な刀剣なので副葬品ではないかと」

「この近くにある古墳の横穴式石室から発見されたものです。七十年以上前に、私の義理の兄――先日亡くなった夫の兄が発掘しました」

七十年以上前といえば、戦争中か、それ以前だ。

「もしかして、懐かしい人というのは、その」

「はい。義兄のことです。もう六十年ほど前に亡くなりました。子供の頃から考古学が好きで、学生の時分にはもう自分で発掘をしておりました。これはその義兄が遺《のこ》した調査資料です」

画帳には石室と思われる絵が描かれている。写真代わりのようだ。しかし実測は細かく、着色までしてあり、見事な考古資料となっている。隅に記名されている。無量は目を剝《む》いた。

「〝降矢竹吉〟……」

絶句した。新天皇を名乗り、厳谷に何かを隠し、GHQまで動かした、あの「降矢竹吉」ではないか。

まさか本当に降矢家の血縁者だったとは。

「あそこにいるひとです」

とミツが鴨居の遺影を指さした。海軍の白い軍服に身を包んだ若者。

降矢竹吉の遺影だった。

「まもなく命日ですわ。竹吉義兄《にい》さまは、荒神谷遺跡が見つかる前から、このあたりには青銅器が大量に埋まっていると予言しておりました。生きておれば優秀な考古学者になれたのではと思うのですよ。発掘しているあなたの姿が、あまりに義兄そっくりだったので、つい懐かしくなってしまいました。よければ、どうぞゆっくり御覧になって。私はお台所におりますけん」

降矢のゴッドマザーは少女のように微笑んだ。

その夜は、降矢家で夕食をとった。

無量が驚いたのはテーブルの大きさだ。イスが十五脚も並ぶ長テーブルの隅のほうに、料理が並んでいる。割烹着《かっぽうぎ》に身を包んだミツが、手製の煮物をのせた皿を持ってきて、ご馳走《ちそう》に加えた。箸《はし》と碗《わん》は二膳《ぜん》分しかない。

「さっきの運転してた方は？」

「由次は、食事は一緒にとりません。昔はこのテーブルいっぱいに家族が集まったものですが。秘書やお手伝いさんや運転手などもおって、毎日賑《にぎ》やかでした。今はもう子供たちも独立して、ひとりだけ残っていたお手伝いさんも……」

同じ敷地の別棟に長女家族が住んでいるが、滅多に夕食を共にすることはないという。ミツはむつみと同居していて、夕飯は専らふたりきりだ。

「むつみの父親——当家の長男は、むつみが幼い頃に離婚して二十年前に心筋梗塞《こうそく》で亡くなりました。残されたむつみは母親のもとには行かず、長女の鉄子が引き取ったのですが、折り合いが悪く……。結局、私が育てました。今はむつみだけが頼りですわ」

このだだっ広い家で、ふたりだけとは何とも寂しい。かつては当主自らが台所に立つことなどありえなかったろうが、ミツは「ふたりだけですもの。自分で作ったほうが早いわ」と屈託ない。二人で瓶ビールをグラス一杯ずつ呑んだ。

厳谷の発掘話をしながら、炊き立てのごはんを食べる。甘辛の煮汁がよく浸《し》みた大根は、口の中でとろけた。カレイの煮付け、しじみのみそ汁、あご（飛び魚）の野焼……。無量は、実家の祖母の手料理を思い出し、ふと「今どうしているだろう」と思った。柄にもなくよく喋《しゃべ》ったのは、そんな祖母への想いも手伝ったかもしれない。

「竹吉義兄さまを思い出すわ。義兄さまも発掘の話になると止まらなかったですよ」

無量は、そこで我に返った。意を決して問いかけた。

「あの、竹吉さんはずいぶん若い時に亡くなったようですけど、病気か何かですか」

するとミツは笑みを消し、しばらく沈黙した後、

「自決です」

と答えた。無量はギョッとした。

「昔からいろいろとある家ですの。本当に、いろいろと……」

噛《か》みしめるような言い方だ。自殺ではなく、自決と表現したところに含みを感じた。

「でも、これだけは言えます。竹吉義兄さまは義侠心《ぎきょうしん》の厚い方でした。戦争に負けて、教科書を墨で塗りつぶしたような時代でしたけんねえ。出雲の神話も昔ながらのお祭りも、いずれ、この世からなくなってしまうのではないかと、憂えておりました」

「……検閲、ですか」

「ええ。神様と名の付くものは、ずいぶんと」

当時、GHQは日本の統治政策のひとつの要《かなめ》として「日本国の民主化を促す」という名目で、民間検閲支隊《CCD》(Civil Censorship Detachment)による言論統制を行った。連合国への批判封じが主な目的だったが、中でも、日本の軍部が喧伝《けんでん》し、国民を戦争に導いたとされる数々の思想——つまり、軍国主義やナショナリズム、大東亜共栄圏といったものを復活させるような表現は、厳しい検閲の対象となった。

中には「神国日本の宣伝」にあたるとして検閲対象になったものもある。国家神道や〝神国日本〟の根拠になった記紀神話もそのひとつだ。

「この出雲には、たくさんの神話がございましたけん、古くからの祭りや神楽《かぐら》なども検閲の対象に。斐川町は出雲の原郷と呼ばれる土地ですし、義兄は出雲から大切なものが消えてなくなるのを強く恐れておりました。やり方はどうであれ、周りから酔狂扱いされようとも、……私は、そげな義兄を誇りに思っておりましたのよ」

「そうだったんですか……」

明日がどうなるとも知れぬ混乱の時代に、流されるばかりでなく、自分の意志を貫くのは、言葉で言うほど簡単なことではなかったはずだ。

だがそれを語るミツの表情は、思いの外、柔らかい。今となっては遠くなってしまった人や時代を懐かしむ心境がそうさせるのか。ふと無量は気づいた。

「もしかして、初恋のひとだったとか」

「ほほ。初恋というより憧《あこが》れかしら。まだ私はほんの子供でしたし。……実の兄の親友でもございました。よくうちに遊びにきてくれて発掘の話をしてくれました。いま思えば、あの頃が一番無邪気で幸せだった」

ほのぼのとした思慕の情が、その言葉からは滲《にじ》んでいた。

無量は少し気を引き締め、問いかけた。

「つかぬことを聞きますが、身内で戦時中に大陸のほうに行ってた方はいますか」

「降矢の義父が出征で東南アジア方面に参りました。親族にも陸軍の施設で働いていた者がおりますが、あれは東京でしたわ。そうそう、実家の叔父《おじ》が中国に」

「実家？」

「八頭です」

無量は驚いた。ミツは八頭本家の娘で、降矢に嫁に来ていたのだ。

「旧陸軍の士官で上海からよく翡翠《ひすい》の香炉などを贈ってよこしたのを祖父が自慢しておりましたわ」

無量は口に入れた漬け物を呑み下した。戦時中、美術品を中国から持ち出していた者が身内にいる。降矢ではなかったが、八頭は昔から親戚《しんせき》関係にあった。

「それがどうかして？」

いいえ、と無量は言葉を濁した。つまりGHQが捜していた〝shimpo〟は八頭のルートで持ち込まれた可能性もある。それを降矢竹吉が隠した？

食事を終え、無量を宿舎に送ろうとしたミツだが、さっき運転していた次男はどこかに車で出かけてしまったらしい。送り届ける手段がなくなり、困っているミツに「お気遣いなく」と声をかけ、忍に迎えを頼んだ。待つ間、雨戸を閉めるのを手伝った。

「ごめんなさいね。こげなことまで」

「いいえ。実家でよくやってましたから」

「こげな素敵なお孫さんがおって、おばあさまとおじいさまも、さぞご自慢でしょうね」

無量は思わず雨戸を動かす手を止めてしまった。ミツに他意はないようだ。

「家族は難しゅうございますね。一度生まれついたものは取り消しようがありませんし、当人にはどうしようもない理由で深く憎まれることも……。長年かけてこじれてしまったものは、容易には戻せませんけど、心の奥では片時も忘れず想っておるものです」

「……」

「伝わらないのは、哀しいことですわね」

無量は革手袋に包まれた右手を見た。不意にその掌《てのひら》に、幼い頃、祖父に手を繋《つな》がれて夜祭りに行った時の、優しく握られた感触が甦《よみがえ》った。耳の奥で懐かしいお囃子《はやし》が聞こえた気がして、「その手」を握り返すように右手へ力をこめると、ふと傍らからミツの視線を感じた。

「やっぱり似とるわ。義兄さまに」

ミツが懐かしそうに見つめていた。

「発掘のこと以外は寡黙な人でしたけど、何かいつも、心の底に、声にならない叫びを抱えておるような……。そげな切ない瞳《ひとみ》をしとりました」

「……」

「あなたも、何かと闘っとるような……」

無量は驚いたが、やがて小さな声で「……そんなんじゃねっす」と呟《つぶや》いた。微笑んだミツが「そげだわ」と手を叩《たた》き、

「かわりにお酒を持ってってくださいな。宿舎の皆さんでどうぞ、と」

ミツはお供えが並ぶ仏間へと消えた。家族を語った言葉裡《うち》にどこか、何とは分からないが、後悔の気配を感じた。あれは誰のことを言っていたのだろう。

女傑と聞いていたので、もっと怖い人かと思ったが……。穏やかに語るミツに、無量は不思議な親近感を覚えていた。

ふと庭の向こうの風景に目をやった。影絵のような神名火山を背に、水田にはカエルが鳴き、黒松の枝は夜風にさざめき、線香の香りがどこからか漂ってくる。北米大陸の赤い渓谷に吹く、乾いた風に馴染《なじ》みきっていた肌には、豊かな土の匂いのするこの少し湿った大気が、切ないくらい身に沁《し》みた。

「……似てる、か」

どんな人だったのだろう。降矢竹吉。そんなふうに言われると無性に気になる。竹吉を動かした郷土愛や義侠心は、無量には縁のない感情だが、あの精密な実測図を見れば、どれだけ熱心に発掘に打ち込んだかは伝わるのだ。筆致にどこか、祖父に似たものを感じた。

無量は右手を見下ろしてひとりごちた。

「――……あんたも、実測図だけは巧《うま》かったよな……。じーさん」

ひどく感傷的にさせるのは、きっとこの家に満ちる、どこか物哀しい気配のせいだ。人気《ひとけ》のない座敷の奥に広がる闇のせいだろうか、鴨居に並ぶ家人の遺影のせいだろうか。振り子時計の侘《わ》びしげな音が響いている。古い仏壇を覗《のぞ》き込むのが怖かった子供時代を思い出し、無量は物憂い気分になりかけた。

振り払おうと、雨戸を引き出した、そのときだ。

どん、と顔のすぐ横で、妙な衝撃音を聞いた。

驚いて、そちらを見ると、戸板の真ん中に、矢が刺さっている。

無量はすぐに二射目を警戒し、戸板の陰から辺りを見回した。庭の奥からザザッと不自然な音がした。黒い影が逃げるのを、無量は見た。

「おい待て！」

叫んで追いかけたが、庭の向こうは暗い斜面になっていて、降りることができない。そうこうするうちに人影は闇に紛れて消えた。

射られた矢は、和製ではない。アルミ製の洋弓銃《クロスボウ》だ。

「お待たせしました。地酒と生酒どちらが……、なんですか、その矢は！」

ミツが顔を引きつらせた。無量は険しい顔を崩さない。矢には古風にも結び文がついていた。外して中を見ると、また古風なことに新聞の切り抜き文字が貼られている。

〝消〟

〝え〟

〝ろ〟

無量を脅している。さらに隅に貼られた二文字の活字を見て、無量は息を呑《の》んだ。

「……これは……！」

〝竹〟

〝吉〟

無量は、ミツから隠すように素早く矢文を折り畳んだ。そして戸板に深々と刺さっている矢を引き抜いた。

「いったい誰がこんな悪戯《いたずら》を……」

「……。どうやらこの家には幽霊がいるみたいですね」

無量は結び文を握りつぶした。

＊

それからしばらくして、迎えに来た忍の車で無量は帰路に就いた。矢で射られた、と聞いた忍は顔色を変えた。幸い怪我はない。が、無量が狙われたのはこれが二度目だ。

「いったい誰の仕業だ」

「わからない。でももし厳谷の暴漢と同一人物だとしたら、厳谷で俺を襲ったのは八頭孝平じゃないと、わざわざ自分から名乗ったようなもんだよな」

無量たちが御統《みすまる》の件を警察に黙っているものだから、業を煮やしたのか？　それともやはり、発掘されては困るものが厳谷にあるのか。

忍の気がかりは、犯人がなお危害を加えてくるのではないかということだ。

「他には何か」

「うん。……その前に、そっちは？　何か収穫あった？」

「ああ。『降矢竹吉』と同じ松江の予科練にいた佐川《さがわ》という人物と会ってきた」

忍は日中、萌絵と一緒に境港まで赴いていた。終戦からもう七十年近い。戦友会も解散しており、存命の人物を探すのには苦労したが、幸いその人は竹吉のことをよく覚えていた。

竹吉は学徒応召によって飛行隊に志願入隊したが、訓練よりも斐川町に新設された山陰海軍航空隊・大社《たいしゃ》基地の滑走路工事に従事したという。斐川は竹吉の地元であり、そこには特攻機「銀河」と人間爆弾「桜花《おうか》」が配備されることになった。「桜花」は爆薬を抱えた固体燃料ロケット付きの滑空機で母機に抱えられて出撃し、離れると搭乗者が操縦し、敵艦に突入するものだ。

滑走路が完成したのは終戦の二ヶ月前。その七月には米軍機グラマンによる空襲もあり、出撃前に危うく命を落とすところだったと佐川はやけに懐かしそうに語った。そんなふたりがいよいよ出撃、と決まった、まさに翌日。終戦を迎えたという。佐川は、竹吉と一緒に整備場にあったラジオで玉音放送を聴いた。

——あの日、袋を外した電球の下で食べたふろふき大根は、本当にうまかったなあ。

喜ぶ佐川に反して、竹吉は暗い表情で塞《ふさ》ぎ込んでいたという。

——竹吉には、仲のええ従兄《いとこ》がおってなあ。レイテ沖の特攻で戦死しちょったけん。夜中、まさに今日自分が乗って飛び立つはずだった「桜花」の前に立ち尽くしながら、ひとり涙を流していたのを、佐川は見たという。

その後もしばらくは寮に残っていたが、海軍の中でも一部の者が徹底抗戦を謳《うた》う中、彼らの飛行場に松江事件を起こした若者がビラを撒《ま》いた。敗戦に納得できなかった竹吉は、若者たちに呼応して事件に連座したという。だが、まもなく釈放された。どうやら降矢家が警察の上層部にかけあって無罪放免となったようだ。

それから間もなくのことだ。松江と出雲にも進駐軍がやってきた。

復員した竹吉は、実家に戻ったが、待っていたのは、必ずしも温かな労《ねぎら》いではなかった。「敗残兵」への周りの目は冷たく「戦争に負けたのは兵隊が弱いから」とつらくあたる者までいたという。

——竹吉は悔しがっちょりました。ちょっこし前まで、兵隊は国民から尊敬されるもんでしたけん。それと従兄の死を無駄にしたくないとの気持ちが強かったのでしょうなあ。ひとりで進駐軍に刃向かっては留置場と娑婆《しゃば》を行き来しとりました。

そして、ついには「新天皇」を名乗って「新しい日本のために団結せよ」と街頭でゲリラ演説まで始めてしまった。むろん、すぐに検挙されたが、竹吉は執拗《しつよう》だったという。

そんな竹吉の行動が目に余り、佐川は窘《たしな》めたことがある。そんな馬鹿な流行《はや》りに乗っかるな。無意味な抵抗を繰り返すより、これからの生活を立て直していくことのほうが余程大事だろう。

「そんな佐川氏に竹吉はふと漏らしたそうだ」

従兄や大勢の同胞が死んで、自分だけが生き残っているのが申し訳ない。死んだ戦友のためにも、この国が間違った道を進まないよう、自分が闘わなければ、と。

実は自分は本当に南朝の末裔《まつえい》なんだ、と。その証拠もある。今の天皇家にはない璽《しるし》が、自分の家にはあるんだ、と。

「今の天皇家にはない、しるし……？」

聞き捨てならない言葉だ。目つきが鋭くなる無量に、忍は言った。

「それを持たない今の天皇家は、真の皇統とは言えない。それを以《もっ》てすれば、今こそ新しい日本のための役に立てるはずだ。天皇がマッカーサーに手なずけられて、東京の連中が何もできないなら、自分が出雲天皇として立ち上がり、日本を立て直す。それが駄目なら、山陰は日本から独立したほうがいい——と」

常軌を逸した主張に聞こえるが、戦後の混乱期には、この先なにが起こるか分からないという空気が蔓延《まんえん》していた。日本が連合国によって分断されるとの噂もあったのだ。

「竹吉を駆り立てたのは、戦友への後ろめたさだけじゃなかった。ある占領政策への強い反発もあったみたいだ」

「占領政策？」

「検閲だ」

ＧＨＱの占領統治は、実際には日本政府を通じた間接統治だったが、その柱のひとつとして、民主化を推し進めるための言論統制を行った。ＧＨＱの検閲は厳しく、占領政策への批判封じのみならず、旧来の帝国主義を否定せず軍国賛美を甦《よみがえ》らせるような言論は、徹底的に封じられた。

――神国日本に関わるものは皆、検閲の対象になったけん、出雲の神話も、教科書が墨で塗りつぶされたように、いつか消されるんでないかと、心配しちょったです。

佐川老人は、美保湾を望む漁港で網の手入れをしながら、忍と萌絵に語った。

――竹吉は、学生時代に考古学をかじったほどの歴史好きだったけん、そげな理由で地元の言い伝えが消されるのは耐えられなかったんでしょうなあ。

「確かに、『古事記』や『日本書紀』に描かれた建国神話が、学校であたかも歴史的事実のように教えられたような時代だったからね。その中にはヤマタノオロチや因幡《いなば》の白ウサギなんかの出雲神話も含まれてたし……。それもあって出雲に古くから伝わる祭りや言い伝えまで、ＧＨＱの検閲対象にされたって話だ」

車のライトが照らす先を見つめて、忍は言った。

「そもそも神国日本も皇国史観も、所詮《しょせん》は国が作ったプロパガンダだ。そんなつい最近の政策とは関係なしに、昔からずっと故郷の地に語り継がれた伝承を、どうにかして守らねば、と思ったんだろう。佐川氏はそう言ってた」

そういえば、ミツも同じ様なことを言っていた。無量の脳裏には、降矢家で見た鉄剣が思い浮かんだ。丁寧に掘り出され、手厚く保存されていた。記録図の筆致ひとつをとっても熱意が感じられた。

「………。そうだったのか」

「確かに、古くから地元の言い伝えとして語り継いできた出雲の人から見れば、検閲は理不尽な話だろう。それもこれも中央政府が生んだ政策の弊害だ。戦前、軍国主義が強まる中、日本政府は『神国日本』と言いたいがために、神話の中の天皇の陵《みささぎ》をでっちあげてしまったくらいだからな」

「そうなのか？」

「ああ。国家による史跡捏造《ねつぞう》と言ってもいいくらいだよ。今も残る神武《じんむ》天皇の肇国《ちようこく》遺跡なんかは後世指定されたもので、その調査には考古学者なんて一人も関わらなかったんだ。そんなことが罷《まか》り通ったような世の中で、純粋に考古学者を続けるのには相当信念がいったと思う」

無量は思わず右手を見てしまった。

国による、捏造……。

はじめは自称天皇なんて酔狂としか思えなかったが、竹吉なりの理由があったのだ。ただの軍国少年の抵抗ではなかった。

「でも南朝の末裔ってどういうことだ。今の天皇家にもない璽《しるし》って？」

「さあ。佐川氏も不審に思って『それはなんだ』と訊《たず》ねたらしいが『いずれ公開する』と言ったきり、明かさなかったみたいだ」

──そうこうするうちに、竹吉の周りに不審な連中がうろつき始めて……。

それから、二ヶ月と経たないうちに、竹吉は死んだという。

自殺だった。

「まあ、経緯からすると、本当に自殺だったかどうかも疑わしいが」

「いや、本当に自殺だったんだと思う」

断言したので、忍は驚いた。無量は降矢家で聞いた話をすべて忍に話した。

「竹吉は降矢家の長男だった……!? なんで早く言わないんだ。そんな大事な話」

忍はあぜんとしている。灯台もと暗しだ。

「でもミツさんは自分たちが南朝の末裔だなんて、一言も言わなかったし、竹吉が何者で何で死んだかも明かさなかった」

「まあ、言わないだろうね。あまり声を高くして言えることでもないし」

「何が竹吉を自殺に追い込んだんだろう」

ミツは「自決」と表現した。覚悟を秘めた死であるとのニュアンスを含んでいる。何が竹吉に死を選ばせたのか。知れば知るほど、無量には竹吉という人物が気になって仕方ない。

やがて車はようやく宿舎についた。庭先に駐車して運転席から降りてきた忍に、無量が先程の矢文を差し出した。

「！……これは！」

〝消えろ〟という三文字の終わりに、二文字の活字が貼られている。

〝竹〟

〝吉〟

「――竹吉⁉」

忍は動揺して、思わず無量を見た。無量は神妙な顔でうなずいた。

「やっぱり、今度の殺人と無関係じゃないみたいだ」

「なぜ差出人が〝竹吉〟なんだ」

「幽霊でなければ、誰かが騙《かた》ってるんだろうね」

そのことなんだけど、と無量は切り出した。

「忍にちょっと調べて欲しい奴がいる」

誰だい？　と訊ねた忍に、無量は言った。

「――……降矢家の次男、ちょっと探ってきてくんね？」

＊

翌朝、起床した萌絵が一階におりてくると、玄関の上がり口にスポーツウェア姿の無量がいた。

「西原くん、こんな時間からどこいくの」

見れば分かる。日課のランニングだ。でも、そうとは答えず、靴紐《くつひも》を結ぶ手を止めて、萌絵の顔をいやにじーっと見つめ返すではないか。

「な、なに……？」

「朝からニヤけすぎ。そんなに昨日一日、忍とドライブしたのが嬉《うれ》しい？」

うっと萌絵は顔を押さえた。にやけているつもりはなかったが、内心ちょっぴり浮かれていたのを無量に読み取られて焦った。

「べ、別にドライブなんかじゃありませんー。調査です。調査」

「ほんっと、わかりやすい奴」

「それより聞いたよ。また危ない目に遭ったって！　なんですぐメールくれないの？　こんな時にランニングなんかしたら危ないんじゃ」

「昨日の今日だし、朝から待ち伏せするほど暇でもないでしょ」

「お願いだから、どっか行く時は絶対、声かけて。何かあってからじゃ遅いんだよ」

「はいはい」

「って、真面目に聞いてよ」

これ以上、無量を危険に晒《さら》しては、萌絵は何のために一年間武術を磨いたか分からない。いざとなったら「自分は無量のボディガード」ぐらいの覚悟でいた萌絵だ。そうでなくとも忍のおかげでマネージャーの座が危うくなっているのだ。

「人が脅す時ってね、二度目までは警告でも三度目は攻撃になるって、カンフーの師匠も言ってた。契約書にも『身の安全が図れない時は派遣期間内でも契約を打ち切れる』ってあるんだから、いざとなったら」

「おい勝手なことすんな」

「判断するのはマネージャーです。そうでなくとも人が死んでるんだよ。西原くんだって怪我してるでしょ」

萌絵の言葉にも一理ある。確かにいささか不用心だった、と珍しく反省し、無量は
「わかったよ」とうなだれた。

「三回目っつか最初っから殴られてたからアレだけど、マジでヤバくなってきたら手ぇ引くわ。けど、それまで打ち切りは勘弁してくんね？」

な？　と無量が拝むように上目遣いをしたものだから、萌絵はドキリとした。これがクセモノだ。萌絵の実家で飼っていた猫が甘える時、よくこういう目をしていた。

「……わ、わかった。私は相良さんと、もう少し降矢竹吉のこと調べるつもり。あと昨日、所長経由で鶴谷《つるや》さんと連絡とれたの」

「鶴谷さんに？」

「うん。ちょうど今、ワシントンにいるんだって。話をしたら協力してもらえるみた

い」

鶴谷暁実《あけみ》はフリーの女性ジャーナリストだ。大統領選関連の取材でアメリカに滞在している。ワシントンから程近い米海軍最大の基地があるノーフォークにはマッカーサー記念館がある。個人書簡やGHQ関係文書などを保管するアーカイブがあった。

「何か分かったら連絡してくれるって」

「そっか」

日本で公にできない文書もアメリカには残っているかもしれない。後方支援は頼もしい。「よろしく伝えといて」と言って出ていこうとした無量を、萌絵が「やっぱり待って！」と靴も履かずに追いかけ、右手を摑《つか》んだ。無量はビクッとして、

「だから右手は摑むなって」

「まわりの人に気を付けて。特に九鬼さんに気を付けて。絶対近づかないで」

「九鬼って、あの性悪の実測屋？　そんなん誰が好んで近づ……」

「危ないから」

「危ない？」

「とにかく危ないから」

萌絵はじっと目で訴える。無量は気味悪がりながら「お、おう」と言い、逃げるように走り去ってしまった。「あとこれ以上、怖いもの掘り当てないでね」とも付け加えたかったが、それは天に祈るのみだ。

そこに鍛治が二階からあくびをしながら降りてきた。

「永倉、昨日から姿が見えないと思ったら、相良くんとデートにいってたって本当か」

「げっ。違います、師匠。てか誰から聞いたんですか！」

「無量」

あンのガキ、と萌絵は拳《こぶし》を震わせた。

萌絵は研修という名目で来ているのだ。気が弛《ゆる》みすぎだと叱《しか》られて、今日は一日、文化財センターでみっちり講習を受けることになった。

＊

この日の研修課題は、実測だった。道具を使って土器片の実測図を描く。

萌絵は文化財センターの作業室にいた。遺物整理、実測、復元修理まで、様々な作業がここで行われる。向かい合わせになった机の島には、大量の土器片が、出土したトレンチやグリッドごとに固まりで置かれている。窓際には、理科教室にあるような長いホーローの流し台があって、笊《ざる》の中では発掘現場から持ち込まれた土器片の洗浄が行われている。

萌絵も空いている机を借りて、さっそく研修開始だ。

「……相良さん、ちゃっかり逃げたし」

「聞いとるか、永倉。この櫛《くし》みたいなのが真弧《まこ》。輪郭を写し取る時に使う道具だ。櫛の部分が左右に動くから、こうやって曲線を写し取って、方眼紙にあてて実物通りのラインを……」

方眼紙が拡げられた机には、測定台や三角定規、ディバイダー（コンパス）やキャリパーなどの道具が無造作に置かれている。目の前では補助員が土器片に注記作業（遺物の出た場所や番号などのデータを記号化して書き込むこと）の最中だ。

萌絵も小さな土器片相手に悪戦苦闘中だ。

その向かいの机では、九鬼がスタンドの明かりの下、実測作業を進めている。手許《てもと》にあるのは、無量が出した、あの「青銅の髑髏《どくろ》」だ。

「全く変なもん出しやがって」

愚痴りながらも、スピードはずば抜けて速い。最近はデジタル実測も多くなってはきたが、やはり遺物の特徴をよく捉《とら》えるのは、人間の目と手だ。九鬼が図化したものは、精度が高い上に美しく判りやすく特徴を写し取っているので「人間コピー機」などと呼ばれている。

次々と道具を持ち替えて、測っては描き込む。よどみない。

「す、すごい……」

「相変わらずだね。九鬼くんは」

「いえ。まだまだです」

九鬼は側頭部の曲線に真弧をあてながら、言った。

「俺の実測図など、あの人のに比べたら」

「あの人……？」

誰？　と萌絵が訊《たず》ねると、九鬼は溜息《ためいき》をつき、ようやく目線をあげた。

「君が本気で習得する気があるなら、松原勉《まつばらつとむ》先生の『石鏃《せきぞく》私考』って本を読むといい。実測の真髄が書かれてある。確かここの書庫にもあるけん」

「ええ…と、松原勉先生の『石鏃私考』ですね……。メモメモ」

「それより九鬼くんがやってる、その髑髏。どうだい。何か謎は解けそうかい」

「やっぱり実際の人骨から鋳型を取ったものみたいですね。しかし、なんだって、こんなものを作ったのか。これ、うまくすれば肉付けして容貌《ようぼう》を復元できますよ」

そこへ――。

にわかに外の様子が賑《にぎ》やかになってきた。見学者でも来たかと思いきや、現れたのは、先日、関係者の聴き取りをした地元警察の中年刑事たちではないか。

萌絵はドキッとした。内心「八頭孝平殺害犯は九鬼かもしれない」などと思っていた萌絵は、逮捕状でも持ってきたか、と緊張した。

「作業中すみません。八頭さん殺害の件で、少々ご協力をお願いしたいのですが……」

キタ！　と萌絵は背筋を伸ばした。

刑事が差し出したのは、逮捕状ではなく、ファスナーパックだった。中に入っていたのは、矢印のような形をした石の薄片だ。石鏃だった。

「これ、もしかして孝平氏の遺体発見現場で見つかった……」

「はい。この石鏃の出所について調べています。見覚えはありませんか」

職員が集まってきて、皆で机を覗《のぞ》き込んだ。石鏃は七つ。石器にはよく使われるサヌカイト（安山岩《あんざんがん》の一種）製だ。鍛冶がひとつ手に取り、

「注記がありませんな。発掘で出た遺物は整理の段階で必ず注記が入るはずですが」

「誰かが作った可能性は？」

「石鏃を作ること自体は難しくないですね。鏨《たがね》とハンマーがあれば作れます。ただ使用道具によって剥離《はくり》面の具合が違ってくると思いますよ」

すると、奥で実測作業を続けていた九鬼がおもむろに立ち上がり、職員をかきわけてやってきた。机の上の石鏃はどれも微妙に形が違う。九鬼はそれらをまとめてじっと見つめていたが、やがて、

「うちのだよ」

「え？」

「コレうちで実測したヤツだ。二〇〇三年戸狩《とがり》遺跡の第二次調査で出た石鏃だろう」

全員が驚いた。九鬼は一目見て看破したのである。

「でも注記はどこにも入ってませんよ」

「見ろ。ここ」

と九鬼が指さした。「摩耗してる。やすりの痕《あと》だ。注記は削って消したんだろ」

職員のひとりが奥の書棚から調査報告書を持ってきた。九鬼は頁をめくり、石鏃のトレース図（方眼上の実測図から起こしたもの）のひとつを指さした。

「これは、これ。TGR2t3g061。そっちのは、これ。076」

見比べると、なるほど同じだ。まさにここに描かれた石鏃なのである。

「なんで分かったんですか」

「俺は自分が測った遺物は全部、頭に入ってる。忘れることはない」

萌絵をはじめ全員があぜんとしている。だが嘘ではない。記憶に焼き付いているのは、それだけ集中して遺物を実測図化した証《あかし》でもある。それだけでも凄《すご》いが、いつどこで出たかまで記憶しているとは。日々膨大な数の遺物を実測している九鬼だけに、その整理された記憶力は圧巻といえた。

「戸狩遺跡の出土品は、いまどこに」

「うちの収蔵庫で保管されてます」

センターの二階は展示スペースになっており、収蔵庫はその奥にある。関係者以外立入禁止だが、一部のみ見学者用に開放されて保管の様子を見ることができた。戸狩遺跡の出土品は、まさにその開放部分の棚でコンテナボックスに入れられて保管されていた。

遺物登録台帳の保管データに基づき、ボックスのひとつを下ろして、中を確認した。

「なくなってます。どうやら、ここから持ち出されたようですね」

やはり、と萌絵たちも緊張した。犯人が来たということか。

「この箱に石鏃が入っていたのは、関係者でなくても分かるものですかね」

「図書スペースで調査報告書は閲覧できますし、ちょっと発掘情報に詳しい人なら、てん箱のラベルみれば。ただ台帳は関係者でないと見れません」

戸狩遺跡の箱は四つ。石鏃のほか石刃、石斧《せきふ》と土器片などが出土している。石鏃の入った箱はそのうちのひとつ。台帳を見なければ、どの箱に入っていたかは分からない。

収蔵庫には監視カメラがある。持ち出した犯人が映っているはずだ。

大きな手がかりになりそうだ。

＊

一方、相良忍は国道沿いのパチンコ屋にいた。

駐車場は平日の昼間でもそこそこ埋まっている。賑やかなポスターに囲まれた入口から、忍はスマホを片手に店内に入った。

パチンコ台を巡る玉の騒音には、しばらくすれば慣れた。店内をうろつき、途中で(喫煙者でもないのに)煙草を買って、ある台の前に座った。購入したカードを差し込んで、おもむろに打ち始める。しかし忍の視線は、目の前の台ではなく隣の男に注がれている。

煙草を吸いながら、パチンコに興じている男。

忍は冷ややかに見て、もう一度、スマホの画像に目線を落とした。——広い額、大きな団子鼻、丸顔の中年男。間違いない。この男だ。

降矢由次。降矢ミツの次男だ。

——降矢家の次男、ちょっと探ってきてくんね？

と無量に言われて、朝から探りをいれてきた。今ようやく本人の居所を摑《つか》んで、やってきたところだ。しかし名家の次男が仕事もしないで昼間からパチンコとは……、と忍も呆れた。今は週三回、営林署で嘱託の仕事をしているが、欠勤がちで、これまでも職を転々としているとか。ギャンブル好きで近所の評判も芳しくない。四十五にもなってフラフラしているようでは、ミツもさぞかし心配だろう。

忍には確かめなければならないことがあった。

「あの、すみません」

隣の由次が次の煙草に火を点《つ》けるタイミングを見計らって、大きな声で呼びかけた。

「ちょっとライターを切らしてしまって。火を貸して貰《もら》えませんか」

由次は「ああ？」と鬱陶《うっとう》しそうに答え、左手のライターを忍のほうへ伸ばした。忍は顔を寄せ、くわえた煙草に火を点けた。忍の目線は、だが、由次の手首を凝視する。

太い手首の内側に、横一文字の鬱血痕《うっけつこん》がある。

確認して、離れた。

「ありがとうございます」

忍は煙草を吸うフリをしながら、もう片方の手でメールを打った。

〝確認した。間違いない〟

送信先は無量だ。

――次男って人の左手首、内側に鬱血があった。

先日、降矢家に向かう車中で、運転する由次の手首にそれがあるのを無量が見つけた。クラッチ操作の時だ。シフトレバーを握った手首の内側が紫色に鬱血している。だが外側に鬱血はない。あれは手首につけていたものを引きちぎった時につく痕だ。無量はあの時、暴漢の左手の御統《みすまる》に外側から指をひっかけた。そのまま引きちぎったので、力は当然、外側へとかかり、手首の内側に圧痕が残ったはずだ。

無量はそれに気づいていたのだ。

忍はついでに足のサイズも目測で確認した。なるほど、体格も無量の証言どおりだ。

では、この男が、厳谷で無量を襲った暴漢……？

降矢邸で矢を射られた時も、由次の姿は母屋《おもや》になかった。車もなかったが、どこかに潜んでいて無量を射ることはできたはず。まして送迎の車を出したのは由次だ。「竹吉」を名乗ったのは由次か。

暴漢は、降矢の次男で、むつみの叔父《おじ》。そして、厳谷には由次の伯父《おじ》・竹吉が埋めた〝shimpo〟なる品があるらしい。普通に考えれば「伯父の埋めた宝を守ろうとした」。

八頭孝平殺害とは結びつけずとも動機は成立しそうだ。が、それでは八頭の御統《みすまる》（の偽物）をわざわざ身につけていた理由が解けない。

――ともかく……。

と忍は台を変えるふりをして席を立った。その時だ。

「そこにおるのは、この間の文化庁のひとじゃなあがね」

声をかけられて振り返ると、入口のほうから農作業着の年配男性が歩いてくる。巌谷の聞き込みをした時、最初に声をかけた男性で「山岡《やまおか》」と言った。

「お堅い役所の人が仕事をさぼって昼間からパチンコですか。お好きですなあ」

「あ、いや、まずいとこ見られちゃったなあ……。上には内緒にしといてください」

と忍が誤魔化すと、山岡も呆《あき》れて笑った。おかげで警戒が和らいだのだろう。あんなに邪険にしていたのが嘘のように人懐こい笑顔になり、

「面白いお人だね。まだしつこく調べちょーがね」

「ええ。でもなかなか進まなくて、つい気晴らしで」

「仕方なーねえ。巌谷の話を聞きたいなら、法久寺《ほうきゅうじ》のご住職のとこに行くとえーじ。八頭様の菩提寺《ぼだいじ》だ。そこに行けば、何か教えてもらえよーよ」

思いがけず耳より情報を得た。本当ですか、と忍が破顔すると、

「ご住職んとこに電話入れといてやるけん、まあ、行ってみなさいな」

「ありがとうございます。さっそく行ってみます」

八頭家の菩提寺。なるほど、盲点だった。

そこならば、八頭家とは何者なのか、知ることができるかもしれない。

＊

「……そう。やっぱりね」

無量は忍からの電話を受けて、肩で大きな溜息《ためいき》をついた。

降矢の次男坊・由次に関する報告を聞き、確信を持った。

「わかった。法久寺のほうは任せていい？　今日残業なんだ」

無量はまだ厳谷の現場にいる。発掘の遅れを取り戻すべく、急遽《きゅうきょ》、夜八時まで作業延長することになったのだ。現場にはすでに照明機材が運び込まれ、発電機に繋《つな》がれた。

「……うん。わかってる。そっちも気を付けて。じゃ」

無量は電話を切った。ちょうどそこへ高野がおにぎりを皿いっぱいに運んでやってきた。宿舎で握ってもらった夕食だ。

「どうした？　夜、遊びに行く予定でも入れてたのかい？」

「あ、いや。ちがうっす。なんでもないっす」

「そういえば、また脅しがあったって聞いたけど」

脅しの矢文のことを忍から聞いたらしい。高野は心配そうに表情を曇らせ、

「八頭さんの騒動で後回しになってるけど、一応ここのは行政発掘だし、発掘妨害があった件は上にも報告しないといけないし。例の暴漢の件で心当たりはないかい？」

「あるといえばありますけど、……近いうちに何か分かるかもしれません」

念頭にある人物は降矢由次だ。裏が取れれば、あとは本人を問いつめるだけだ。

「本当に大丈夫かい？」

心配性の父親みたいだ、と無量は思った。でも不思議に鬱陶しさはない。

人見知りの無量が、この現場には珍しく早く馴染《なじ》めたのも、ひとえに高野のおかげだ。昨今は、雇用形態の関係で、作業員とろくにコミュニケーションをとらない調査員も見かけるが、高野は率先して無量がチームに溶け込めるよう声をかけてくれる。家族のことに共感してくれたのも、嬉《うれ》しかった。

「心配しないでください。慎重にやりますから」

「発掘も再開したから、また何があるとも限らない。心配な時は何でも遠慮なく僕に相談してくれ」

「大丈夫っす。見つけたら軽くシメてやるっす」

「おいおい。無茶はやめてくれよ」

暗くなってきた谷に、照明が入った。斜面が野外舞台のように明るく浮かび上がるのを、無量は眺めた。

右手は『青銅の髑髏《どくろ》』を出して以来、おとなしい。だが、ここにはまだ降矢竹吉が埋めたという〝shimpo〟なる遺物があるはずなのだ。しかし右手は沈黙中だ。一度、日の目を見た遺物には、右手も反応しないのだろうか。

いや、と無量はかぶりを振った。『鬼の手』に頼らなくても、見つけだしてみせる。

そう誓って、おにぎりにかぶりついた。その直後だ。無量の携帯電話が鳴ったのは。

非通知、との表示を見て、無量は警戒し、慎重に通話ボタンを押した。

「もしもし」

『厳谷を探るのをやめさせろ』

返ってきた声に聞き覚えがあった。無量は緊迫した。

「その声……。あの夜、俺にガセ電話入れたヤツだな。てめえ誰だ」

『竹吉』

と相手は名乗った。

『厳谷の過去を探るのをやめさせろ。さもないと、おまえの友人たちの命はない』

なに、と叫んだ瞬間、ブツリと電話は切れた。「おいふざけんな！」と怒鳴った無量に、高野たちが驚いて振り返った。だがもう通話は終わっている。思わず辺りを見回した。さすがの無量も焦った。

竹吉の〝幽霊〟は、自分たちをどこからか見ている。一体どこから？

いや、自分たちへの警告なら「探るのをやめろ」と言うはずだ。なのに「やめさせろ」と言った。自分じゃない。これは忍たちへの警告だ。

「まずい……っ。忍！」

＊

八頭家と降矢家とは、何なのか。実は、忍たちにとってそれが一番の疑問だった。

皇室に献上した首飾りの模造品を伝える八頭家。

自称天皇を出した降矢家。


萌絵と連絡をとった忍は、文化財センターで落ち合い、車で共に寺へと向かった。

「もう。相良さんが研修さぼったおかげで、みっちり個人授業になっちゃいましたよ」

助手席の萌絵はぶつぶつ言っていたが、忍に「ごめんね」と微笑まれると、思わず許してしまうのが面食いの弱さだ。

八頭孝平の変死現場にあった石鏃《せきぞく》が文化財センターの保管物だと判明した、と萌絵から聞き、忍は目を輝かせた。

「大きな手がかりだ。うまく行けば監視カメラに犯人が映ってるかもしれない」

そこに降矢由次の姿でも映っていれば、動かぬ証拠になる。

「八頭さんを殺した犯人も、降矢さんの叔父さんなんでしょうか」

「そこまではまだ言えない。裏を取るのはこれからだ」

だが、終戦直後に行われた厳谷の発掘に、由次の伯父《おじ》・降矢竹吉が関わっていたのを思えば、地権者八頭家とも何らかの繋がりはありそうだ。

「とにかく暴漢の正体がわかったんなら、とっちめてやりましょう。西原くんの十倍返しで」

「相変わらず逞《たくま》しいね。あそこか。法久寺」

仏経山北麓《ほくろく》の山裾《やますそ》にある古寺だ。山門から続く石段の両脇を美しいアジサイが囲んでいる。青や赤紫の手鞠《てまり》を思わせる花が今を盛りとたわわに咲き誇り、アジサイ寺の風情だ。駐車場に車を駐《と》めた忍は、メール着信に気づいてスマホを見た。文面を見た途端、顔つきが険しくなった。

いやに冷たく目を据わらせた忍を見て、萌絵はドキッとした。

「西原くんからですか？」

忍は「いや、なんでもない」と答えてスマホをポケットに押し込んだ。

石段をあがりきると、鐘楼の前にアジサイの手入れをしている作務衣《さむえ》姿の男がいた。声をかけると、頭にタオルを巻いた壮年の僧侶《そうりょ》は、こちらを振り返った。

「おお、君か。パチンコ屋に入り浸ってる文化庁の職員というのは！」

なんのことです？　と萌絵が訊《き》くと、忍は「しまった」と顔を赤らめた。

「ははは！　元・文化庁のひとですか。どうりでパチンコ屋にいるわけだ」

法久寺の住職・六坂哲彰《むさかてつしょう》と対面した忍と萌絵は、庫裏へと招かれた。六坂住職は冷えた瓶ビールで二人をもてなし、自分もうまそうに続けて二杯呷《あお》った。

「あ、いえ……。だからパチンコ屋にいたの《の》は打ってたわけじゃなく……」

「私もお堅い説法は苦手だ。まあまあ呑みなさい」

「いえ、車なんで」

「じゃあ、お嬢さん。呑みなさい」

「いただきます」

「おお、ええ呑みっぷりだね」

八頭家の菩提寺である法久寺は、創建からかれこれ六百年という由緒ある浄土真宗の寺院だ。昔ながらの檀家《だんか》も多いが、最近は葬儀社からの依頼も多く、日々どこかしらの法事や葬儀で忙しく走り回っているという。

「ああ、厳谷の発掘ですか。鬼の髑髏が出たちー」

六坂住職はビールを飲み干して、胡座《あぐら》を掻《か》いた膝《ひざ》に手を置いた。

「この間、通りかかったら、檀家の皆が『発掘中止しろ』って大騒ぎしちょうた。あげな中じゃやりにくいだろうなあと心配しちょうたですよ。問題にでもなったかね？」

「いえ。ただちょっと、かつてＧＨＱが厳谷で発掘を行ったという話を聞きまして」

ほう？　と六坂住職は目つきを鋭くした。

「何の目的で調査したのかを調べているところです。『降矢竹吉』という人物が関わっていたことまでは摑《つか》みましたが、地権者である八頭家の菩《ぼ》提寺《だいじ》の御住職なら、事情をご存じだろうと、山岡さんから聞きまして」

「ああ……。何があーたか知らないが、気の毒だったね。八頭様のお坊ちゃんは」

遺体はまだ警察にあるので、葬儀の日取りも決まっていないが、一人息子を失った衝撃で父親の病状まで悪化しているという。

「降矢と八頭は因縁深い家でね。特に降矢様については、神職家以上の権威があった。『降矢に害なす者は、天の神軍が矢で射る』という言い伝えがある通り、このあたりでは出雲大社の出雲国造《いずもこくそう》・千家《せんげ》家にも匹敵するか、それよりも古いと言われちょー」

出雲大社の宮司家は、大和朝廷から出雲国造として任命されて、今日までおよそ千三百年。その千家家に匹敵するか、それ以上に古いとは、一体どんな家なのか。

「一説には、いま発掘中の墳丘墓の墓守とも聞くよ」

「墳丘墓の墓守って……。神立南のは弥生時代の墓ですよ？」

萌絵は忍と顔を見合わせてしまった。正確には古墳時代の少し前。そんなに古くから続く家など、そもそも存在するのか。

すると、六坂住職が「ちょっと待ってなさい」と言って奥に下がった。戻ってきた時には正方形の薄い桐箱を持っている。中に入っていたものを見て、忍と萌絵は驚いた。

「これは青銅鏡？」

「ははは。三角縁神獣鏡《さんかくぶちしんじゅうきょう》のレプリカだ。加茂町にある神原《かんばら》神社古墳から出たヤツのね。

古墳時代前期の竪穴《たてあな》式古墳だが、副葬品からこの三角縁神獣鏡が見つかった。ここに銘が入っちょう。読めるか」

「年号……のようですが」

「景初《けいしょ》三年。これは『景初三年銘』の入った三角縁神獣鏡だ。何を意味するか分かるが？」

「『景初三年銘』の三角縁神獣鏡といえば、確か『魏志倭人伝《ぎしわじんでん》』に魏の王が卑弥呼《ひみこ》に贈ったと書かれていた〝銅鏡百枚〟のことじゃないかって言われてるアレですか」

「さすが元・文化庁。その通り」

「神原神社古墳の被葬者は、邪馬台国《やまたいこく》との交流もあったと？」

「どげなルートで手に入れたかは分からんが、卑弥呼本人からもらったんだとすれば、鏡を贈ってくーくらいには繋《つな》がりがあーたゆう証拠だな」

尤《もっと》も古墳自体は四世紀中頃というから、邪馬台国の時代よりはだいぶ後のものだ。

「西谷《にしだに》や神立南の四隅突出型墳丘墓は、邪馬台国よりも前。西谷二号墓から出た朱は、中国から持ってきたもんとも言うけん、被葬者はかなりの力を持つ支配者層、恐らく出雲の王とも呼べるモンだろう。墓の形式は、王権の独自性を反映しちょういうけん、畿《き》内《ない》の──いわゆるヤマトの影響を受けるずっと前。原出雲と呼ばれる頃だ」

「降矢は、原出雲の王の墓守だったということですか」

「あるいは、王族ゆかりの者」

と言って、六坂はコップにビールを注いだ。

「日本書紀には出雲振根《ふるね》なる者が崇神《すじん》天皇に出雲のお宝をとられたちー話もある。そげなこげなで、国譲りだの何だのが行われちょーた間も、降矢は地元で『敬うべき一族』として権威を保ち続けたというわけだ」

「それで……『降矢に害なす者は』ですか」

「そげだ。『天の神軍が矢で射る』と畏《おそ》れたわけだ。かつては出雲国造も、代替わりの『火継《ひつぎ》神事』で意宇《おう》の熊野《くまの》大社《たいしゃ》に赴く際、必ず降矢神社に立ち寄ーたというくらいだし」

出雲の権力者たちも、敬意を以て接する一族。

それが降矢一族だったのだ。

「では、八頭家というのは」

「八頭家の遠い先祖は、花仙山で玉作りをしていた工人集団——玉造だったげな」

玉造と聞いて、二人の頭に浮かんだのは、孝平が身につけていた、めのうの御統《みすまる》だ。

六坂はつまみのしじみを口に放り込んだ。

「転機が訪れたのは中世に入ってから。西暦一三〇〇年代初頭、ある有名な人物が隠岐《おき》に流されました。さあ、誰でしょう」

「一三〇〇……後醍醐《ごだいご》天皇ですか」

「ご名答」

忍と萌絵は、身を乗り出した。

「後醍醐天皇といえば、南朝を作った張本人ですよね」

「そげそげ」

なかなかの歴史通と見える六坂住職は、ほろ酔い加減で口も滑らかになってきた。

「後醍醐天皇は、鎌倉幕府を倒そうとして決起がバレ、一度は隠岐に流された。が、天皇が世を治めるちー野望があー後醍醐は執念を捨てず、またまた倒幕の気勢をあげて、鳥取の船上山《せんじょうさん》で、名和《なわ》氏ら地元の侍たちとともに決起した。当時、名和氏の重臣だった八頭は、出雲国造千家家とも繋がりがあーて、後醍醐天皇が出雲大社に神剣を求めた時にも、間を取り持ったという」

「出雲大社に神剣を、ですか」

「要するにおねだりだな。スサノオノミコトが出雲で天叢雲剣《あめのむらくものつるぎ》……すなわち草薙《くさなぎ》剣を得たちー故事に倣いたかったらしい。東国征伐の意気込みだったんだろう。そして、ここからが重要だ。草薙剣を得たスサノオは櫛名田比売《くしなだひめ》という妻を得た。これまた倣い、後醍醐天皇も出雲の姫を妻に迎えんと望んだんだわ。そうして、後醍醐の妻となったのが」

「まさか……降矢家の姫ですか」

「ご名答」

と六坂はコップを持ち上げ「乾杯」の仕草をした。

「出雲の王の子孫である降矢家の娘を妻に望んだわけだ。ただし、記録には残ーちょらん。言い伝えだ」

「なぜ出雲国造の姫ではなく、降矢なんです」

「いい質問だねえ」

六坂住職は上機嫌だ。

「後醍醐天皇は神仏の力ちーやなもんを、大変強く信じていた。特に密教には深くのめりこんで自ら倒幕のために呪法を執り行ったくらいだけんね。かたや、降矢一族の姫は、たびたび千家家にも嫁いじょった。原出雲の王の子孫は、出雲の神威の源泉とみなされちょうたわけだ」

萌絵はゴクリと唾《つば》を飲み込んだ。

「つまり……後醍醐天皇は、出雲の神様の力が欲しくて、降矢の姫と」

「そげだげな。かくして後醍醐天皇と降矢の姫の間には、双子が生まれた。そのうちのひとりは、後醍醐天皇と共に京に上り、もうひとりは、出雲に残った」

「そうか」

と忍が座卓を叩《たた》いた。

「降矢竹吉が自らを南朝の末裔《まつえい》と名乗ったのは、その子孫だからか」

「待って。なら、八頭は」

「八頭は臣下として後醍醐天皇と共に京に上った。その後、足利尊氏との争いで、後醍醐天皇が吉野《よしの》に遷宮して南朝を開いた時も、ずっと従って、子孫も南朝の天皇に仕えたそうだ。しかし、その南朝の最後の天皇・自天《じ》皇が赤松《あかまつ》一族に殺された時、八頭は自天皇から〝あるもの〟を託されて、出雲に戻ったそうだ」

「〝あるもの〟……とは」

「伝承では『神宝である』と」

「しんぽう……?」

忍がハッとなった。それはもしや。

「〝shimpo〟。GHQが捜してた〝shimpo〟というのはそれか！　一体なんなんです。南朝の天皇から託された神宝とは」

「天皇のしるしといえば」

忍と萌絵は、息を呑《の》んだ。まさか……。

「三種の神器ですか」

「ご名答」

「三種の神器を勝手に持ち出したっていうんですか。でもずっと京都の御所にあったものなんじゃ」

「いや。後醍醐天皇は京を出て吉野に遷《うつ》る時、ちゃっかり三種の神器ごと持っていったようだ。後に北朝に返したと伝えられちょーが、そりゃ北朝側が作った話で、本当《ほんた》はずっと南朝のもとにあったとも言われちょー。八頭の者が持ち帰った『神宝』はそのうちの――玉であったと言われちょうで」

「玉……。ということは」

六坂住職はビールを飲み干してコクリとうなずいた。忍は息を呑み、

「八尺瓊勾玉《やさかにのまがたま》」

「三種の神器は、草薙剣は壇《だん》ノ浦《うら》で失われ、八咫鏡《やたのかがみ》は平安時代の火事で焼けちょうけん、御所にあったのはレプリカちー話だわ。まあ、本物の本物は熱田《あつた》神宮と伊勢《いせ》神宮にあるらしいけん、元からレプリカだったわけだが、八尺瓊勾玉だけは、違う。壇ノ浦でも回収された。八尺瓊勾玉だけは唯一、古来伝わる特別な宝だったという話だ。それを八頭は出雲に持ち込んだ」

「本物の八尺瓊勾玉が出雲にあるっていうんですか」

「じゃ、いま皇居にあるものは、本物じゃないってこと？」

えらい話になってきた。

「最後の南朝帝が出雲に持ち帰れと指示したのは、南朝亡き後、後醍醐と降矢の姫の間にできた双子の片割れの子孫に、南朝を委《ゆだ》ねる、ちー遺言がこめられちょったそうだ。かくして、八頭は出雲に戻ったが、なぜか降矢に『神宝』を引き渡さず、自らの手許《てもと》に置き続けた。降矢は再三に亘《わた》って八尺瓊勾玉を引き渡すように求めたが、八頭は頑として引き渡さなかった。それは臣下としてではなく、自らが南朝の皇位を引き継ぐためだったという話だ」

忍と萌絵は、絶句した。

「質に取ったわけですか。なら……八頭が代々、美保岐玉《みほぎだま》に似せた御統《みすまる》を継ぐのは」

「そげだわ。自らが『神宝』を護持する者であるちー、しるしのようなもんだ」

つまり、と言って、六坂住職はいやに神妙な顔になった。

「降矢家とは、出雲王と後醍醐天皇の子孫であり、八頭家は、八尺瓊勾玉を護持する一族、というわけだ」

第五章　八頭の野望

にわかには信じがたかった。

忍《しのぶ》と萌絵《もえ》も、押し黙ってしまった。

降矢《ふるや》と八頭《やがしら》が持つ権威の正体を知り、どう返答したものか、ふたりは困惑している。

「降矢はずーっと八頭に神宝の返還を求めちょーたが、八頭はいっこうに応じない。ゆえに代々の降矢の当主は神宝を八頭から取り返すことを宿願としちょう。八頭は八頭で、南朝の落胤《らくいん》と姻戚《いんせき》関係を保ち続け、降矢の権威を後ろ盾に力を付けた。互いに嫁をもらったり養子を出したりと、そらそら濃い血縁で結ばれちょーわけだ。——以上が八頭家の伝承だわな。多少はわしの見解も混ざっちょーがね」

「そうか。八頭家に伝わる御統《みすまる》というのは、つまり神器の護持者の証《あかし》だったわけだ」

「昨年、病気がちだった八頭の旦那《だんな》様が、息子の孝平に『護持者』の座を譲ったらしい。内々に儀式をやるんだ、あれは。秘密のね」

「すると八尺瓊勾玉《やさかにのまがたま》は今も八頭家に保管されているんですか。でもＧＨＱはその『神宝』を厳谷《いつきだに》で捜しているんです。これはどういうことです」

わからんね、と六坂《むさか》住職もお手上げポーズをとった。

「先代の住職――わしの親父が話しちょーた。厳谷で進駐軍の発掘が行われる前、外人を連れたお役人がうちに来ーて八頭家が所持する骨董《こっとう》品について訊《たず》ねていったとか」

八頭の親戚《しんせき》筋だけでなく、法久寺の檀家《だんか》連のもとにも来た。恐らく当時、略奪文化財の捜索にあたっていた民間情報教育局《CIE》か民間財産管理局《CPC》から派遣された者だろう。

六坂《むさか》住職の話によると、八頭家には日中戦争当時、上海で陸軍士官をしていた者がいて、戦時中、あちらで手に入れた骨董品を送ってきては、あたかも戦利品のように自慢していたという。恐らくそれが略奪文化財とみなされて、調査が入ったのだろう。

「そーから村中大騒ぎになった。進駐軍が八頭の『神宝』を取り上げようとしちょー言《え》って、こら大変だ。アメリカの大統領が次の天皇になろうとしちょるちー噂が流れて、やれ八頭様を守れ『神宝』を隠せ、とね」

忍は鋭い眼になった。

「つまり『神宝』をGHQに接収されるのを恐れて、厳谷に隠したということですか」

「その辺りのことは八頭本家の者しか知らんが、なぜか当時の八頭はだんまりを決め込んじょった。進駐軍が厳谷を発掘したのは、その少し後のことだね」

「降矢竹吉《たけきち》が新天皇を名乗り始めたのは、調査が入る前ですか、後ですか」

「ずっと前だろうねえ。経緯は先代が日誌を残しちょったけん、何か書き残しちょーかもっしぇん。ちょっこし探しておきますわ」

見つかったらまた連絡する、との約束を取りつけて、忍と萌絵は寺を後にした。

外に出ると、辺りはすっかり暗くなっている。大黒山《だいこくさん》の黒いシルエットの上に月が滲《にじ》んでいた。風が出てきて雲が速い。石段の下の駐車場まで歩きながら、萌絵が言った。

「なんか大変な話を聞いちゃいましたね。八尺瓊勾玉なんて、ちょっと信じられない」

「ああ。検証しないとうっかり信じるわけにはいかないが。それにしても、また『三種の神器』か。鬼門だな」

忍は「三種の神器」にいい思い出がない。八尺瓊勾玉の名を聞くのはこれで二度目だ。

「お察しします」

「ご住職の話からすると、八頭にGHQの調査が入ったせいで、慌てて誰かが『神宝』を厳谷に隠したって流れみたいですけど」

「そこで降矢竹吉、か。勝手に持ち出して隠した？　降矢の人間が？」

「盗みを働いたってことでしょうか」

「まあ、八頭から取り返すのは降矢の宿願だったみたいだけど……」

山門をくぐった忍が「うっ」と呻《うめ》いて不意に足を止めた。「やられた」と呟《つぶや》いたのを聞いて、萌絵も忍の視線を追った。

車のフロントガラスがめちゃめちゃになっている。

運転席にセメント製のブロックがひとつ、転がっている。駐車場に面した斜面上から投げ込まれたようだった。

「ひどい……」

「なるほど。どうやら僕らも完全にマークされたみたいだ」

事前に無量から注意喚起メールをもらっていたおかげで、忍は冷静だ。ガラス片が散乱するシートに、白い石片がまざっているのを見つけた。石鏃《せきぞく》だ。

「また『竹吉』……か」

あの世から天の神軍になって降りてきた、と言いたいわけか。

「何をそんなに恐れてる。『竹吉』」

＊

「由次叔父《よしつぐおじ》さんに会わせて欲しいって、それどういうこと？　西原《さいばら》くん」

降矢むつみは思わず無量《むりょう》に問い返した。その夜のことだ。

作業を終えた無量が連絡をとったのは降矢むつみだった。むつみは残業でまだ文化財センターにいた。現場帰りに立ち寄った無量から思いがけない申し出を受け、むつみは当惑した。

「駄目すか」

「いいえ、会うこと自体は一向に構わないけど、理由が知りたいわ。なぜ由次叔父さんに？」

無量は事務室の机にクリアパックを置いた。緩衝材にくるまった勾玉《まがたま》・管玉・小玉。暴漢の手首から引きちぎった御統《みすまる》の一部だ。「見覚えありますか」と問いかけると、むつみは嫌な予感がしたのか、不安そうに無量を見た。

「これ、まさか孝平《こうへい》さんの？」

「……」

「そういえば、八頭のおばさまが騒いでた。御統《みすまる》がない。八頭の護持者が御統《みすまる》をなくすはずがないって。まさかこれが孝平さんの」

「……に似てるけど違います。こないだ厳谷で俺を襲った奴のっす」

無量はこれまでの経緯を打ち明けると、むつみはますます動揺した。

「由次叔父さんが西原くんを呼びだして襲ったっていうの？　でもどうして」

「理由が分からないから、会って聞き出したいんす。何なら立ち会ってもらっても」

〝竹吉〟の脅しで（自分はともかく）忍や萌絵が巻き添えになるのだけは看過できない。

無量は意を決し、直談判を思い立ったのだ。そこへ——。

「ずいぶんと軽率だな。宝物発掘師《トレジャー・ディガー》」

事務室の入口から男の声が聞こえた。九鬼《くき》雅隆《まさたか》がドアに凭《もた》れている。

「いたんすか。まだ」

「打ち明ける相手を間違えてないか。降矢がグルだったら、どうすんだ」

反論しかけるむつみを無視して、九鬼は無量のそばに近づいてきた。

「ま、そうでも俺はむつみを庇《かば》うけどな。『鬼の手《オーガ・ハンド》』だか何だか知らないが、うさんくささじゃおまえも大して変わらねえ。びびってんなら、とっとと帰れ。インチキ野郎」

「あんたが犯人だって可能性もあるんすよね。九鬼サン」

無量は負けていなかった。

「俺を追い出したいならハッキリそう言やいいじゃないすか。代わりはいくらでもいるんだから。こっちだってインチキ呼ばわりされてまで留《とど》まる理由なんかねーっすよ」

「ちょっと西原くん。九鬼さんも言い過ぎです」

「代わりがいるなら代わってもらいたいね。怪しい手ぇ使って変なもん出しやがって」

「一体、俺のなにが気に入らないんすか」

「全部だよ全部。何が天才発掘師だ。どうせ、じーさんから上手《うま》い捏造《ねつぞう》のやり方でも教わってるんだろうよ。あんなおかしな青銅器、そもそも出るわけねーんだよ」

「なんだと」

つかみ合いになりかけた二人に、むつみが「もういい加減にして！」と怒鳴った。

「九鬼さんもいつまでも子供みたいなこと言わないで！　いくら西原くんがあなたの尊敬してた人のお孫さんだからって……！」

え？　と意表を突かれたのは無量だ。九鬼は目に見えてうろたえた。「バカ言うな」と反論したが、むつみは引かなかった。

「西原くん、九鬼さんはね、昔、西原瑛一朗《えいいちろう》の——あなたのおじいさんから指導を受けたことがあるの。西原先生に憧《あこが》れて、この世界に入ったの。だからこんなこと言うの」

無量はびっくりして言葉がない。九鬼は止めようとしたが、むつみは強引に続けた。

「この人の家に行くと、西原先生の描いた実測図が載ってる図版や報告書でいっぱいなの。この人が目指してるのは西原先生の描いてた、あの精緻《せいち》で質感まで伝わるような実測図なの。だからこんなに反発するの」

ついには九鬼も黙ってしまった。無量は、でもまだ信じがたい。

無量の祖父・西原瑛一朗は確かに昔から「実測の神」と呼ばれる腕の持ち主だった。その実測図はひとつひとつの遺物の特徴を見事なまでに捉《とら》え、精密でありながら触り心地まで一目で伝わる突出した再現力を擁していた。デジタル実測の発達により3Dで機械的に遺物データを再現できるようになった今、西原瑛一朗の描く職人技の実測図は、徐々にその意味を失いつつあるが、見る者の感性にまで訴える再現力は唯一無二のものとして評価する声も少なくなかった。

だが瑛一朗の起こした遺物捏造事件は、そんな評価までゼロにしてしまったのだ。

「西原先生が遺物を捏造したせいで、嘘がなかった実測まで疑われて……。西原瑛一朗の実測図はあてにならん、て言われるようになったのが、この人には悔しかったの。だから反発してるの。尊敬してた人に裏切られた、そげな気持ちの裏返し。そうよね、九鬼さん」

「そんなんじゃない……」

「素直になって。西原くんは悪くないでしょ」

「一緒だ！　神の手だの、鬼の手だの、ありえもしないこと臆面《おくめん》もなく言ってる奴らはみんな一緒だ！」

怒鳴って、九鬼は出ていってしまった。残された無量は当惑している。

「ごめんなさいね。西原くん。あの人、西原先生の事件に傷ついた一人だけん、あなたが結果を出すのを見てるのは、少し複雑なのかも」

確かに……。

限りなく真実に迫り、写し取ろうとするのが実測だ。考古学は、遺物や遺跡という姿をとった「真実」の積み重ねであり、それが大前提の学問でもある。瑛一朗の事件はその大前提を根底からひっくり返した。出土品は歴史の真実を体現する証拠品だという、皆が当たり前のように土台としていた足場は崩され、心の師と仰ぐ男の所業に傷ついた九鬼には、無量の『鬼の手』など尚更《なおさら》うさんくさくて到底受け入れがたいはずだ。

「そうだったんですか……」

「気に病まないで。あなたのせいじゃないから」

むつみは打ち明けてすっきりしたのか、気を取り直して告げた。

「いいわ。西原くん。由次叔父さんに連絡をとってみます。一緒に行きましょう」

むつみによれば、叔父・降矢由次は一族の中のトラブルメーカーであるらしい。

若い頃からギャンブルで借金をしたり女性問題を起こしたり、借金返済のため勝手に山や田んぼを売ったりしていたとか。本妻（ミツ）の子ではなく、巌《いわお》が愛人の子を認知して引き取ったという。降矢家の長兄・健太郎《けんたろう》（むつみの父）が病死して、一時は跡継ぎにとの話もあがったが、結局、姉である長女・鉄子《てつこ》が婿をとって神社を継いだため、余計に拗《す》ね者となった。そんな由次が、巌谷の発掘妨害をする理由が浮かばない。

それより孝平の変死に関わっているかもしれない、と聞いて、むつみは不安になった。

「実は、由次叔父さんは、八頭にも多額の借金をしてるんです。あまりの素行の悪さにおばあさまから勘当されかけて、一時期、八頭に助けを」

むつみが車を運転しながら、打ち明けた。

「……孝平さんが死んだ日、孝平さんと私が喧嘩《けんか》してたのも、由次叔父さんの借金を持ち出されたからなの」

あの日、むつみはバイパス工事の中止を求めて孝平に説得を試みたが、逆に叔父の借金返済が滞っていると責められ、降矢の家を扱《こ》き下ろされた。それで口論になったのだ。

「孝平さんを殺したのも、まさか、叔父さん……？」

運転する横顔が青ざめている。

まもなく自宅に到着した。敷地内の別棟が由次の住居だったが、明かりはない。出かけたきり、まだ帰っていないようだ。無量は母屋で待つことにした。ミツは婦人会の会合で留守だった。

むつみは由次に電話をかけた。

「だめ。全然出てくれない……。またどこかで呑《の》んでるのかな」

麦茶を入れたガラス湯飲みの中で氷が崩れた。やがて雨が窓を叩《たた》き始めた。

誰もいない家でむつみと二人きりだ。静まり返る広い家に、振り子時計の音だけが時を刻んでいる。重い静寂と雨音に促され、無量はふと思い出した。

「そういえば、降矢さん。神立南の主体部のことっすけど――玉藻鎮石《たまものしずめいし》って何ですか。棺《ひつぎ》の中にそれがないって、驚いてましたけど」

「さすが西原くん。覚えてたのね」

むつみは降参ポーズをとると、麦茶を湯飲みに注いだ。

「……降矢の先祖は、あの墳丘墓の墓守なの。祠《ほこら》を建てて神社にしたのも先祖を祀《まつ》るため。玉藻鎮石とは、かつて出雲を治めた王に伝わる一対の勾玉のことで、ひとつは降矢家に、もうひとつはあの墓に副葬品として収められた、と言われてきたんだけど」

「棺に収められたのと同じ石が家に伝わってるんですか」

「今は家にはないわ。でも、ある場所で見られる」

「ある場所？」

「出雲大社」

ガラス窓に打ち付ける雨粒を眺めて、むつみがさらりと言った。

「私たちの先祖が、出雲大社――正確には杵築《きづき》大社に明け渡したの。服属の証《あかし》として」

杵築大社とは、出雲大社と呼ばれる前の名称だ。土地の名が「杵築」であるところからそう呼ばれ、杵築の神は、岬の神でもあった。

「出雲には東西ふたつに大きな勢力があって、東のオゥ（意宇）――今で言う松江周辺と、西のヒ（斐伊）――今の出雲市周辺とに分かれてたんです。出雲大社の宮司家――出雲国造は、東のオゥの首長だったのだけど、朝廷の指示で西の杵築大社――つまり出雲大社に移ってきたの。私たちの先祖は、オゥの勢力に従う証として、ヒの王の神宝・玉藻鎮石と銅戈《どうか》を、差し出した」

「服属儀礼ってやつですか」

「そう。私たちが祀る先祖は、弥生《やよい》時代の出雲王。出雲神話に出てくる『天《あめ》の下造らし大神《おおかみ》』大穴持《おおなもち》神であるとも言われて、出雲の神威の源泉として一種独特の権威があったのです。その神威を神宝に託して献上し、出雲国の守りとなす。そういう意味があったんじゃないかと」

「その神宝が今も出雲大社に？」

「ええ。江戸時代に出雲大社の近くにある命主社《いのちぬしのやしろ》の境内から見つかった勾玉《まがたま》が、まさにそれだと伝わってます。真名井《まない》遺跡と今は呼ばれているけど、数本の銅戈と一緒に出土した勾玉。あれは、もともと私たちの先祖に伝わった神宝」

それと同じ「対の勾玉」が、神立南の墳丘墓から出てくるはずだった。しかし、棺の中にはどこにもなかった。それで拍子抜けしたらしい。

「盗掘の痕《あと》もなかったし、もともと入ってなかったのか。降矢の伝承を証明するチャンスだったんだけど……」

「降矢さんは怖くないんですか。地元の人が言う祟《たた》りとか」

「畏《おそ》れはあるけど、私は過去を知りたい気持ちのほうが強いのね。私たちの先祖が、何をしてどうやって今日まで繋《つな》がってきたか。知るのは大切なことだわ」

「……それが不都合な真実でも？」

むつみは少し黙り、無量に微笑みかけた。

「もしかして、私が犯人だと疑ってる？」

「え……。いや、そういうわけじゃ」

すると、むつみが不意に席を立った。奥に消えて数分後、戻ってきた時には手に白い封書を持っている。中身を取りだして無量に差し出した。

「……おばあさまの部屋で葦簀《よしず》戸の入れ替えをしていた時に見つけたものです」

無量は便せんを開いた。記された一文を見て、顔つきを変えた。

〝要求を受け入れねば、あなたの大切なものをひとつずつ奪います。竹吉〟

「警察には言ってません。おばあさまは私に隠してますが、間違いなく誰かに脅されている」

消印はない。直接郵便受けに投函《とうかん》されたもののようだ。「竹吉」と名乗る者が誰か、ミツは知っているということか。

「何か心当たりは」

「いえ、何も。『竹吉』は大伯父《おおおじ》の名ですが、六十年前に死んでます」

「なら誰ですか。まさか由次氏？　息子が母親を脅してる？」

その時だ。キャビネットの上の電話が軽やかなコール音を奏で始めた。むつみが電話に出て、しばらく何かやりとりをしていたが、突然、調子が変わり、

「由次叔父《おじ》さんがですか」

無量も腰を浮かせた。むつみは緊迫した口調で電話番号や病院名をやりとりしている。ただごとではないと気づいた無量も立ち上がった。

「どうしたんですか」

「警察から至急来てくれって」

むつみは声を震わせながら訴えた。

「由次叔父さんが毒物を飲んで病院に運ばれたって……！」

＊

県立病院に駆けつけたむつみを待っていたのは、叔父の死亡宣告だった。

発見場所は斐伊川の河川敷だった。窓が開けっ放しの車の中でぐったりしているのを通りがかった営林署の職員が見つけた。すぐに救急車で運ばれたが、救命処置も虚《むな》しく息を引き取ったという。遅れてミツと長女の鉄子も駆けつけた。むつみはショックを隠せず、茫然《ぼうぜん》自失だ。

無量もむつみと一緒に駆けつけたが、そこから先は警察や医師・看護師らが出入りして慌ただしく、離れたところから傍観者になって見ているしかなかった。忍と萌絵が駆けつけたのは一時間後のことだった。

「……だめだった」

無量の答えにふたりは絶句した。

降矢由次が、死亡した。

「死因はシアン中毒による窒息。何かのシアン化合物を呑んだんじゃないかって」

車のドリンクホルダーには飲み干した缶コーヒーがあった。吐瀉《としゃ》物から独特のアーモンド臭があったのと、皮膚と静脈血の色などから、医師はシアン中毒を疑って拮抗《きっこう》剤を投与するなどの治療を行ったが、手遅れだった。

「シアン化合物って青酸カリとか青酸ソーダとかのことか。服毒死？　自分で飲んだ？」

「自殺だっていうの!?　まさか。私たちに気づかれたと知って？」

「そうとしか考えられない」

病院の救急外来口の外で、無量は青ざめた顔をして座り込んでいる。あの夜の暴漢が由次だった、と確かめた矢先のことだ。

「俺たちが嗅《か》ぎ回ったせいで、追い詰めてしまったんだとしたら……」

動揺して手が震える無量の横で、忍だけがいやに冷静だった。数時間前、何者かが忍の車にセメントブロックを投げ込んでいた旨を告げると、無量はギョッとした。

「マジか。なんで報《しら》せなかった」

「本当に危害を加える気ならブレーキあたりをいじってる。脅しにしても少し幼稚だ」

「私たちがお寺を出たのは八時くらいだったから、車を壊したのはそれより前ってことですよね。由次さんの仕業だったとしたら、その後に毒を飲んだってこと？」

嫌がらせをした後に、服毒自殺？

無量は違和感を抱いた。逃げ切れないと観念して自殺を図ったとでもいうのか？

そうしている間にも、また一台、救急車が入ってきた。赤色灯が濡《ぬ》れた路面と病院の壁を照らし、患者を乗せたストレッチャーが慌ただしく初療室へと消えていく。無量の胸中に無力感と罪悪感が広がった。死人に口なし、とは言うが……。

「……なんでこんなことに。脅すだけ脅して自分から幕引きかよ」

「由次氏が自殺だったなら、ね」

どういうこと？　と無量が忍を見上げた。「自殺じゃないとしたら一体……」

「他殺の可能性もある」

忍は救急車の赤色灯を睨《にら》みながら呟《つぶや》いた。

「実はずっと引っかかっていた。僕たちは『竹吉』を騙《かた》る人物は降矢由次だと睨んでいたが、由次と竹吉の接点は、同じ降矢一族というだけだ。だが由次の素行や人となりを見る限り、どうも『竹吉』と結《あ》びつかない。八頭の御統《みすまる》を複製したり、石鏃《せきぞく》を持ち出したり……、そこまでするには或る程度の予備知識が要るはずだ。特に石鏃に関しては」

専門家でなくとも、根気よく調べることはできる。が、そういう下準備を全て一人で担えるような胆力のある人物には見えなかった。

「共犯がいるってことですか」

「共犯というより、主犯だな。由次はそいつの指示で動いていた可能性もある」

「『竹吉』を名乗る人物は他にいる？　ミツさんを脅してたのは、あの人じゃないってこと？」

なんのことだ？　と忍が無量に問いかけた。むつみから聞いた話だ。てっきり由次が借金トラブルの解決に協力的でない母親へ嫌がらせをしたのでは、と思いこんだ無量だが、そんな簡単な話ではなく、まだ他に脅迫者がいたということになる。

「〝要求を受け入れねば大切なものを奪う〟……か」

と忍は顎《あご》に手をかけた。

「ミツさんへの脅迫だとするなら、間違いなく、息子の由次氏も〝大切なもの〟だ」

無量と萌絵は顔を見合わせた。

「じゃあ、これは脅迫殺人の一部だって言うんですか」

それか……、と忍は瞳《ひとみ》の中に赤色灯を映して告げた。その者にとって由次が邪魔になったか、由次から足がつくのを恐れて、消したとも。

無量は青くなった。

「いったい何のために」

生ぬるい風が吹いている。街路樹がざわざわと騒ぎ、不穏な夜にふさわしく、またどこかでサイレンが鳴っている。

＊

降矢家は当主の葬式から四十九日にもならないうちに、息子まで亡くなった。相次ぐ不幸に祟りを信じる住民は、降矢の家にも近づかなくなってしまった。ただでさえ古い言い伝えが根を張る地区だけに、住民の間には重い空気が漂っている。

そんな中、むつみから連絡があった。

由次の携帯電話に、奇妙な作成途中のメールが残されていた、と。

〝天の神軍からの鉄槌《てっつい》である。竹吉〟

メールは誰にも送られていなかった。そして由次の上着のポケットからは石鏃が出てきたのである。状況をそのまま受け止めれば、由次が「竹吉」であり、脅迫メールを送る前に死んだ、という経緯になる。だが、忍はそう解釈しなかった。

「それは犯人の工作じゃないのか」

怜悧《れいり》な口調で、萌絵に言った。

「由次を『竹吉』に仕立てるための工作。でなければメッセージだ。ミツさんへの」

忍はあくまで他殺の線を捨てない。

「由次氏が飲んだ青酸の入手経路だって明らかになってない。問題は青酸には強い刺激臭があって、簡単には他殺に使えないことだな。青酸が混入したと見られる缶コーヒーを、由次氏は飲み干してる」

「く、詳しいんですね、相良《さがら》さん」

「まあね。昔いろいろと調べたんだ。義兄への報復をあれこれ考えてた時に。割に合わないからやめたけど」

「う、うわあ……」

萌絵はドン引きだ。

一方の無量は、それからしばらく塞《ふさ》ぎ込んでしまった。

いつもなら黙々と発掘作業を進める彼にしては珍しく、迷いを感じながら土を削り、なかなか捗《はかど》らない。週末になると部屋に閉じこもってしまった。萌絵も心配している。マークしていた人物の命が絶たれたのは、少なからずショックだったのだろう。忍も気にかけていた。

「……僕はちょっと調べ物に出てくる。永倉《ながくら》さんは少し無量を見ててくれないかな。あれでいて結構ナイーブなところがあるから」

「どこに行くんです」

「八尺瓊勾玉の件、裏を取ってくる。それと永倉さんには頼まれて欲しいことがある」

忍が萌絵に渡したのは、借り替えてきたレンタカーの鍵《かぎ》とガイドブックだ。

「ちょっとお詣《まい》りに行ってきてくれないか」

＊

それから一時間後。無量の姿はレンタカーの助手席にあった。

「おい、ちょっ……。大丈夫かよ！」

運転席には萌絵の姿がある。ステアリングを十時十分の位置でしっかり握り、肩をいからせて運転している。そう、運転者は萌絵なのである。

「大丈夫大丈夫。あたし、これでもゴールド免許だから」

「ゴールドって、それペーパーってことじゃないの⁉」

「大丈夫大丈夫。実家では乗ってるから」

「実家って年に何回帰ってる⁉」

「お盆と正月」

無量は「おろせ、おろせ」と大騒ぎだ。萌絵は「気が散るから黙ってて」と叱《しか》りつけながらキープレフトで県道を走る。二人が向かった先は、出雲大社だった。出雲市の西端、目と鼻の先はもう日本海になる。宿舎からは早ければ三、四十分ほどで着くが、カーナビの誘導を何度も無視しながら走った結果、到着までに一時間かかった。

無事着いた時には無量もげっそりしている。大騒ぎしたおかげで、暗い顔で塞ぎ込んでいたのがどこかに吹っ飛んでいた。

「コレなんの拷問？　俺なんか悪いことした？　帰りは絶対バスにする。もう二度と乗らない」

「怒らないでよ。ちゃんと無事に着いたでしょ。安全運転してたでしょ」

「後ろ大渋滞だったけどな」

何はともあれ出雲大社に着いた。出雲に来てからまだ一度もお詣りしていなかった。視界の先には、巨大なポールに巨大な日の丸がはためいている。参道の松並木は、いっそう緑が濃い。観光バスも何台も来ていて明るい観光地ムードに溢《あふ》れている。

出雲大社は、伊勢神宮と双璧《そうへき》をなす日本を代表する神社だ。ご祭神は大国主大神《おおくにぬしのおおかみ》。「だいこく」さんと親しまれている。遥か昔には高さ三十二丈（九十七メートル）、平安時代でも十六丈（四十八メートル）という巨大な社殿を誇っていた。木造建築物としては世界最大で、あの東大寺《とうだいじ》大仏殿よりも大きかったという。

参道は広く、大鳥居から下り坂になっていく形式は大変珍しい。なんとも大らかな雰囲気に、萌絵もちょっとウキウキしてきた。

「あ、みて、西原くん。亀だよ、亀がいる」

参道沿いには小川が流れていて、道の真ん中に亀が立ちふさがっている。ふたりが近づくと甲羅に頭をひっこめてしまった。無量は座り込んで見下ろしていたが、突然、亀を裏返した。

「あっ、ちょっ、なんてことするの」

「たまには亀も鍛えないと」

「なに子供みたいなことやってるの。じたばたしてるじゃない。かわいそうでしょ」

「根性みせろ、亀。やればできる、亀」

何気に亀石《かめいし》へのあてつけだろうか。

理由なきスパルタから亀を救った萌絵は、無量を引っ張って本殿に向かった。

「なんと。修復中」

残念ながら、壮麗な大社《たいしゃ》造りの本殿は巨大な建屋に覆われて、かろうじて屋根の頂の鰹木《かつおぎ》と千木がちらっと恥ずかしげに顔を覗《のぞ》かせているだけだ。ちょうど六十年に一度行われる式年遷宮の真っ最中で、神様たちは仮の本殿である御仮殿に引っ越し中だった。

参拝もそこで行う。トレードマークの巨大注連縄《しめなわ》は健在だ。

「出雲大社では柏手《かしわで》を四回打つんだって」

萌絵と無量は四回手を打ち、参拝した。

「西原くん、なにお願いした？」

「……あんたの運転が、これ以上世間に迷惑をかけませんように」

「なにそれ。ヒド」

「うわ。なにここ。ハトだらけ。こえー」

塞ぎ込んでいた無量の表情が、少しずつ解きほぐされるのを見て、萌絵は一安心だ。

厳谷の界隈《かいわい》は「谷」というだけあって独特な閉塞《へいそく》感があったので、一度気持ちが塞ぎ込むと、なかなか気分転換もできない。からりと開けた境内と青々とした八雲山《やくもやま》と亀山《かめやま》、その上に広がる青空を見ているだけでも、気持ちが晴れていくのだろう。

あ、笑った。

久しぶりに無量の自然な笑顔を見た萌絵は、ほっこりした。

が、すぐに気を引き締めた。自分はボディガードでもあるのだ。由次は死んだが注意を怠るな、と忍からも言われている。でもお詣りに来た仲睦《なかむつ》まじいカップルたちを見ていると、自分たちもデートで来ている気がしてきて顔が緩んだ。なにせ出雲大社といえば、縁結びの神様だ。

「そうだ。相良《さがら》さんから宝物館を見てくるように言われてたんだ。西原くんコッチ……

…」

見ると、しゃがみこんだ無量が頭といわず肩といわず、ハトに乗られている。エサをやっているうちに群がられたらしい（出雲大社にはハト小屋がありエサも売っている）。無量をハトの群れから救出して、境内の一角にある宝物館「神祜殿《しんこ》」に向かった。

展示室は二階にある。建物内はひんやりしていて、陳列用ガラスケースには貴重な資料や古色蒼然《そうぜん》とした宝物が並んでいる。どれも出雲大社で大切に保管されてきた文化財だ。中央の一段高くなったエリアに、目当てのものはあった。

「西原くん、これ」

一番目立つところに、桐箱に収められた三色玉の首飾りがある。

美保岐玉《みほぎだま》だ。昭和二十三年（一九四八年）出雲国造の新任にあたって、実際に皇室に献上したもののレプリカだという。

かなり大きい。八頭のものより玉が大きく、緑色の勾玉《まがたま》（青玉）、赤い管玉（赤玉）、白い丸玉（白玉）。どれも堂々とした仕上がりだ。無量もガラス越しに見つめた。

「……そうか。玉の配置がどうなってるかは、ここのを見れば確認できる」

――八頭の御統《みすまる》は『護持者』の証《あかし》。

その御統《みすまる》は〝皇室の美保岐玉を写したもの〟。それさえ知っていれば、孝平の所持する現物を間近に確認できなくても、複製は充分可能だ。

だが、ここのを参考にしたからこそ間違えてしまったとも言える。ここの勾玉は碧玉《へきぎょく》製だが、八頭のものは全部めのうで作られていた。

無量の表情がまた硬くなった。

八頭の御統《みすまる》を手に入れて「竹吉」はどうするつもりだったのか。降矢ミツを脅すために八頭の御統《みすまる》を必要とした？　「竹吉」はミツにどんな要求をしていたのだろう。

無量たちに真相を探られるのを嫌がっていたのは間違いない。

暴漢の正体を無量たちが突き止めたから由次を消したのか。だとしても、どのタイミングで気づかれた？　逐一監視されているようで気味が悪い。降矢由次が「竹吉」でなかったとするなら、一体、誰が真の「竹吉」なのか。

「西原くん……。大丈夫？」

萌絵に声をかけられて無量は我に返った。何でもないフリをするが、やはり表情は強《こわ》ばっている。萌絵にもやっと忍が気遣う理由が分かった。

例の六坂住職から聞いた八尺瓊勾玉の話。厳谷の〝shimpo〟とは「神宝」――すなわち八頭が護持する八尺瓊勾玉である可能性が高い。

そのことは無量にも語って聞かせたが、その後の反応を見て、忍はやはり黙っているべきだったと思ったらしい。

知ったがために、無量は無心で発掘できなくなってしまうのではないか。

そうでなくとも、由次の死に負い目を感じている節がある。自分たちが下手に嗅《か》ぎ回ったせいでは、と気に病んでいる。

――無量は強くなったかも知れないが、そんなにキャパがある方じゃない。一見飄々《ひょうひょう》としてるけど、いざきつくなると閉じこもってしまうから。

祖父の事件の時も、そうだった。

――抱え込みすぎるんだ。発掘以外のことで、要らない負担を背負わせたくない。

忍がカメケンに入ったのはそのためだと言わんばかりだ。だが、言葉裡《うち》には「父親がリークしたせいで西原家に起きた不幸」を贖《あがな》おうとするニュアンスも、萌絵は感じる。「自分の動機は不純だ」と言っていたのは、そういう意味ではないだろうか。

無量は美保岐玉の前から動かない。

萌絵は腕を引っ張った。

「西原くん、ほら。こっちに銅剣があるよ。西原くんが出したのと似てない？」

無量を連れて、別のガラスケースの前に立った。途端に「これは」と無量が反応した。

「真名井遺跡の出土品……！」

「知ってるの？」

「ああ。……それに銅剣じゃない。銅戈《どうか》だ」

むつみが言っていた遺跡ではないか。出雲大社の摂社・命主社から江戸時代に出土したという、銅戈と勾玉《まがたま》。ガラスケースの中には、非常に鋳上がりのよい弥生時代の銅戈と、濃緑色の硬玉《こうぎょく》製勾玉が並んでいる。いずれも重要文化財だ。

「この勾玉、すごくきれい……」

湖底からゆらゆら揺れる水面を眺めているような、見事な琅玕《ろうかん》質の翡翠《ひすい》だ。美しい曲線の勾玉はちょっと他に類を見ないほど素晴らしい出来だった。銅戈も（錆《さび》こそあるが）今さっき鋳上がったように美しい。どちらも超一級品というべき出土品だ。

「〝玉藻鎮石《たまものしずめいし》〟……」

無量の呟《つぶや》きに「え？」と萌絵は聞き返した。

「降矢さんが言ってた石だ。これと同じ『対の勾玉』が神立南の墳丘墓に収められてるはずだったって」

「主体部を開けた時に言ってた、あれ？　この勾玉と一対って、どういうこと」

「この勾玉と銅戈はもともと降矢が伝えてきたものだ。先祖から伝わる品だったって」

まさかお目にかかれるとは思わなかった。無量は魅入られたようにガラスの前から離れない。息を呑《の》むような宝物だと感じた。

「これが出雲王の形見……？」

＊

出雲大社を後にした萌絵と無量は、真名井遺跡があった命主社に立ち寄ってから、出雲そば屋で昼食をとった。歴史博物館にも寄るつもりだったが、どうも無量が塞《ふさ》ぎ込みがちだったので、

「海見に行こうか、海！」

萌絵の機転で「稲佐《いなさ》の浜」に足を延ばすことになった。

出雲大社から歩いて十五分ほど。白い砂浜に、ぽつりと目立つ大きな岩がある。「弁天島」と呼ばれる岩で、昔は沖にある島だったのだが、近年、砂浜が急速に広がって繋《つな》がってしまったのだという。

神話にも出てくる有名な浜だ。湾になっていて視線の遥か先には陸地が横たわる。目立つ二瘤《ふたこぶ》が三瓶山《さんべさん》。島根半島はかつて国造り神が「国来《くにこ》、国来」と綱で遠くの陸を引っ張ってきた、との言い伝えがあって、引いてきた島を陸に繋ぎ止めた杭《くい》があの山だと言われている。

「うわあ。海なんて、久しぶりだな」

波打ち際ではしゃぎ、ワカメを拾って喜ぶ萌絵を、無量は呆《あき》れて見ていた。

「ちょ……。そんな顔しないで少しは年相応にはしゃいでみたら」

「あんたは年不相応にはしゃぎすぎです」

海風に吹かれながら、無量はぼんやりと沖を眺めている。

遠い目をしている横顔を萌絵も黙って見つめ、しばらく一緒に海風に吹かれてみた。

「西原くん、厳谷のことだけど……」

「なに」

「本当に八尺瓊勾玉が埋まってるって思う？」

「さあ。何が埋まってても、俺は掘るだけだから」

萌絵は無量の革手袋をはめた右手を凝視した。本当は何か嗅ぎ取っているのではないかと疑っている。無量はサッと右手を背に隠して、

「なにアテにしてんの。どこに埋まってるかなんて分かるわけないだろ」

「でももし本当に三種の神器のひとつが埋まってるとしたら、GHQが動いた理由もなんとなく説明できるんじゃゃって……」

するど、無量はまた口をつぐみ、遠い目をした。

「……降矢竹吉は〝shimpo〟を隠したんじゃない。掘り出そうとしたんじゃないかな」

「八頭家が隠したものをってこと？　なんのために？」

「それは……やっぱり証明するためだと思う。降矢の先祖が後醍醐天皇の落《お》とし胤《だね》であることを証明して、天皇に……。でも。ならなんで自決なんかしたんだろう」

戦争に生き残って、なお軍服姿を残したのが、彼のその後の人生を表しているようだと感じた。孤独を愛し、考古学を学びたかった青年が、なぜ志願兵になったのか。なぜ自称天皇なんて無謀なことをしでかしたのか。

「戦友の佐川《さがわ》さんは、従兄《いとこ》の影響じゃないかって言ってた……」

「従兄？」

「うん。少し年上の従兄が特攻隊にいたんだって。兄弟みたいに仲がよくて、いつも一緒だったみたい。竹吉さんは終戦後『従兄に申し訳ない』って口癖みたいに言ってたら

しいから。名前は確か——八頭源蔵《げんぞう》さん」

「八頭」

「考古学者になりたい竹吉さんの夢を応援してくれてたみたい。源蔵さんの遺影を肌身離さず持ってたくらいだから」

唯一の理解者だったのだろう。そんな従兄への思い入れが無量にはわかる気がする。さんざんミツから「似ている」と言われたせいもある。

「理解者、か……」

無量がふと何かに気づき、いきなり萌絵の手を引き、弁天島の陰に隠れた。「なになに」と妙な期待をした萌絵の頭を押さえ込み、岩陰から砂浜のほうを窺《うかが》っている。

「なになに、どうしたの」

「しっ。あれ見て」

促されて目線の向けられた方角を見る。駐車場のある防波堤のほうから、中年の男女が降りてくるのが見えた。どこぞの夫婦かと思ったが、男のほうに見覚えがあった。

「えっ。ちょっとアレ、まさか」

「高野《たかの》さん。なんで」

調査員の高野ではないか。連れの女は妻だろうか。無量が再び小さく叫んだ。

「あれ、降矢の長女とかいうひとだ。確か、鉄子って」

むつみの叔母《おば》だ。婿をとって降矢の実質上の跡取りとなったという。

「降矢の長女と高野さん？　どういう取り合わせ？　まさか逢《あ》い引《び》き？」

無量と萌絵は岩陰から目だけを出して窺っている。高野と降矢鉄子は、波打ち際まで来ると、岩の頂にある小さな社に柏手《かしわで》を打った。無量たちは慌てて頭をひっこめた。

「うそー。あの真面目そうな高野さんが不倫とか」

「しっ。声でかい」

高野と鉄子は話し込み始めた。初めこそ親密な雰囲気を醸していたが、だんだん険悪なやりとりになってきた。波音にまぎれ内容までは聞き取れないが、次第に鉄子の方が興奮して言い合いになる。だが、最後には高野に宥《なだ》められ、落ち着きを取り戻した。

降矢鉄子といえば、数日前に弟・由次が死んだばかりだ。

高野は十分ほど話をして、帰っていった。鉄子だけしばらく浜辺に留《とど》まっていたが、携帯電話で誰かと話した後で去っていった。

岩陰の無量と萌絵は、顔を見合わせるばかりだ。

「どういうこと？」

「さあ……」

どうにも引っかかる。あの高野が、なぜ降矢の長女と……。

＊

一方、その頃、忍は松江にある県立図書館にいた。文献を当たって、後醍醐天皇の降矢落胤《らくいん》説について裏をとるためだ。

隠岐に流された後醍醐天皇は、元弘《げんこう》三年（一三三三年）伯耆国《ほうきのくに》船上山で鎌倉幕府倒幕の決起を行っている。その際に出雲大社に先勝祈願し、当時の出雲国造（五十三代・孝時《のりとき》）に対し、神剣二振りのうち一振りを求めている。

降矢の姫が後醍醐天皇のもとに嫁したという記録は『鎌倉遺文』や『出雲大社文書』などの一次史料をあたっても、どこにも見あたらないし、まして、該当の女が京にのぼったという記録もない。考えられるとすれば（言葉は悪いが）「現地妻」という位置づけだったのか。もしくは出雲の神威を得るためだけの婚姻だったか。

後醍醐天皇は、護良《もりよし》親王を始めとする皇子たちを自らの分身として権力の要所に配置し、息子たちもまた縦横無尽に働いて、父を支えた。だが後醍醐天皇の死は、隠岐脱出からわずか六年後。その間に倒幕、建武《けんむ》の新政、吉野への南走……と実に波乱に満ちている。降矢の姫との間に子があったとしても、崩御の時に、わずか五、六歳の幼児であったと考えられ、恐らくは共に吉野に向かったはずだが、これも記録にはない。

三種の神器については、後醍醐天皇が吉野に持ち去った後、両朝合体（南朝・後亀山《ごかめやま》天皇から北朝・後小松《ごこまつ》天皇への「御譲国の儀式」）の際に京都御所へと戻されている。

が、その後、何度か神器を巡る事件が起きていた。

一度目は「禁闕《きんけつ》の変」。嘉吉《かきつ》三年（一四四三年）九月。清涼殿《せいりようでん》に賊徒が乱入し、三種の神器のうち宝剣と神璽《しんじ》が奪われた。宝剣とは草薙《くさなぎ》剣、神璽とは八尺瓊勾玉《やさかにのまがたま》のことだ。

これを奪った賊徒こそ、後南朝（両朝合体後の南朝の皇胤）の一味であったとされる。

二度目は「長禄《ちょうろく》の変」。長禄元年（一四五七年）十二月。赤松氏の旧臣一党が「禁闕の変」で奪われて吉野に持ち込まれた神璽を、南朝皇胤から奪還した一連の事件だ。

神璽を奪った犯人が南朝の者であると判明した後、赤松氏旧臣らは南朝の一宮（北山《きたやま》宮《のみや》）と二宮（河野宮《こうののみや》）を殺害した。その翌年「吉野小川」なる者が「悪党」を放って、南帝の母の在所にあった神璽を奪い返し、十五年ぶりに神璽は京都の御所に戻された。

この流れによれば、神璽（八尺瓊勾玉）は御所に戻ったことになっている。

だが、八頭によれば、どうやらこの時点ですり替えが行われ、御所に戻った神璽は偽物、本物は八頭が出雲に持ち込んだという。

しかも、この一宮と二宮なる南朝皇胤が、どのような系譜の者たちかは定かでない。八頭によれば、彼らこそ、降矢の姫との間にできた皇子の血を引く子孫だという。

神璽のすり替えが行われたことを否定する史料もなければ、肯定する史料もない。

だが、可能性は残されている。

八頭家の先祖が吉野から持ち去った神璽が、出雲にあることを、否定する証拠は何もないのだ。

図書館の閉館時間まで粘った忍には、まだ立ち寄らねばならないところがあった。

「おひとりさまですね。ご指名はございますか」

忍が立ち寄ったのは、松江のネオン街にある、とあるキャバクラだ。

「優花《ゆうか》さんでお願いします」

初見の客からの指名が入った「優花」なるキャバ嬢は、この店のナンバー1で、しばらく待たされたが、土曜ということもあって客は少なく、やがて忍のテーブルについた。ヘアメイクは派手めだが、語り口は癒《いや》し系で感じのよい女性だ。

「えっ。八頭さんのお友達だったんですか」

忍が切り出すと、優花は水割りを作る手を止めて、神妙になった。

「八頭さん、まだお葬式もあげられてないんですよね。会社関係の方ですか」

「大学の後輩で、よく目をかけてもらってました。大変ショックを受けてます。八頭先輩がいつも優花さんのことを話していたのを思い出して、お店に……」

忍の作り話を優花は信じた。店を教えてくれたのは六坂住職だ。孝平の行きつけのひとつで、六坂も何度か連れてこられたという。優花は八頭孝平とはアフターも共にするほどの仲で、彼のことをよく知っていた。噂通り、女遊びは激しかったようで、痴話喧《ちわげん》嘩《か》で切り付けられた傷を勲章のように自慢していたという。実は殺害当夜に最後のメールを送った相手が彼女だった。

孝平の後輩という気安さからか、それとも上客が殺された動揺を引きずっていたのか、優花は忍が促すまでもなく八頭との思い出話をよく語った。

「先輩に、何か変わったこととかありませんでしたか」
「はい。これは警察の方にも言ったんですが、亡くなる数日前から、様子が……」
孝平は死の少し前から、妙に苛々《いらいら》した様子だったという。かと思えば、おどおどした
り上の空だったり。そんな孝平は或《あ》る夜、泥酔して弱音混じりに漏らしたという。
「脅されていた？　八頭さんがですか」
「はい。会社に関わることみたいで、そうとう追い詰められていた感じでした。実はそ
の少し前から、八頭さんの会社にはちょっとよくない噂が出てたんですけど」
店の客から聞いた話だ。八頭建設にはバイパス工事での談合疑惑が取り沙汰《ざた》されてい
て、それには孝平の叔父《おじ》で県議会議員の八頭遼平《りょうへい》まで関わっているという。黒い金が動
いているようで、リークでもあれば大きなスキャンダルになりかねない。
「ハッキリとは言いませんでしたが、そのことで誰かに強請《ゆす》られているみたいでした」
「……それ、誰だか分かります？」
「分かりませんけど、一度アフターで食事をしちょーたとき、電話がかかってきて、物《もの》
凄《すご》い勢いで怒鳴り返していました。『ふざけるな。タケキチ』って」
「竹吉」
「県議会議員選挙が半年後に迫ってることもあって表沙汰《おもてざた》にされるとマズい時期でもあっ
たんじゃないかと」
談合をネタに「竹吉」から強請られていたということか。

「なにを要求されていたんですか。金銭？　それとも」

「詳しいことは知りませんけど……なにか八頭家にとって、とても大切な品物を要求されている、というようなことを」

忍にはピンと来た。

神宝だ。

談合疑惑のリークと引き替えに「竹吉」は「八頭の神宝」を要求してきたに違いない。

やはり「竹吉」の目的は、神宝を手に入れることだったのか。

＊

「忍！　おまえどうしたんだよ、こんなに呑《の》んで！」

宿舎に帰ってきた途端、玄関で寝そうになっている忍を見て、びっくりしたのは無量だ。忍は赤い顔であがり口にぐんにゃり崩れながら、無量に気づくと、へら、と笑った。

「ただいま、無量。ちょっと飲み過ぎちゃって」

「もうなんなの、おまえ。ほら靴脱いで。ここで寝ちゃ駄目。起きて……って、うわ！」

抱き起こそうとしてバランスが崩れ、押し潰《つぶ》されてしまった。半ば寝かけている忍の下で藻掻《もが》いている無量を、柱の陰から鍛冶《かじ》と萌絵が何事かと見つめている。

「うわー……。相良さんがべろんべろんになってる……」

「師匠。見てないで、ちょっと手伝ってくれます？」

泥酔気味の忍を二人がかりで担いで、どうにかこうにか部屋に連れていった。

「ほら水。水呑んで」

なんとか目を覚ました忍にコップの水を飲ませ、無量は呆《あき》れている。

「人を縁結びの神様んとこにお詣《まい》りなんか行かせて自分はどこに行ったかと思ったら、ひとりでキャバクラって……」

「違う違う。色々聞き出そうとしてたら、飲み過ぎちゃったんだ」

忍は経緯を話した。ポカンとして聞いていた無量も最後は感心するより呆れていた。

「それでボトルまで入れちゃったの？　おまえ人好《よ》すぎるんじゃない？」

「はは。ボトル入れたら話すって言われたもんだから」

だが、聞き込みの収穫を語り始めると、それまで呂律《ろれつ》の怪しかった忍の口調はどんどん明晰《めいせき》になっていく。無量は胡座《あぐら》を掻きながら、神妙な顔になった。

「……つまり『竹吉』の目的は、八尺瓊勾玉を手に入れること？」

「ああ。恐らく、あの夜、八頭孝平を神立南墳丘墓に呼び出したのは『竹吉』だ。殺害したのも」

「竹吉」というわけか。

無量は顔を覆った。

「…………。まじかよ……」

「孝平は神宝の引き渡しに応じなかった。孝平が拒否した時には初めから殺すつもりだったのかもしれない。御統《みすまる》を手に入れるために」

「御統が『護持者の証《あかし》』だから？」

「それだけじゃない。どうやら、その御統には神宝の在処《ありか》を示す暗号が秘められていたらしい」

「なんだって」

優花からの情報だ。以前、孝平が酔って自慢したことがあったという。もちろん、その「家宝」が何であるかなど優花は知らなかったから、本気にしなかったが、「竹吉」が御統《みすまる》を奪っていったところを見ると、あながち盛った話というわけでもなさそうだ。

『竹吉』は、神宝は八頭家にあるか厳谷に埋まっているかのどちらかだと見てた。おまえを襲ったのも、発掘されるのを妨げるためだろう」

「まだ厳谷にあると？」

「ああ。GHQは発見に失敗して撤収してる。降矢竹吉がかろうじて発見していた可能性は残されているが……いずれにせよ、その手がかりが御統《みすまる》にこめられていたんだろう。だが御統《みすまる》を手に入れた後も、『竹吉』は暗号が読み解けなかったのか、まだ神宝の在処を把握できてないようだ。由次氏が死んだのが証拠だ。『竹吉』は降矢ミツも脅迫していた」

脅迫の目的は、神宝の在処を知ること。

恐らく降矢家も手がかりを把握していたからではないか、と忍は推測した。

「それは、本物の降矢竹吉とも関係ある……？」

「ああ。たぶん」

無量には理解できない。そんなものを手に入れて、どうするつもりなのか。

そして「竹吉」とは誰なのか。

「問題は『竹吉』が八尺瓊勾玉《まがたま》を手に入れるまで、脅迫殺人は続くかもしれないということだ」

「！　……まだ人が殺されるかもしれない？　もう二人も死んでんだぞ！」

「〝大切なものをひとつずつ奪う〟って『竹吉』は言ってたんだろ？」

無量は言葉を呑み込んだ。

忍はいやに冷徹な目つきになって、

「『竹吉』はすでに二人殺してるんだ。一度でも人を殺した人間は、手に掛けた数が増えるほど、人を殺すことへの抵抗がなくなっていく。戦争がそうであるように。……たぶん止められない。降矢ミツが要求に応じるまで」

「そんな。……じゃあ、どうすれば」

「続きは明日《あした》考えるよ。僕はもう寝る。おやすみ」

というと、スイッチが切れた忍は、無量に頭から突っ込むようにして倒れ込んだ。またしても無量を押し潰して、もう寝息を立てている。這《は》いずって脱出した。

「ったく、昔っから寝つきだけは唐突なん……」

忍の手が、なぜか無量の右手を摑《つか》んでいる。

いつもなら不用意に触れられると振り払う無量が、そうはしなかった。不思議に体が嫌わなかった。代わりに忍の手を挟むように左手を重ね、溜息《ためいき》をついた。

「……あんま無茶しないでよ。忍ちゃん」

布団に寝かせようとした時、忍の胸ポケットからスマホがこぼれ出た。拾い上げた無量は、見るともなく画面を見て、軽く目を剝《む》いた。英文が並んでいる。メールの本文だ。酔っぱらいながらチェックをして、そのままにしてしまったらしい。

差出人は「JK」。

無量は英文に見入ってしまった。

「これって……」

＊

週明けから、ようやく神立南墳丘墓の発掘が再開した。待ちに待った再開だ。

萌絵と忍も研修再開で、そちらの発掘に張りついている。

一方、無量が作業する厳谷では、地中レーダーや試掘結果をもとに、今後は銅剣群の埋納坑を中心とした本格的な確認調査が行われることになった。「銅剣群」と「青銅の髑髏《どくろ》」という、ふたつの出土品に恵まれた厳谷では、今後の調査結果次第で道路計画も再考されると聞き、喜びに沸いている。そこへ……。

「掘り足りないところはありませんか。西原くん」

高野が声をかけてきた。無量はドキッとしたが、平静を装い、

「なんすかソレ。美容院のシャンプーすか」

「宝物発掘師《トレジャー・ディガー》として、まだ掘っておきたいところがあるんじゃないかって思ったんだよ」

つなぎ姿の高野は相変わらず人懐こい笑顔だ。無量は伐採されて丸裸になった斜面を端から端まで眺めた。

「この谷……、やっぱ保存しといたほうがいいと思います。石鏃《せきぞく》も出るとこ見ると、縄文時代くらいからの遺跡っぽいですし、まだ青銅器が出てきそうな気が」

「ぼくもそう思うよ。ここは地理的状況をみても荒神谷によく似ている。ぼくは昔から荒神谷の銅剣は、神に捧《ささ》げられたんじゃなく、隠したんだと思ってきた」

「高野さんもそう思いますか」

「君もかい」

「隠したというか……。遺棄させられたんじゃないかと」

「根拠は」

「いや。一眼鬼の伝説っす。産鉄民を表す鬼に喰《く》われたっていう。青銅器を大量保有してたクニだかムラだかが、何かの環境の変化で——多分、産鉄民を擁するよその勢力からの外圧みたいなもんだと思いますけど、古い威信財を放棄させられたんじゃないかと。銅剣の大量埋納も、武装解除させられた証なんじゃないかって」

「ほう。西原くんはあの銅剣が祭器ではなく武器だったと思うのかい」

「ちがいますかね」

「実用品にしては茎《なかご》(刀身の、柄《つか》に入った部分)が短すぎるし、重すぎる」

「それは武器に使えないよう茎をわざと落としたんすよ。荒神谷の博物館で復元品を持ってみましたけど、銅矛はともかく銅剣は人を殺せます。こう、ばんばん叩《たた》けば」

「ははは。西原くんの発想はなかなかユニークだ」

滅多に持論など口にしない無量が珍しく語ったので、高野は喜んだ。

「ぼくは隠匿説だな。厳谷も荒神谷も、埋納坑の上に覆屋《おおいや》の痕跡《こんせき》があった。宝物庫なんだよ。国譲りか何かの際に、王が配った銅剣を回収して、埋めた。いずれ王権復活のみぎりには掘り返すつもりで」

「いや、放棄です」

「頑固だな。これに降矢くんが加われば、祭祀《さいし》場っていうんだろうな。意見を戦わせるのは面白いだろ。研究者になる気はないのかい? 君なら面白い研究者になれるのに」

「ないっす。なれるわけないでしょ。西原の孫が」

「関係ないよ。それとも怖いのかい。お祖父《じい》さんやお父さんと同じ土俵に立つのが」

不意に的を射られた気がして、無量は詰まった。

「……じーさんはともかく、あっちは文献屋だし、同じ土俵とは言えないです」

「自信がない？」

「そういう問題じゃ」

高野は微笑んでいる。無量は見透かされたようで気まずくなった。

「勿体《もったい》ないな。古生物もいいけど、君には考古学者になる素質があるのに」

「遺跡発掘はギャラがいいからやってるだけです。ホームは古生物ですから。……それより高野さんこそ、こないだ稲佐の浜で」

言いかけて、無量は咄嗟《とっさ》に口をつぐんだ。本当に不倫だったら、面と向かって訊《たず》ねるのもいかがなものか。

高野はきょとんとした。

「稲佐の浜……。ああ、もしかして土曜日のこと？　見られた？」

「あ、いや、なんでもないっす。見てないっす」

「ははは。誤解されたみたいだから言っておくけど、降矢鉄子さんは友人なんだ。宮司をやってる旦那《だんな》さんは県の教育委員会の人でね。歴博の展示物の打ち合わせで、たまたま鉢合わせて。……実は息子さんの就職の件で相談を受けてたんだ」

由次の服毒死から数日。就職活動中の息子を持つ鉄子は、一連のゴタゴタが世間に漏れて就活に影響するのでは、と心配していたという。

「なんだかひどく怯《おび》えていたな。次は自分の息子が狙われるんじゃないかって……。取り乱してたんだと思うが、……どういう意味だったんだろう。八頭くんはともかく、由次さんは自殺だったように聞いていたから、変なこと言うなあ、とは思っていたんだが」

違う。たぶん鉄子も気づいているのだ。由次は何者かに殺されたのだと。

降矢の人間が狙われているのだと。

大切なものをひとつずつ奪う、と脅迫文にはあった。鉄子があの文面を見たか否かは不明だが次の標的が、鉄子の息子である可能性は充分ある。

「竹吉」の連続殺人を止める方法は、ミツが「竹吉」に神宝の手がかりを教えるか、神宝そのものが出てくるかするしかない。

無量も第三トレンチを見た。土層に「攪乱《かくらん》」があったあたりだ。八頭の神宝が隠されたとしたら、あの「攪乱」のあたりとしか思えない。

神宝さえ見つかれば、殺人の連鎖も止められるのだろうか。

「掘った方が、いいんすかね……もっと掘った方が……」

無量の右手は――だが、奇妙なほど落ち着いている。数日前まではあんなに騒いでいたのに、今は微弱な電気めいたものを感じる程度だ。銅剣群に反応しているのだと思うが、「攪乱」のあたりには驚くほど反応がない。無量は気候のせいにしていたが……。

右手の「鬼」は押し黙ったままだ。

この状態では掘り当てられる気がしない……。

＊

斐伊川にかかる鉄橋を、特急列車が渡っていく。

湿り気を帯びた夕焼け空は炎を映したように赤く、川面《かわも》まで朱鷺《とき》の羽色に染めていく。

堤防上の県道を行き交う車は、そろそろスモールライトを灯《とも》し始めていた。

作業を終えた無量は宿舎に戻らず、自転車を漕《こ》いでやってきたのは、降矢の本家だ。

相変わらず堂々とした石州瓦葺《かわらぶ》きの屋敷構えで、庭のひまわりも背が高くなっている。

敷地と道路とを隔てる、堀を思わせる水路のそばに自転車を止めた無量は、突然、声をかけられた。

「むつみなら、いねえぞ」

驚いて振り返ると、門前に大型バイクが停まっていて眼鏡の男が腰掛けている。

九鬼ではないか。

「なにしてるんすか。こんなとこで」

「別に。実測完了のハンコもらおうと思って。全然つかまらないもんだから」

むつみは欠勤していた。由次の服毒死でまた警察に呼ばれているのか、と心配して、わざわざ訪ねてきたらしい。その九鬼は先日、無量に反発する理由をむつみに暴露されたせいか、どこか気まずそうだ。

――いくら西原くんがあなたの尊敬してた人のお孫さんだからって……！

「そっちこそ何しにきた」

「厳谷のことで、降矢さんにちょっと話があって」

九鬼はヘルメットを腹に抱いて少し大袈裟《おおげさ》な溜息《ためいき》をついた。

「……石鏃の持ち出し犯な、降矢の死んだ次男だった。防犯カメラに映ってたそうだ」

「なんだって」

「結局、孝平殺しの犯人も降矢の次男って方向で捜査は進んでる。石鏃をまいたのは厳谷の祟《たた》りを装って捜査を攪乱するため。殺害された夜のアリバイもないし、次男は孝平にかなりの額の借金があったっていうから、動機はそれ絡みじゃないかって」

「そんな。降矢由次はあの夜、俺を襲いはしたけど、八頭サン殺しの犯人ってまでは」

九鬼が冷ややかそうに無量を見た。

「なるほど。むつみが言ってたのはそのことか。おまえら、なんかコソコソやってたよな。あの永倉って女の子も完璧《かんぺき》に俺を疑ってたろ」

「バレた？」

「バレバレだ。俺が真犯人だったら口封じしてるぞ」

「………。なんか……スイマセン」

「大方の話はむつみから聞いた。俺なりに今回の事件について考えてみたが、あいつの身に危険が及ぶのだけはなんとしても避けたい」

九鬼の心配は尤《もっと》もだ。そうでなくとも『竹吉』はミツに〝大切なものをひとつずつ〟奪うと宣言している。ミツにとって、むつみは手塩にかけた愛孫だ。標的にするなら、むつみを外すわけがない。

「あの元・文化庁の相良ってヤツ、なかなかの切れ者だろ。必要ならこっちの知恵を貸してやってもいい。だからそっちも協力しろ。あいつを守るために」

無量が意外そうな顔をした。

「あんた、もしかして犯人の目星でもついてんの」

「目星ってほどじゃないが、むつみを疎ましく思う奴がいることくらいは知っている」

九鬼はバイクのミラー越しに無量を見て、言った。「疎ましく思う？」と無量が問うと、うなずいて、蔵に掲げられた家紋を仰いだ。

「むつみはガキの頃、父親が病死して叔母《おば》の鉄子に引き取られたが、継子《ままこ》いじめみたいな目に遭ってな。見るに見かねた祖母が引き取って、自分の手許《てもと》で育てたんだそうだ」

「それはミツさんも言ってた」

「じゃあ、その降矢ミツが、当主の座を降矢むつみに継がせようとしてたって話は？」

聞いていない。無量には初耳だ。

「降矢ミツは長男が死んだ後、鉄子に婿を取らせて当主を継がせようとしていたわけだが、その後、気が変わったらしい。約束を反故《ほご》にして、長男の子であるむつみが家を継げるよう、遺言を書き換えた。当然、八頭に嫁にいかすわけにはいかない。婚約も破棄させようとしたもんだから、大変だ。これには鉄子が黙っていなかった。撤回を求めて派手に揉《も》めたみたいだ」

「そんな。それじゃ疎まれるどころの話じゃないじゃないすか」

「まあ、本家の財産をそっくり持ってかれるわけだからな。鉄子は八頭とも組んで結婚を強行しようとした。溺愛《できあい》する息子に降矢の本家を継がせる気でいたから、鉄子にしてみたら、むつみは消えて欲しい女ナンバー1《ワン》てとこだよな」

無量は神妙そうに九鬼の表情を注視した。

「つまり、今回のことを仕組んだのも」

「ああ」

九鬼は実測をする時の鋭い眼になって、言った。

「『竹吉』の正体は、降矢鉄子だ」

第六章　忌み蔵の秘密

「『竹吉《たけきち》』の正体は降矢《ふるや》鉄子《てつこ》さん!?　降矢家の長女だっていうの？」

萌絵《もえ》が思わず大きな声を出したので、無量《むりょう》が「しっ」と指を立てた。「声でかい」

夜、無量の部屋に「自習」と称して集まった萌絵と忍《しのぶ》は、民宿の奥さんが差し入れたスイカを載せたお盆を囲んで、額を突き合わせていた。

「って、九鬼《くき》のおっさんが言ってた。相続絡みのお家騒動らしい」

無量がスイカにかぶりつきながら言うと、忍は腕組みをした。

「姪《めい》に当主の座を奪われないよう、母親を脅していたって筋書きか。降矢家にそんな内紛があったとはね……」

「『竹吉』っていうから男性って思いこんでたけど、女性ってこともあったんだ。思いっきり引っかかっちゃった」

萌絵も悔しげにかぶりついた。塩を振ったスイカの甘みと塩気が口の中に広がった。

「その鉄子って長女も、半端ない人らしくてさ」

九鬼によると、ミツに勝るとも劣らぬ女傑ぶりで、小中高のPTA会長を十二年連続で務め、この界隈《かいわい》では「PTAの女帝」と呼ばれた。県の教育委員である夫を笠《かさ》に着て、エアコン設置に反対した小学校長をやめさせたり気に入らない学年主任を飛ばしたりして、まるで専制君主だった。反発したPTA役員は、やがて学校にいられなくなり、ついには子供を転校させざるを得なかったとか。

「物凄《ものすご》い野心家で、婦人会とPTAをバックに市長選に立候補するんじゃないかって」

「うわあ……」

「高速道路つくる時も、国会議員を脅して、むりくり地元にインターつくらせたって」

その他にも、出雲市との合併協議で、斐川の工場地帯の税収を見込む出雲市の足元を見て、教育予算の優遇を求めた鉄子は頑として譲らず、しまいには市長に頭を下げさせたの、県の会計課長を自殺に追い込んだの、息子の大学推薦を拒んだ高校を廃校に追いやったの、怪しい話は枚挙にいとまがない。まさに「ゴッドマザーの娘」だ。

「ついたあだ名が、鉄子だけに〈鉄の女〉〈斐川町の総理〉〈出雲のサッチャー〉だと」

「そんな怖い人なら、自分の手を汚さずに脅迫殺人とかしちゃうかも……」

「つまり『竹吉』のめあては、降矢家の財産」

どうだろうな、と口を挟んだのは忍だ。

「鉄子が『竹吉』だとすると、孝平《こうへい》に神宝の引き渡しを求めた理由が分からない。邪魔なのはむつみさんなのに、由次《よしつぐ》氏まで手に掛けたのも不自然じゃないか」

「由次氏は共犯だったんですよ。姉の代わりに『竹吉』を名乗って動いていたけど、私たちに正体がバレたせいで、尻尾《しっぽ》切りされたとか」

「なら、稲佐の浜での高野氏の証言は？　鉄子さんは怯《おび》えてたっていうのは」

「被害者を装って、警察の目をそらしたのかも」

忍はまだ同調できずにいる。

「……協力をするのはやぶさかでないけど、九鬼って人の意見は『参考まで』に留《とど》めておく。ただこのままだと降矢むつみさんの身に危険が及ぶ可能性は充分ある」

「なら、どうしたら」

「ミツ氏が何を誰から要求されてるのか、はっきりさせないことには。明日《あした》直接会ってみる。話を聞いて、これ以上犠牲を出さないためにはどうすればいいか、考えてみるよ」

忍は立ち上がり「洗濯物取ってくる」と言って部屋を出ていった。萌絵と無量は食べ残したスイカを前にして、きょとんと顔を見合わせた。

「意外に頑固だね。相良《さがら》さんて」

「まあね。昔っから自分の意見とか簡単には曲げないとこあったから」

横槍《よこやり》を入れられるとムキになるし、指図をされるのも嫌う子供だった。

頭を押さえつけられると猛反発して家出までするような強情な性格だったくせに、龍《りゅう》禅寺《ぜんじ》ではよくぞ耐えたところがこちらが感心するほどだ。抑圧されすぎて吐き出し口もなく、ついには子供時代にはなかった二面性を備えるに至った忍だ。温厚を絵に描いたようだと思っているのは萌絵だけで、無量から見る忍は大変な強情っぱりだった。

「ちょっと忍と話してくる。このスイカ全部喰《く》っていいから」

「えっ。そんなに食べられないよ」

無量は一階の洗濯室に向かった。忍は乾燥機から衣類をカゴに移し替えている。なんだか釈然としていない忍に無量が言った。

「おまえは『竹吉』は鉄子さんだと思ってないみたいだけど、なら誰だと思うの？」

「分からない。だから聞いてくる。直接、降矢ミツ氏に」

「そこまで首突っ込む必要あるの？　警察に任せようとか思わないの」

「『竹吉』はおまえに手を出した」

乾燥機の蓋《ふた》を閉めて、忍は振り返った。

「降矢鉄子が『竹吉』ならおまえを巻き込んだりしない。おまえがどういう人間だか、よく知ってるからこそ、おまえを襲ったんだ。門外漢じゃない証拠だ」

「俺を狙ったとは決めつけられない。あの夜、現場に駆けつけたのが俺じゃなくて、高野さんか師匠だった可能性もある」

「匿名電話がかかってきたのが宿舎だったたならね。でもおまえの携帯電話に直接かけてきた。おまえの番号を知る者が関わってた証拠だし、名指しして呼びつけたも同然だ」

「どういうこと」

「おまえなら遺留品が八頭《やがしら》孝平のものだと必ず気づく、と踏んでたからじゃないのか」

　無量はハッとした。忍は壁にもたれて腕を組み、

「『竹吉』の狙いは神宝だよ。間違いない。そして『竹吉』の手許《てもと》には今、八頭孝平の御統《みすまる》がある。それを所持する者が『竹吉』だ」

「容疑者の家を片っ端から家捜ししろってこと？」

「そうできれば一番いいが、それこそ警察の仕事だな。……俺はね、無量。犯人が神宝を捜しているなら、いずれ必ずおまえを利用しようとすると思う。おまえの発掘勘を。こんな物騒なことにおまえを巻き込ませたくない。だから動いてる」

「……。本当に、それだけ？」

　無量が注意深く表情を窺《うかが》いながら問いかけた。忍は怪訝《けげん》そうな顔になり、

「それだけ、とは」

「この事件に首突っ込んでるのは、本当に俺のためだけ？」

「………。何か見た？」

　無量は口をつぐんでしまう。洗濯機の回る音が響いている。忍はいやに冴《さ》えた目つきになって、無量を注視している。

「別に何も」

　忍は衣類を入れた洗濯カゴを持って、無量の横を通り抜けざま、その肩を叩《たた》いた。

「やましいことは何もしてないつもりだ。おまえを守ることが俺の第一義だよ」

「囮《おとり》になるって手は？」

洗濯室を出ようとした忍が振り返った。無量は右手を持ち上げ、

「俺が神宝の発掘をして、犯人をおびき出すって手は」

「駄目だ、無量。そんなのは危険だ」

「でも、それしか『竹吉』を止める方法は！」

そこへ「西原《さいばら》くん！」と声がして、廊下から萌絵が駆け込んできた。手にはスマホを握っている。

「大変！　いま九鬼さんから電話があって、文化財センターに保管してあった『青銅の髑髏《どくろ》』がなくなってるって……！」

＊

今度は窃盗事件だ。すでに文化財センターは業務終了して誰もいなかった。警備員が常駐するほどの規模ではないため館内は無人だったが、警備システムが何者かの侵入を探知し、警備会社の者が駆けつけた時にはすでに「青銅の髑髏」は持ち出された後だった。保管庫にあったのだが、鍵《かぎ》は開けられ、それだけがなくなっていた。他の出土品は無事だった。

なぜあの髑髏だけが狙われたのか。職員たちも理由が分からず、困惑している。

警察車両が並び、現場検証が行われている文化財センターの玄関に九鬼の姿があった。

夜中、自宅から直接駆けつけた九鬼は、風呂《ふろ》上がりだったのか、珍しく前髪をおろしたTシャツ姿だ。

「やられた。だから用心しとけって言ったんだ」

「持ってかれたのはそれだけ？」

「今のとこ、例の髑髏だけだ」

無量が出した青銅製の髑髏だ。一眼鬼の。特殊な青銅器として、ややもすれば重要文化財クラスの指定を受けるかもしれない出土品である。保管庫の鍵はセンター長の管理下にあり、終業後は金庫に入れるよう徹底されていたが、その金庫もこじあけられた様子はなく、中の鍵が持ち出された形跡はない。

「じゃあ、どうやって？」

「合鍵かも」

忍が後ろから口を挟んできた。

「誰かが就業中に持ち出した鍵で、合鍵を作っていたのかもしれない」

「関係者が関わってると？」

「合鍵自体は一時間もあればできる。作業中のフリをして外部の人間に託す手もある」

「うちの職員が関わってると言いたいのか。バカ言うな」

と九鬼が忍につっかかった。忍は冷静な口調で、

「警備員が駆けつける時間を計算に入れていたとするなら、当然、髑髏の保管場所も前

もって調べてたでしょうね」

「うちの職員が青銅器を盗んだっていうのか。言いがかりだ。大体そんなもん盗んでどうする」

「さあ。一つ眼鬼の祟《たた》りが怖くて埋め戻した、のかもしれませんね」

「相良とか言ったな。元・文化庁だからって、あまり適当なこと言ってんなよ。地元の人間が祟り怖さに盗んだっていうのか」

「九鬼さんとか言いましたね。八頭と降矢の人間が次々と死んでるんです。地区の人は祟りを信じて怯えてるじゃないですか。それに余程マニアなコレクター以外にあんなもん買い取る者もいないと思いますがね」

「あんなもん、だとう……っ」

険悪に睨《にら》み合う二人に、割って入ったのは萌絵だった。

「いがみあわないでくださいよ。とにかく目撃者がいないかどうか調べてから……」

「九鬼くん」

警察車両で埋め尽くされた駐車場のほうから、高野が駆け寄ってきた。高野もまた私服姿で、こちらはなんとパジャマ姿に上着を羽織っただけだった。

「青銅の髑髏がもってかれたって本当か」

「ええ。やられました。保管庫から髑髏だけ持ってかれました」

なんてこった、と高野は頭を抱えてしまう。専門が青銅器である高野にとって、あの出土品はまさに宝物だ。誰よりも思い入れがある貴重な遺物だった。

「降矢さんとは連絡がついたかい」

「いえ、何度も電話してるんですが、いっこうに。今日も欠勤だったし、降矢のヤツいったいどこに……」

「まさか降矢さんが」

と口走った萌絵に、全員が注目した。萌絵は驚いて慌てて手を振り「すみません。そんなはずないですよね」と否定したが、一連の事件の流れを鑑《かんが》みるとあながち否定しきれないものがある。主事であるむつみならば、鍵も扱えるし保管場所も知っている。

「だが持ち出す理由が分からない。なんのために」

そこに一台の車が到着した。どこかで見た覚えのある黒塗りの高級車だ。そこから降りてきた老婦人を見て、無量たちも驚いた。現れたのは降矢ミツだったのだ。

「降矢の奥様……。なんでこんなところに」

「窃盗があったそうですね。厳谷の出土品が盗まれたのだとか」

はい、と答えたのは高野だ。ミツは眼光鋭く文化財センターの新しい建物を見回した。

「……むつみがいなくなりました」

「！　……降矢さんが⁉」

「昨日から家に帰っていません。連絡もとれず、先程警察に捜索願を出しました。皆さんの中でむつみを見た方はいませんか」

無量も九鬼たちも、顔を強《こわ》ばらせて互いを見やる。今日一日むつみを目撃した者は誰もいない。まさか、と全員がミツを振り返った。

「むつみさんは行方不明なんですか。消息がわからないんですか！」

こくり、とミツはうなずいた。赤色灯に照らし出された表情は強ばっていて、顎《あご》の辺りがかすかに震えている。冷静を装ってはいるが、動揺が隠せない。

無量は思わず忍と顔を見合わせた。忍は苦しそうな目つきだ。

降矢むつみが行方不明。

どこにいるのかも分からない。生きているのかどうかすらも……。

まさか、第三の犠牲者に？

＊

現場から去ろうとしたミツを駐車場で呼び止めたのは、忍だった。ふたりは面識がある。降矢家に無量を迎えに行った時が初見だった。ミツは忍を覚えていた。

「相良さんと仰《おつしや》ったかしら。なにか」

「『竹吉』から何を要求されたんですか」

忍は単刀直入に訊《たず》ねた。ミツの表情に警戒の色が浮かぶのを、忍は見つめ、

「あなたが『竹吉』から脅されていたことは、むつみさんから聞きました。要求の内容

さえ分かれば『竹吉』の正体が分かります。教えてください」

「言えませんわ。……失礼いたします」

「あなたは『竹吉』が何者か知っているんですね」

図星だったのか。立ち去りかけたミツが忍を振り返った。

「警察にも僕たちにも言えないのは『竹吉』をかばっているからですか。そうでないなら教えてください。きっと力になれます」

「余所者《よそもの》のあなた方には関係のないことです」

「ふたりも死なせて、この上、むつみさんまで犠牲になったかもしれないんです！」

ミツは背を向け、黙り込んだ。忍は食い下がるように、

「『竹吉』の目的は何ですか。降矢の財産ですか、それとも神宝ですか」

「……。その両方」

ミツはもう一度、ゆっくりと忍を振り返った。

「それ以上は関わらないほうが身のためです。西原さんも。この地には鬼がおります。鬼に喰《く》われないうちに、去ってください。そして忘れてください」

「あなたにとって『竹吉』とは何なんですか」

「罪の名です」

「え」

「八頭の、罪の名です」

肩越しに会釈して、ミツは車に乗り込んでいった。それ以上は忍も引き留めることができなかった。その言葉を反芻《はんすう》して立ち尽くしていた。

いつのまにか、そばに無量がいた。赤色灯に照らされる横顔に問いかけた。

「降矢さん……、なんて？」

ああ、と答えた忍は明晰《めいせき》な表情に戻っている。

「やはりミツさんは『竹吉』が誰か知っている。無量、やっぱりおまえに動いてもらわなきゃ駄目みたいだ」

＊

八頭孝平の葬儀が決まった。

司法解剖を終えた遺体が警察から返され、葬儀の日取りが決まったのだ。その死から約一週間。孝平は無言の帰宅を果たした。今夜が通夜で、明日《あした》、葬儀が行われる。

「このあたりじゃ通夜は『夜伽《よとぎ》』と言ってね。始まる時間も特に決まってないから、弔問客は各々、都合のいい時間に喪家を訪れるんだ。だいたい夜通しになるね」

今は葬儀場で行うことも多いので、そういう風習が守られることも減ってきた。

「八頭さんぐらいになると参列者も多いし、大きな駐車場がある葬儀場のほうが具合がいいんだが、自宅でやるんだね。やっぱりそこは古い家だねえ」

と朝食の片づけをしながら、民宿の主人が言った。八頭家は県内有数の建設会社と不動産会社を持ち、叔父《おじ》は県議会議員だ。降矢以上に広く勢力を持っている家なので、葬儀は大規模にならざるを得ないが、『護持者の八頭』には独特のしきたりがあるようで自宅葬儀らしい。

「君たちはどうする。参列するか」

鍛冶が萌絵と忍に問いかけた。萌絵は通夜に顔を出すつもりだ。自分のところの発掘員が派遣された遺跡の地権者ということもある。忍も同行するという。

「無量は？」

「ああ。時間あったら顔出す」

「お香典袋買ってこなきゃ。いくら包んだらいいのかな……」

無量は厳谷の測量図を睨みながら、考え込んでいる。降矢むつみは依然、行方が分からない。おかげで関係者は皆、重苦しい空気だ。安否すらも分からないのだ。八頭孝平、降矢由次に続いて、ついにむつみまで「竹吉」の手に掛かったのでは、と萌絵たちは不安でいっぱいだ。

電話がかかってくるたび「死体発見」の報《しら》せではないか、とびくびくしている。厳谷の現場も、「青銅の髑髏《どくろ》」盗難の報せに、落胆の色が隠せない。まだ銅剣群の本格調査が残っているので、高野が作業員たちのモチベーションをあげようと激励してまわっていたが、一番落胆しているのは当の高野なのだ。

その高野に、無量が意を決して申し出た。

「第三トレンチの『攪乱《かくらん》』のある辺りをもう一度掘らせてください」

高野は意表をつかれた。なぜ今更「攪乱」を掘る必要があるのか。

「気になることがあるんです。手間はとらせません。作業はひとりでやりますから」

その「攪乱」はかつて降矢竹吉が掘り、GHQが掘った場所でもある。恐らくそこに八頭家が隠した神宝がある。竹吉もGHQも掘り当てられなかった、問題の神宝が。

無量の静かな気迫に気圧《けお》されたか、高野は許可した。「青銅の髑髏」を出した無量の発掘勘を信じたのだ。

これ以上、犠牲を出さないためにも、神宝を出すしかない。

出せば、犯人はきっと動く。——闇から姿を見せる瞬間のための、囮《おとり》だ。

無量は、おもむろに右手の革手袋を外した。

＊

八頭家の屋敷は、仏経山の北側（宍道湖側）にある。降矢家とは山を挟んでちょうど反対側だ。山裾《やますそ》の少し高台にあり、遠目にも目立つ。大きな瓦葺《かわらぶ》きの屋敷には、白い土塀が巡らされ、立派な門まであって、降矢に負けず劣らず、要塞《ようさい》のようだ。敷地の奥には、小さいながらも、ちゃんと階段をしつらえた大社造りの屋敷社まで備えている。

農道は、弔問客の車でいっぱいだ。幸田地区の地元住民が車の整理にあたっている。八頭孝平の通夜には地元はもちろん、県内・県外からも大勢の弔問客が集まる。祭壇は庭に面した座敷にしつらえてあり、ガラス戸は全て取り払われて開け放しになっていた。

参列者の中に喪服姿の忍と萌絵の姿もあった。

開始時間も特に決まっていないので、思い思いにやって来ては焼香をしていく。これが夜遅くまで続くという。

萌絵と忍も、祭壇にある孝平の遺影に一礼し、焼香した。煙の向こうに棺《ひつぎ》が横たわる。その両脇には親戚《しんせき》や会社関係からの供花が溢《あふ》れるほど並んでいた。遺族は沈痛な表情だ。孝平の両親は、紋付きを着込み、弔問客ひとりひとりに頭を下げている。さすが降矢と並び立つ名家の主だけあって威厳があり、近づきがたい雰囲気だ。父親の宗平《そうへい》は入院中の身だったが、葬儀のために無理をして一時帰宅したという。

精進落としのため、隣の座敷に案内された。襖《ふすま》を取り払った広間には座卓が何列も並べられ、恰幅《かっぷく》のよい弔問客が大きな声で談笑している。無神経だな、と萌絵がぼやいた。孝平が殺害されたことを思えば、大声で笑ったりなどできないはずだが、形ばかりの弔問客にはそういう感覚が抜け落ちているのだろう。いたたまれず、精進落としもそここに二人は外に出た。

「おや。パチンコ好きの文化庁さんじゃなーですか」

玄関を出た途端、忍に声をかけてきた男がいる。農作業着でなかったので、すぐには分からなかったが、幸田地区の山岡だった。

「どうも。そのせつはありがとうございました。忙しそうですね」

「八頭様の葬儀ですけん、ムラのもんは総出ですな」

山岡も無類のパチンコ好きなので、忍が気に入ったと見える。萌絵に気づくと「奥さんですか」と訊《き》かれたので、慌てて否定した。

「なんかエラいことになっちょりますな。降矢の次男坊も亡くなってしもたし、やっぱり一眼鬼の祟《たた》りですかね。首なんか出しよーたせいだが」

「その首も何者かに盗まれてしまったんです」

「そら、本当かね」

大きな声を出した山岡に、弔問客の視線が集まった。山岡は慌てて周りに頭を下げ、

「そら、鬼が取り返しにこーただわ。おぞい（恐ろしい）ことだ」

「実はおといから降矢むつみさんも行方知れずなんです。最近どこかで見かけたりはしませんでしたか」

「むつみお嬢さんがかね？　そら大変だ。そういや婚約者だのに姿が見えんち思ーたら。おーい、かあちゃん、ちょこし来ー」

ちょうど奥から出てきた割烹着《かっぽうぎ》姿の年配女性に呼びかけた。山岡の妻だ。手伝いで台所を任されていた。

「むつみお嬢さんが行方不明だげな。どっかで見ーかったか」

「むつみお嬢様が？　まあ……。いつからですか」

「おととい からです」

「おととい？　私、昨夜、お嬢様を見かけましたよ。こちらで」

どういうことですか！　と忍と萌絵が思わず身を乗り出した。山岡の妻は驚いて、辺りを見回した。

「昨夜、孝平様のご遺体が戻るというのでお手伝いに来たのですが、帰り際、あの奥の蔵のほうへお嬢様が歩いていくのを見ました」

生きている！

むつみは生きている。そうと分かっただけでも大収穫だ。萌絵は快哉《かいさい》の声をあげた。

「夜でしたし、暗かったのでようは見えんかったのですが、お嬢様はご老人と一緒で、こげな感じで俯《うつむ》き加減で、何か大きな段ボールのようなものを抱えとったように見えました。そのまま蔵の中に」

「蔵の中に入った……？」

と土蔵を振り返る。

念のため、忍と萌絵は現場まで行ってみた。ふたつある土蔵のうち、古いほう。普段はほとんど使われていないようだったという。入口には年季の入った鉄の錠前が厳《いか》めしく扉を閉ざしている。

「蔵が開いちょーところを初めて見たけん。それで覚えちょったんです」

いくら婚約者とはいえ人の家の蔵に無断で出入りできるとも思えない。これは八頭の者に直接聞いてみたほうがよさそうだ。山岡が孝平の妹を紹介してくれた。

数年前に結婚して家を出た妹は、去年子供が生まれたばかりで、離れの二階で赤ん坊をあやしているところだった。

「むつみお姉さんですか？　いえ。来ておりませんけど」

忍と萌絵は顔を見合わせた。妹は昨日の朝から実家に戻っていたが、一度も会っていないという。念のため、親戚一同にも訊《たず》ねたが誰も見ていない。古い土蔵は骨董《こっとう》品などが収まっていて、滅多に開けないという。新しい蔵は葬儀の支度で開けていたけれど、古い土蔵には誰も手を触れていない。はずだったが、山岡の妻は確かに見たと言う。万一むつみでなかったとしても、誰かが蔵に入っていくのを見た、と。

「土蔵の鍵《かぎ》は、どちらに」

「両親が管理していましたので、どこにあるかは」

妙だな、と忍は顎《あご》に手をかけた。

「行方不明のむつみさんが八頭家に現れただけでなく、開かずの土蔵に入っていったって……。どう考えてもシュールだ」

「まさか、それ、むつみさんの幽霊じゃ……」

萌絵が震え上がったところに六坂《むさか》住職がやってきた。

「相良くん、永倉さん。来ちょったのかね」

八頭の菩提寺《ぼだいじ》である法久寺の住職は、葬儀用の重厚な法衣《ほうえ》に身を包んでいる。事情を話すと、六坂は驚き、一緒になって頭を捻《ひね》りだした。

「……あの古い土蔵か。あれは『八頭蔵《やがしらぐら》』と呼ばれちょう古くからの蔵で、蒐集《しゅうしゅう》してきた家宝の類《たぐい》が収められてるちー曰《いわ》くつきの蔵だよ。昔から当主以外は立ち入れない決まりがある」

「家宝の蔵ということは、例の神宝もあそこに収められていたんですか」

「昔は屋敷社に収めちょったそうだが、盗難を恐れて蔵に作り替えたちー謂《い》われがあーよ。以来、『忌み蔵』と呼ばれて、当主以外の者が立ち入れば熱病死するだの、蔵を破った者は末代まで祟られるだの、物騒な言い伝えがあーけん」

　ますます不可解だ。その特別な蔵に行方不明のむつみが入っていったとは。

　しかも大きな段ボールを抱えていたというのが、忍には引っかかった。

「どうにか中を確かめることはできないだろうか……」

「いくらなんでも無理ですよ、相良さん。当主の人に開けてもらうっていうんですか」

するると、忍が萌絵にごにょごにょと耳打ちした。「え」と驚いた萌絵は忍をまじまじと見つめてしまった。

「そんなことしたら！」

「しっ」と口を塞《ふさ》いだ。

　そのときだ。弔問客たちが突然、ざわ、として辺りに緊張感が走った。門の前に一台の黒い車が停まり、黒い紋付きの和装喪服をきちりと纏《まと》う老婦人が現れた。

降矢ミツだ。

八頭家と降矢家の間に起きている出来事は、地域の皆が知っている。弔問客は皆、押し黙り、次々と頭を下げた。いやに静まり返ったせいで、精進落としの客の無神経な声がここまで聞こえてきたほどだ。

ミツは祭壇の前に通された。遺族に一礼し、遺影に一礼し、焼香台の前の座布団に膝《ひざ》をついた。すると突然、それまで重苦しい表情で弔問客を淡々と迎えていた当主の八頭宗平が、勢いよく立ち上がった。

「出ていけ、この疫病神！」

居合わせた親族一同や弔問客が息を呑《の》んだ。怒鳴り声は隣の座敷にも聞こえたようで、精進落としの客たちまでも、一喝されたように静まり返った。八頭宗平は顔を真っ赤にして全身をいからせ、ミツに向かって強く指さした。

「おまえのせいで孝平は死んだのだ！」

罵声《ばせい》をミツは背中で受け止めていたが、傲岸《ごうがん》にも冷静な様子で焼香を続け、合掌を済ませてからおもむろに宗平を振り返った。

「わたくしは降矢の人間です。わたくしを貶《おとし》めるのは降矢を貶めるということ。八頭ごときが降矢に向かってそのような口を利くとは笑止千万」

「なんだとう」

「お言葉ですが、兄さん。厳谷の発掘のきっかけを作ったのは兄さんではありませんか。一眼鬼を呼び覚ましたのは兄さん、あなたでしょう。八頭が忌み谷の道路開発を行い、神聖なる守りを怠ったのが全ての元凶ではありませんか」

一歩も引かないミツの毅然《きぜん》とした物言いに、宗平は憤然とした。

「おまえのような恥知らずな女にそげな暴言言われる筋合いはない！」

「せいぜい猛省なされませ。八頭が何を以《もっ》てこの地にあることを許されているのかを、もう一度、その胸に手を当てて、お確かめください」

なにをう、と腕を振り上げた宗平が、胸を押さえてかがみ込んだ。興奮しすぎて持病のある心臓が痛み、うずくまる宗平を家族が取り囲んだ。「医者を呼べ、医者だ！」と騒然となる座敷を、ミツは顔色ひとつ変えず、後にしていく。

忍と萌絵は目の前で起きた苛烈《かれつ》な兄妹喧嘩《きょうだいげんか》をただ茫然《ぼうぜん》と見ているしかなかった。

「なんだったの……。今の」

「そうか。降矢ミツは、八頭家の当主の、妹……」

それにしても酷《ひど》い言われようだった。八頭は息子が殺害され、平静でいられない胸の内は分かるし無理もないとは言え、公衆の面前であんな罵倒を口にするとは。ましてこんな席だ。

忍はますます不可解な面もちで、車に乗り込んでいくミツを見つめている。ここに至って忍は気が付いたのだ。両家の謎に気を取られて、どうやら少し切り口を見誤っていたかもしれない。探るべきは八頭と降矢の過去ではない。

降矢ミツという人物、そのものなのではないか、と。

＊

見つからない。

いっこうに神宝は出てこない。


無量は厳谷の現場にいた。作業員が帰った後も照明機材の下で発掘を続けていた。現場には高野が残っている。後から九鬼も合流した。トレンチで実測した土層の堆積《たいせき》状況から攪乱《かくらん》範囲について助言を乞《こ》うためだ。

だが成果はなかった。

「西原くん、続きは明日《あした》にしてそろそろ終わろう。ぼくもお通夜に行かないと」

もう夜十時近い。呑まず喰《く》わずで発掘をしていた無量は、ようやくジョレンを扱う手を止めた。

「そっすね……。すいません」

「片づけの方はこっちでやっときますけん、高野さんは通夜に行ってください」

九鬼に促され、高野は慌ただしく現場を後にした。残された九鬼はブルーシートをトレンチにかぶせて土嚢《どのう》を置いていく。無量は意気消沈している。

「おい。やっぱり無理なんじゃねえのか。遺構を見つけるんだってそう簡単にはいかんのに、人が埋めたもんにターゲット絞って捜すなんて無茶だ。まして、こんな広い斜面」

分かっている。分かっているが……。

あてずっぽうに掘っているのも同然だ。闇の中を手探りしているようで、勘も何も働かない。いつもなら何となく温度差を感じる場所に遺物はあるのだが、今回ばかりは全くそういう感覚が働かず、別の意味で無量は焦っていた。

「宝物発掘師《トレジャー・ディガー》なんて呼ばれて思い上がってんじゃねえのか。口ではデカいこと言いながら、なんにも見つけられねーじゃねーか。期待するだけ損だったぜ」

「んなこた分かってんだよ！　鬼の手だとか神の手だとか、そんなんで見つかりゃ苦労はねーんだよ」

返す言葉がきつくなってしまうのは無量自身、苛立《いらだ》っているからだ。軍手を外し、荒っぽくバケツに投げ捨てた。……確かに九鬼の言うとおり。過信していたかもしれない。

無量が探しているのは、八頭の者が「神宝を埋めた」時の土層の「攪乱」だ。かつて竹吉やGHQが掘り返したであろう痕跡《こんせき》は広範囲に亘《わた》っていたが、彼らはそこからは何も見つけられなかったのだから、肝心の神宝はそれ以外の場所から出てくるはずだった。

しかし目星がつけられない。というより――。

右手が、何も言ってこない。こう沈黙が続くと不安になる。

認めたくはないが、知らず知らずアテにしていたようだ。

遺物は異物、土の中の異物だ。分厚く覆う地面の下でかくれんぼをするようなもので、無量にとって遺物の気配とは、沈黙を厚く重ねたものだけが擁する計測できない熱、もしくは質量のことだった。鍾乳石《しょうにゅうせき》を育てる石灰水のように「時間の雫《しずく》」が延々落ちて未知の質量となる。それが起こす重力異常を右手は感知しているのだ、となんとなく解釈していた。

だが、感じ取れない。

たかが半世紀くらいでは時を蓄えたことにはならないのか。

いや、無量は戦時遺跡の発掘にも携わったことがある。ほんの半世紀前の遺物も、ちゃんと熱を持っていた。皿の破片だろうが「三種の神器」だろうが、値打ちの問題ではない。器物には存在するエネルギーが宿る、と無量は思っている。それは人の世でどれだけ人間の想いや思惑を吸ってきたかにもよるが、要は「遺物の自我」の強さに呼ばれるのだと考えていた（あの「青銅の髑髏《どくろ》」のように）。

八尺瓊勾玉《やさかにのまがたま》は八頭のもとで神性を失い、器物としての自我まで失ったのだろうか。

「キレんなよ。ガキが」

突き放すように九鬼が言った。

「……神宝とやらを見つけたところで、むつみが殺された後だったら何の意味もない」

九鬼は苦しそうに言って照明を落とした。谷は暗闇に包まれ、梢《こずえ》に星が戻り始めた。無量は手が届かないもどかしさに苛立っている。

＊

宿舎に帰ると、食堂はすでに暗く、ひとり分だけ残された夕食がテーブルの隅に置かれてあった。無量はそれをかきこみ、風呂《ふろ》に直行した。ぶっ通しで発掘し続け、疲労しきった体を湯船に沈めると、徒労感のためなのか、いやに茫漠《ぼうばく》とした気分になった。

そこへ――。

「その分じゃ、発掘は空振りだったみたいだな」

引き戸が開いて現れたのは、全裸の忍だった。びっくりして沈みそうになった無量は、慌てて湯船のへりを摑《つか》んだ。

「ななななんだよ。人が入ってんのに、いきなり入ってくんなよ」

「昔はよく一緒に入っただろ。洗い場だってふたつあるじゃないか」

言うと、忍はシャワーを使い始めた。「線香の匂いがしみついちゃって」と頭を洗い始める。お香は苦手なのだ。龍禅寺にいた頃を思い出すからだと無量は察した。

「そっちはどうだった。忍」

「収穫があったよ。やっぱり八頭家は降矢以上に、一筋縄《なわ》じゃいかなそうな家だな」

忍は通夜の席であった出来事を包み隠さず打ち明けた。

無量は目を丸くして聞いていた。

「降矢さんを目撃したってことは無事だったんだな⁉　九鬼のおっさんに報《しら》せないと」

「おっさんは可哀想だ。あの人まだ三十二だろ」

「俺から見れば充分おっさんです」

だが、蔵の話になると、たちまち迷宮の中だ。当主以外立ち入れない、立ち入れば祟《たた》られるという蔵に、なぜむつみが出入りしていたのか。

「推測その一。八頭家がむつみさんを匿《かくま》っていた。推測その二。むつみさんが密《ひそ》かに忍び込んで蔵をあけた。推測その三。そのむつみさんは幽霊だった」

「その三は永倉《ながくら》の説だろ」

「あたり。よくわかったね」

忍はシャワーで髪の泡を洗い流して、真顔で振り返った。

「だが推測その一は、一緒にいた老人が謎だ。匿うどころか監禁している可能性もある。推測その二は、鍵《かぎ》をどうやって手に入れたのか。そもそも何のために開けたのかが分からない。推測その三は飛ばして」

「飛ばさないでツッコんであげてよ」

「問題は、むつみさんが抱えていた段ボール」

無量は湯船から身を乗り出して「神宝じゃないか？」と言った。

「八頭蔵には神宝が入ってた可能性もあるんだろ。むつみさんが八頭の神宝を持ち出し『竹𠮷』に引き渡すために蔵を開けた。それなら説明がつく」

「いや。証言によれば、それを持って出てきたんじゃなく、中に入っていったんだ」

「蔵に入れた？」

「祟りがあるような蔵に入れて保管しなければならないものってなんだ」

「さあ……」

「僕は『青銅の髑髏』じゃないかと思う」

忍は単刀直入に言った。

「文化財センターから持ち出した厳谷の髑髏だ。大きさも近い。彼女なら持ち出せる」

「それこそ何のために。『竹𠮷』が捜してる神宝ならともかく、なんであんな遺物」

「ああ。分からないから、もう少し深く首を突っ込んでみる。明日トライするよ」

忍には何か頭の中で思い描いている計画があるようだった。

「ただ何が起こるとも分からないから、明日はいつでも電話をとれるようにしといて。いざという時は、すぐに警察に連絡してくれ」

＊

翌日、萌絵と忍は再び八頭家を訪れた。

萌絵は、民宿の奥さんから借りた割烹着《かっぽうぎ》を着込んでいる。

「おはようございます。昨日ご挨拶《あいさつ》しました永倉です。お手伝いに来ました」

地区の者に紛れて葬儀の手伝いにやってきたところだ。山岡を通して自ら申し出た。過疎化のおかげで人手不足なのか、若い戦力はすんなり受け入れられた。今日は告別式なので、たくさんの参列者のために酒と料理を用意しなければならない。

「ビールケースはすぐ出せるように、そこに積んどいて。あ、コップ類は廊下に」

「萌絵さん、こっちきてお芋の下拵《したごしら》え手伝って」

一方、忍も手伝いに紛れ込んだ。この地方の慣習で、告別式は火葬の後に行われる。場所も法久寺に移るので、供花などを移動させねばならないのだ。八頭家は特別な家なので仕来りも多く、独特のものがあって手伝う側も大変だ。

孝平の出棺を地区の者総出で見送り、その後は大わらわだ。遺族がお骨と一緒に戻ってくる前に、留守の人々で告別式の用意を調えねばならない。そこが狙い目だった。

祭壇の運び出しで座敷が大騒ぎになっているのに紛れて、忍が萌絵を呼んだ。萌絵はこっそり台所を抜け出した。

「本当にやるんですか。相良さん」

「ああ。今なら下手に見つかっても何とでも言い訳できる」

向かった先は宗平夫婦の部屋だった。萌絵を見張りに立たせて、忍は部屋に入った。

「急いでくださいよ。相良さん」

萌絵は気が気でない。もう無量のマネージャーなんだか、忍の助手なんだかよく分からないが、下手をすれば不法侵入罪だ。萌絵がやきもきしている間、忍は宗平夫婦の部屋を捜索した。捜すのは蔵の鍵だ。あちらこちらの引き出しを探ってみたが、ない。

「まいったな。無量だったら一発で探し当てるだろうに……」

金庫にでも入っていたら、なおさら面倒だが……。

ふと目に留まったのは部屋の奥にひっそりと置かれた古い厨子《ずし》だ。骨董《こっとう》品のようでそれだけ妙に浮いている。螺鈿《らでん》の施された観音開きの扉を開けると、一番上の引き出しに古い寄木細工の箱がある。奇妙なことに蓋《ふた》も引き出しもない。が、手にとると、中でゴトゴトと重い鉄の塊のような音がした。あちこち押したり引いたりしてみたが、びくともしない。忍は小脇に抱えて外に出た。

「見つかりました？」

「いや。ただ気になるものが」

洗面所に隠れ、持ち出した古い寄木の箱を萌絵に見せた。

「からくり箱じゃないかと思うんだ。中に鍵のようなものが入ってる感じがする。でも開け方が分からない」

「あ、これ」

と萌絵が目を輝かせた。

「私、分かります。実家にあったおばあちゃんのからくり箱とおんなじ。貸してみて」

萌絵は「最初はここを押して、隙間ができたらこっちを押して、順番に、こう、こう……」と箱をくるくる回しながらモザイク状の板をスライドさせていく。ついに。

「開いた！」

上部の板がスライドして箱が開いた。中には予想通り、黒い鉄製の古鍵が入っていた。

「これに違いない。お手柄だよ。永倉さん」

「はは。よくお年玉とか入れてたの。すぐ開けて使っちゃったけど」

そこへ山岡が通りかかった。お供えの一升瓶を両手で抱えている。忍と萌絵は慌てて鍵と箱を背中に隠した。

「そぎゃんとこで何しちょー。さぼっちょらんで手伝うて。お寺に持っていくよ」

「はい。今すぐ」

と明るく返事をして山岡を見送った。忍は鍵を喪服の内ポケットにしまうと、箱は洗面台の下に隠した。「また後で」と萌絵に言い、山岡の後についていく。萌絵は安堵《あんど》のあまり脱力だ。

「心臓に悪いよ……」

そうこうするうちに支度は整い、精進落としの膳《ぜん》も調った。遺族が火葬場から戻るのを待って、皆がそろそろ法久寺に移動するどさくさに紛れ、萌絵と忍はこっそり屋敷に残った。辺りから人気《ひとけ》が失《う》せるのを待って、問題の土蔵に向かった。

「なんか、お葬式の間に入る香典泥棒みたいで、すごく気が引けるんですけど」

「むつみさんを捜すためだ。多少の泥はかぶらないと。……開いた」

錠前に鍵を差し込んで開き、観音開きの扉を開けた。更に内側の引き戸を開くと、樟《しょう》脳《のう》の香りが鼻腔《びこう》をくすぐった。二人はそうっと足を踏み入れ、外から気づかれぬよう、観音扉を内側から閉めた。内部には大小の木箱が積み重ねられている。少し埃《ほこり》っぽいが、外のじめじめした空気に比べると、意外にも中はカラリとしてひんやりしている。

電灯もない。通気用の窓がうっすら開いて、かろうじて細い光が差し込んでいる。入口にあった懐中電灯で中を照らしながら、踏み入った。

「な、なんかすごいところですね……」

「箱の山だ。しかも、ひとつひとつ箱書きがある。どうやら全部骨董品だな」

文字通り、お宝の蔵だ。一階には長持が重ねられ、中には壺《つぼ》や香炉、茶碗《ちゃわん》といった焼物から「漆器」類、浮世絵らしきコレクション、狩野某《かのうなにがし》と書かれた数曲の屏風《びょうぶ》などもある。刀剣類や鎧《よろい》に混ざって「清《しん》代」「明《みん》代」「唐代」と言った中国由来を示すものから「李《り》氏朝鮮」などと記された品まで多く見受けられた。

「そういえば、戦時中、大陸に出征していた八頭の者が骨董品を勝手に持ち出したせいで、民間財産管理局《CPC》から調査が入ったって六坂さんが言ってたが……。きっと、これのことだろうね」

「それにしても多いですね。調査が入るわけだわ」

「見てくれ。青銅器だ」

箱書きには「漢代の墳墓より出土」などと書かれている。これはもう骨董品というより立派な文化財だ。

「こんなものまで……」

「漢代といえば、日本は弥生時代あたりだ。まさに巌谷の頃じゃないか。どうやら八頭は結局、調査の目を免れ、返還に応じなかったみたいだね」

忍は半分呆《あき》れ口調だった。

「見つかっては困るお宝ってわけか。なるほど。開けると祟《たた》られる蔵にしときたくなるわけだ」

いよいよとなれば、本当に埋めて隠していたかもしれない。青銅器なんかは埋めてしまえば、日本の弥生時代の遺物と区別がつかなくなる。そんなことにでもなれば「間違った出土品」で歴史が混乱しかねない。

「まさか！　西原くんが出した髑髏《どくろ》、あれも実は中国から勝手に持ってきて埋めたとかじゃないですよね⁉」

「あれは違うよ。正しい遺物だ。無量たちみたいな専門家なら土層を見ればすぐに怪しいかどうか分かる。間違った出土品は土の具合ですぐに見破られるよ。まあ、攪乱《かくらん》もない弥生時代の包含層からアルミのスプーンなんかが出たらオカルトだけどね」

忍と萌絵は更に奥へと進んだ。二階に続く梯子《はしご》がある。あがっていった萌絵が「あっ」と小さく声を発した。

「見てください。相良さん。あんなところにお座敷が」

二階の一角は、なんと畳敷きになっている。箪笥《たんす》と文机《ふづくえ》、鏡台と衣紋《えもん》掛けも置かれ、そこそこ広さもあって普通に住めそうだ。そばにはLEDランタンとキャンプ用シュラフ、木箱の上にはペットボトルとおにぎりの入ったコンビニ袋まで置いてあった。

「誰かがここにいたんだ。たぶん、ついさっきまで」

「むつみさん？」

そうとしか考えられない。きっとむつみだ。二人は辺りを見回した。

「むつみさん、どこですか！　いるんでしょう？　出てきてください！」

答えはない。人がいる気配はなかった。すでに外へ出ていった後か。入れ違いだったのか？　だが鍵《かぎ》は閉まっていた。入口はひとつしかないはずだ。

「むつみさんがまた消えた。どうなってるの……」

「永倉さん。これ見て」

木箱の上に数冊のノートが置かれていた。古いノートだ。すっかり黄ばんで古紙独特の甘い匂いがする。表紙には「日誌」とある。そこに記された名を見て、忍は驚いた。

「〝八頭源蔵《げんぞう》〟……どこかで聞いた覚えが」

「あの人じゃないですか、相良さん。降矢竹吉の従兄《いとこ》で親友だったっていう。確か特攻隊で戦死したって」

そうだ。レイテ沖での特攻作戦で戦死したという、当時の八頭家の長男だ。竹吉が兄と慕い友と慕ったという。どうりでノートが古いわけだ。八頭源蔵が残した日記だ。

「どうして、こんなところに」

「この感じからすると、むつみさんが読んでたんじゃないでしょうか」

傍らに蓋の開いた行李《こうり》がある。「源蔵遺品」と書かれている。蔵で見つけたらしい。

忍は頁を開いた。戦前生まれらしく達筆で、流麗ながら意志の強さを感じさせる美しい筆跡だ。万年筆のインクの滲《し》みが妙に人肌を感じさせた。

日記に書かれているのは、ほとんどは若者らしい日常生活の雑感だったが、戦況が厳しくなるにつれ、国の将来を憂い、両親のこと友のこと、そして海軍入隊に至るまでの心情が切々たる文体で書き残されている。最後の日付は、昭和十八年二月六日。入営の前日で終わっていた。

「竹吉さんのことは何か書いてないですか」

「……たびたび出てくるな。余程仲がよかったみたいだ」

竹吉が古墳を発掘した話、鉄剣を見つけて大喜びした話が絵付きで書かれてある。竹吉が降矢の親に考古学者になることを反対されて悩んでいるが、夢を諦《あきら》めるな、と源蔵が励ましたというエピソードもあった。

「ちょ……。相良さん、この頁。なんか妙なことが書いてあります」

「妙なこと？」

〝本日、妹が生まれた。降矢へ報告に行く。

Tから恐ろしい告白あり。衝撃のあまり、一日中なにも手に付かなかった。

父の前でどう振る舞えばいいのか、分からない。それ以上に母の顔が見られぬ〟


忍は不可解を露《あら》わにして萌絵と顔を見合わせた。

なんだ、これは。何かただならぬ筆致だ。

「昭和十七年か。妹というのは……ミツさんのことか？」

Tとは誰だ？　一体なにを告白されたのか？

更に数日後にもこんな記述があった。


〝嗚呼《ああ》。この秘密は墓まで持って行かねばなるまい。

恐らくは私と母だけが知っている、この恐ろしい秘密。何が何でも隠し通さねば〟


秘密の内容については、さすがに書かれていない。文字には残さず、腹の中に潜めて本気で墓まで持っていくつもりだったのだろう。忍と萌絵は、他にもTに関する記述がないか、探したが、それ以上はなかった。

「これが入隊前最後の日記ですね」

〃私は皇国のため一命を捨てる覚悟だ。又、そうでなくば戦地に赴く資格はない。今度、我が家へ帰る時、私は英霊となっていることだろう。願わくは、私亡き後、八頭の家は竹吉が継いでくれることを祈る。降矢へ養子に入った経緯を鑑《かんが》みれば、あちらも納得するだろう。〃

「降矢へ養子……？　ちょっと待って。ってことは」

忍が萌絵に言った。

「竹吉は降矢の実子ではなく、八頭から養子に入った人間だったのか」

「え……っ。つまり源蔵さんとは実の兄弟だったってことですか」

当時、降矢家には子供がいなかった。そこで八頭から養子に入ったということはあり得そうだ。

その後の頁は、二枚ほど、切り取られている。

「——……もしかして、Tというのは竹吉のことじゃないのか」

「え？　どういうことです」

「実の弟・竹吉を指しているなら、文脈的に彼の実の両親が出てきても違和感はない。でも源蔵と母親だけが知っている秘密とは……、竹吉は一体なにを告白したんだ？　恐ろしい告白って一体……」

「相良さん。これ。ここに手紙があります」

行李の中に源蔵から母親にあてたとおぼしき封筒が入っていた。松江の練習基地にいる頃書いた手紙のようだ。しかも数通あった。遺品と一緒に保管していたのだろう。

そのうち、一番新しいのは、消印が昭和十九年十月のものだった。中に入っていたのは、通帳の控えだ。その端に書き殴りのような短い文面で、こう書かれてある。

〝私の御統《みすまる》は竹吉に譲りました。どうかお汲《く》み取りください。

皆様お元気で。さらばです〟

「これって……。もしかして、出撃の日の」

「ああ。『比島ミンダナオ島セブ基地にて』と付箋《ふせん》にあるから多分出撃直前に急いで書いたものだろうな。文面が短いからちゃんとした遺書は別に送ってあるんだと思うが……。確か源蔵はレイテ沖の特攻作戦で戦死してる。レイテ沖と言えば、特攻作戦の始まりと言われる戦闘だ」

これを皮切りに特攻が航空戦術の一つの型として定石になっていき、翌春の沖縄戦に至っては約九百機が特攻出撃して皮肉にもそれが最も敵に損害を与えた航空攻撃となっていた。特攻によって戦死した日本兵の数は二千人を超える。

手紙は源蔵が出撃当日、特攻命令が出た直後に慌ただしく書いて送ったものに違いない。通帳に残るわずかばかりの財産を母に残すため送った手紙のようだった。その余白に書かれた言葉。

「〝御統《みすまる》を竹吉に譲った〟……。八頭の跡取りに与えられる、あの御統《みすまる》のことだ。『護持者の証《あかし》』。たぶん形見として竹吉に残したんだろう。つまり源蔵の御統《みすまる》は竹吉の手許《てもと》にあったのか」

「〝お汲み取り〟ください って……八頭の跡継ぎのことでしょうか」

「たぶん、竹吉に御統《みすまる》を渡す時に神宝のことも何か言い残したのだろうな」

忍は他の手紙も見ようとしたが、中身がなかった。

「誰かに抜かれたみたいだな」

萌絵が木箱の陰にある段ボールに気が付いた。「これじゃないですか。むつみさんが持ち込んだ段ボールというのは」と中を開けてみた。

「こっちも空っぽ……。何もないですね」

なんだか謎ばかりが増えた。だが、のんびり頭を悩ませている場合ではない。段ボールの中身を捜して、むつみを捜さなければ。そう思った時だった。

突然、階下のほうで扉が軋《きし》むような音が聞こえ、がちゃり、と重く鍵《かぎ》が閉まる音がした。

萌絵と忍はドキリとして我に返った。

「なんだ今の音。外から鍵をかけられた……？　まさか！」

「閉じこめられたってことですか？　うそでしょ！」

急いで一階に下り、外側の扉を開けようとしたが、いくら押しても鍵がかけられていて全然開かない。駄目だ。本当に閉じこめられたようだ。

「ちょっと開けてください！　開けてってば！」

必死に扉を叩《たた》いたが、反応はない。まずい。

「どうしよう！　相良さん！」

「一体誰が……。なんだ、この匂い。焦げ臭い……っ」

振り返ると、蔵の一角から火の手があがり、煙が充満しはじめていた。さっきまで火の気などどこにもなかった。二人を閉じこめた人間が火をつけたのか。

「まずい、出口はひとつしかないぞ」

「嘘でしょ！　助けて！　誰か、開けて！」

叫ぶが、屋敷の中は人が出払っていて他には誰もいないはず。二人を閉じこめた者以外には。忍は懐中電灯で必死に他に出口がないか探した。萌絵は慌ててスマホを取りだし、救助を求めようとしたが、忍に止められた。

「このままじゃ焼け死んじゃいます！」

「いいから、これを。姿勢を低くして！　煙を吸わないように！」

ペットボトルの水でハンカチを濡《ぬ》らし、萌絵の口に押し当てた。忍も袖口《そでぐち》を水で濡らし、口許に当て、必死に何かを探している。一階の窓は閉まっている。二階の窓は開いているが、金網が塡《はま》っていて出られない。

「永倉さん、あれは何だ」

「え？」

床の一部に隙間があることを忍は見逃さなかった。いや、それを探していたようだった。蓋《ふた》のようになっている板を外すと、床下に梯子《はしご》が渡してある。奥はまるで坑道のようになっている。

「抜け道……？　なんでこんなものが」

「いいから入って！　一かバチかだ」

忍に押し込められるようにして萌絵は床下へ続く梯子を下りた。煙が充満し、視界はほとんど利かない。地下に潜ったからといって、外に繋《つな》がっているとも限らない。

やがて煙は通気窓から、どんどん外へと噴きだし始めた。

＊

「なんだ？　消防車？」

厳谷の現場で作業中だった無量は、山間にけたたましく響き始めたサイレンに気づき、ジョレンを扱う手を止めた。斜面越しに見える農道を消防車が何台も列を成して駆け上がっていく。

「煙があがってる。火事か？」

「あれは八頭さんの屋敷がある方角じゃないか」

と高野が言った。ぎくり、とした無量は尻《しり》ポケットに入れていた携帯を取りだし、すぐに忍にかけた。出ない。萌絵にもかけた。が、こちらも反応なしだ。

――何が起こるとも分からないから、明日《あした》はいつでも電話をとれるようにしといて。いざという時は、すぐに警察に連絡してくれ。

まさか、と無量は青くなった。

「すみません、高野さん、ちょっと抜けます！」

「おい、西原くん！」

無量は軍手を外すのももどかしく、自転車に飛び乗った。ほとんど立ち漕《こ》ぎで自転車を飛ばし、向かう先は八頭邸だ。無量が着いた時には消防署員と消防団が消火活動に当たっている。火元は裏庭の土蔵だった。通気窓からモクモクと煙を噴いている。

「うそだろ……」

無量は立入禁止のロープをくぐろうとして、手近にいた消防団員に止められた。

「中に人はいるんですか！　蔵の中に人は！」

「わからん！　危ないから下がって！」

現場では、法久寺から駆けつけた山岡たちが遠巻きに見守っている。八頭の息子の葬式に「忌み蔵」が燃えた。それは祟《たた》り以上に異様な出来事として人々の目に映ったに違いない。だが無量はそれどころではない。何度も忍に電話をかけた。まさかあの中にいるのでは……！

「出てくれ、忍！」

いっこうに繋がらない。

もう一度かけ直そうと一旦《いったん》切った時だった。突然、電話が鳴った。発信者を見ると、萌絵の名前がある。無量は嚙《か》み付くように電話口に叫んだ。

「永倉？　……永倉、無事なのか！」

『西原くん、助けて！』

返ってきた萌絵の声は悲鳴のようだった。

『相良さんが、一つ眼の鬼に捕まってしまった……！』

第七章　その橋をかけよ

まるで坑道だった。

八頭《やがしら》の蔵から続く抜け道は、意外にもしっかりした造りで、両脇が石積みの壁となっている。腰をかがめねば進めない狭さだが、通路は真っ直ぐ裏山のほうへと続いている。

忍《しのぶ》と萌絵《もえ》は、懐中電灯だけを頼りに抜け道を進んだ。

「これ一体どこまで続いてるんでしょう」

「分からない。とにかく進むしかない」

「行き止まりだったらどうしよう」

まるで大きな寺の地下にある胎内巡りだ。八頭は何のためにこんな抜け道を造ったのか。息苦しい坑道をアヒルのような姿勢で歩き続けた萌絵が「あっ」と声をあげた。

「先に光が見えます。あれが出口かも」

そこは洞穴のように少し広くなっていた。開口部には木柵《もくさく》がはめられていて、一瞬ひやりとしたが、少し揺さぶっただけで簡単に外せた。脱出だ。

「助かったあ」

萌絵は這《は》うようにして外に出た。途端に膝《ひざ》をついてしまった。新鮮な空気が思い切り吸えて、一安心だ。生きた心地がしなかった。忍は今出てきた穴を振り返った。

「これは……横穴墓か？」

崖《がけ》になった斜面に穴がいくつも開いている。そこは大昔の墓の痕《あと》だった。古墳が造られなくなった後、この土地の首長や身分の高い者たちは斜面に横穴を掘って死者を埋葬した。仏経山の界隈《かいわい》は、あちらこちらに横穴墓群が見られる。そのひとつのようだった。

「横穴墓と蔵を地下で繋いだのか……。遺跡利用というやつか」

「そういえば、佐川《さがわ》さんが昔、この近くに飛行場があった時、部品とか飛行機を隠した横穴があるって言ってましたけど、これのことでしょうか」

「ああ。この地下道は秘密の出入り口かな。略奪品を収めるような蔵だし、いざという時に備えたのかも。むつみさんもここから外に出てたんじゃ……？」

忍が突然「永倉《ながくら》さん！」と緊迫した声を発した。つられて振り返ると、茂みの向こうから、まるでふたりを待ち構えていたかのように異様な風体の男たちが現れた。

「なに」

大きな鬼の面をつけた男たちだ。白い毛を生やした鬼面、しかも眼がひとつしかない。一つ眼の鬼だ。伝説の。

和装に袴《はかま》という出《い》で立ちで、手には金属でできた剣らしきものを握っている。文化財センターに展示されていた復元の銅剣によく似ている。

「なんなんだ。おまえたち」

　忍が問うと、鬼たちはロープを持って近づいてくる。ふたりを捕らえるつもりなのか。萌絵が咄嗟《とっさ》に忍をかばって前に出た。カンフーの構えをとった。

「逃げて、相良《さがら》さん」

「そういうわけにはいかない」

「ここは私が食い止めますから、逃げて！」

　言っているうちに鬼面の男たちが襲いかかってきた。萌絵は身を翻してこれをかわし、流れるような足捌《さば》きで応戦する。四川仕《しせん》込みの蛾眉拳《がびけん》で四人を次々に倒すと、背後から銅剣モドキで殴りかかってきた五人目の手首を捉《とら》え、鮮やかに投げ飛ばした。拳術《けん》は冴《さ》えわたった。が、落とし穴は思わぬところにあった。六人目に足刀をきめようとした時、ぬかるみに足をとられたのだ。

　軸足が滑って倒れ込んだ。

「永倉さん！」

　わっと一斉に押さえ込まれかけた萌絵を見て、忍が動いた。迷わず突進し、相手に思いきりタックルを喰《く》らわせて、まとめて三人、もろとも倒れ込んだ。

「相良さん！」

　倒れ込みながら、忍は怒鳴った。

「逃げろ！　逃げて無量《むりょう》に連絡を！」

その忍が投げてよこしたのは源蔵《げんぞう》の日記が入った袋だ。助けようとした萌絵に男たちが立ちはだかる。そうこうするうちに忍は取り押さえられてしまう。行く手を阻まれる萌絵に「いいから行け！」と忍が怒鳴った。

「行って警察に通報するんだ！　早く！」

男たちが萌絵を取り押さえんと飛びかかってきた。萌絵は「必ず助けます！」と叫び返し、無我夢中で走り出した。鬼が追ってくる。死にものぐるいで斜面を滑り降りた。追っ手は執拗《しつよう》だった。木と木の間をくぐり、急斜面に足がもつれそうになりながら、萌絵は逃げた。助けを呼ばねば……！

「誰か！　誰かいませんかあ！」

萌絵は自分が一眼鬼に食われる里人になった気がした。捕まったら喰らわれる。「動《あよ》動《あよ》」と呻《うめ》きながら喰らわれる！

林道に転がり出た萌絵の前に、一台の車が突っ込んできた。撥《は》ねられる！　と身を竦《すく》ませた萌絵の直前で急停車した。窓から身を乗り出したのは、なんと、降矢《ふるや》むつみではないか。

「乗って、永倉さん……！　急いで！」

追っ手が迫っている。萌絵は迷わず助手席に乗り込み、むつみは車を急発進させた。

バックミラーには追っ手が立ち尽くす姿が映っている。どうにかまくことができた。

「むつみさん……今までどこに！」

「ごめんなさい。わけあって姿を隠していたの。まさかあなたたちが捜しに来るなんて」

そのとき、萌絵のスマホが反応した。谷間の圏外エリアから抜けたらしい。着信履歴に無量の名前がずらりと並んでいる。萌絵はすぐにかけ直した。「無事なのか！」と返ってきた無量の声を聞いた途端、ぶわ、と気持ちが溢《あふ》れた。

「西原《さいばら》くん、助けて！　相良さんが……相良さんが一つ眼の鬼に捕まってしまった！」

＊

雨の中、自転車を漕《こ》ぎまくり、無量が向かった先は、出西《しゅっさい》地区にある伊保《いぼ》神社という古い鎮守の社だった。仏経山の西麓《せいろく》、鬱蒼《うっそう》とした山林の中に長い急な石段がある。上がった先にある屋根の張り出した木造の拝殿に、萌絵は項垂《うなだ》れながら座り込んでいた。

「永倉、無事だったか！」

「ごめん、西原くん！　相良さんを守れなかった！」

駆け上がってきた無量に、萌絵がしがみついた。抱き留めて、とりあえずは怪我がないことを確認すると、無量は労《いたわ》るようにぽんぽんと肩を叩《たた》いてやった。泥だらけの靴とスカートを見れば、応戦したことは明らかだった。萌絵は経緯を洗いざらい語り、

「あたしのせいだ。あんなとこでコケたりするから。筋トレさぼってたせいだ。体幹鍛

えてなかったから」

「おまえのせいじゃない。気にすんな。それより」

睨《にら》みつけた先には、降矢むつみが神妙そうに立っている。

「これどういうことなんすか。降矢さん」

「ごめんなさい。西原くん、永倉さん」

むつみはシャツとデニムパンツというラフな出で立ちで、ろくに化粧もしていない。髪を後ろでひとつに束ね、いつも以上に飾り気のない姿は、気持ちに余裕のないことを示していた。

「忍が一つ眼の鬼に連れ去られたって、どういうことです。何があったんです」

「あの鬼の面は——」

とむつみは言いづらそうに答えた。

「降矢神社に伝わる神楽《かぐら》面。年に一度行われるお神楽の、一眼鬼の演目で使われる」

「一眼鬼の演目？　人喰《く》い鬼の？」

「そう。あれは降矢の祝子《ほうり》たちだわ」

神社の氏子のことだ。だが、なぜ氏子たちがあんなところに。

「きっと鉄子《てつこ》叔母《おば》様の差し金。あの人たちは本当は、私を連れ去りにきたんです。あの横穴墓に、八頭の蔵から密《ひそ》かに通じる道があることを知っていて、蔵に火を付け、私があの穴から脱出しようとするのを待ち受けてたに違いない」

「待ち受けてたって、やっぱり降矢さんはずっとあの蔵の中にいたんですか」

ええ、とむつみはうなずいた。

「数日前から誰かに尾行されたり、車に引きずり込まれそうになったり……。そうこうしてるうちに『鉄子がおまえを殺そうとしてる』という電話が。名前を名乗らなかったんですけど、それで自分が狙われていると気づいて、身の安全のため、八頭のお母様に匿《かくま》ってもらっていたんです」

「忌み蔵に？　祟《たた》りがあるとかいう蔵でですか」

「今はそういう禁忌はないようです。お母様は親身な方で、ここが一番安全だって」

「じゃあ、さっきのボヤ騒ぎも氏子さんたちの仕業？」

なんて無茶苦茶な、と無量は毒づいた。中にいるむつみを蔵ごと焼くつもりだったのか、燻《いぶ》り出すつもりだったかは分からないが、忍と萌絵はまんまと巻き込まれたわけだ。むつみは、萌絵たちが蔵に入ってきたのを鉄子の配下と勘違いして、先に抜け穴から脱出していた。

「誰が氏子に指示したんです」

「『竹吉《たけきち》』です。次に狙われるのは私だと予想できてました」

「あなたには『竹吉』の正体が分かってるんですか」

「『竹吉』は――鉄子叔母様です」

むつみは躊躇《ちゅうちょ》なく断言した。無量と萌絵は、息を呑《の》んだ。

降矢鉄子。降矢家の長女だ。

「おばあさまを脅していたのは、あの人です。このままでは自分の息子が継ぐべき当主の座と本家の財産が、私に奪われると思ったんでしょう」

後継者は鉄子であるとミツに遺書を書かせるのが目的だ、とむつみは読んだ。叔母の鉄子が、むつみと孝平《こうへい》の結婚を無理矢理推し進めていたのも「むつみをさっさと八頭家に嫁入りさせてしまえば、当主の座を奪われる心配もなくなる」と踏んだからだろう。

「待ってください。なら、孝平さんが殺されたのは」

「孝平さんを殺害したのは由次《よしつぐ》叔父《おじ》さんだったのではないかと。借金を断られた腹いせでしょう」

孝平が死んだせいで、むつみが八頭へ嫁入りする可能性も消えた。おかげで後継者候補としての条件も揺るぎなくなり、鉄子はかえって追い込まれたのだろう。そこでミツに脅迫文を送り、一連の計画を立てた。――ミツがむつみへの指名を撤回するか、さもなければ、むつみを殺す、と。

つまり『竹吉』の最終的な標的は、自分だった。というのが、彼女の読みだ。

「なら由次氏が亡くなったのは」

「降矢から殺人者が出たことを隠滅するため手にかけたのかもしれません。それに叔母様は日頃から疎んじていましたし」

「鉄子さんが犯人だって確証はあるんですか」

「降矢の祝子が動くのが動かぬ証拠です。あの人たちは、一度降矢の者に命令されれば、逆らうわけにはいきませんから」

無量と萌絵は、顔を見合わせた。それだけ地元で絶対的な権威を持つ家ということだ。なるほど、出雲国造までもが敬意を示す名家というだけある。そうでなくても地元で「女帝」と呼ばれる女だ。

犯人は、降矢鉄子……。九鬼《くき》の説が正解だったということか。

むつみには鉄子から少女時代にさんざん虐《いじ》められてきたという過去がある。恐れがあるのはもちろん、恨み辛《つら》みもあるだろう。鉄子を警戒するには充分な理由だ。

だが、忍の言うとおり、鉄子＝『竹吉』説では、御統《みすまる》の件が説明できない。

「ともかく忍を助けに行かないと」

「先程現場に戻ってみましたが、すでに誰もいませんでした。恐らく捕まったんだと」

「犯人から何か要求は」

「まだ何も。でも私が赴けば、引き替えに彼を解放してくれるかもしれません」

「でも殺されるかもしれないんでしょう？　駄目です！　行かせられません！」

そんな理不尽な取引をする前に忍の救出が先だ、と無量は思った。とにかく居所を掴《つか》むのが先決だった。無量は苛立《いらだ》った口調で、

「捜します。降矢の集落片っ端から」

「待って。地区の者と接触するのは危険です。余所者《よそもの》のあなたたちは目立ちすぎる」

どこもかしこも監視の目だらけということだ。無量は舌打ちした。むつみも命を狙われていることを思えば、表だっては動けない。

「じゃあ、どうしたら」

「八頭の集落の人の手を借りるって手は？」

と提案したのは萌絵だ。

「山岡《やまおか》さんたちなら、相良さんを捜すのに力を貸してくれるかもしれない」

降矢方と八頭方、集落は違えど同じ地元民だから、無量たちほど警戒はされないはずだ。忍は山岡とも面識がある。

「それしかないか……。忍、ひどいことされてなきゃいいが」

と、その時、無量の携帯がまるでタイミングを計ったようにメールの着信を報《しら》せた。素早く画面を見た無量は、顔つきを変えた。

「忍からだ」

萌絵とむつみにも緊張が走った。文面を読んだ無量はみるみる顔を強《こわ》ばらせた。

「なんなんだ、これ……」

「どうしたの。相良さん、なんて？」

「助けを求めてる」

無量の口調には憤りが滲《にじ》んでいる。

「〝明後日の午前零時までに八頭家の『神宝』を捜し出し、西谷墳墓群の三号墓まで持ってきてくれ。さもなくば、僕は殺される〞……って」

萌絵も思わず口を押さえた。八頭家の神宝、すなわち、それは、

「八尺瓊勾玉《やさかにのまがたま》！」

むつみもこれには意表を突かれ、絶句している。無量は声を震わせ、

「〝警察には連絡しないでくれ。殺されるから〞……て」

「忍さんが？」

「忍じゃない。忍だったらこんなメールはよこさない。自分のせいで俺を巻き込むのは
あいつの流儀に反するから……。これは『竹吉』が打ったメールだ」

無量はあと少しで携帯を地面に叩きつけるところだった。興奮のあまり息が荒くなる。

あれだけ厳谷を掘っても見つけだせずにいる埋蔵品。それを要求してくるとは……。

「ふざけやがって……っ」

「むつみさん、神宝はどこにあるんですか。あの忌み蔵にあるんじゃないんですか」

「あそこに神宝はありません」

萌絵は「えっ」と声を詰まらせ、無量も鋭い眼になった。むつみは厳しい口調で、

「実は、八頭は神宝を紛失したんです。戦時中に」

「なんですって。戦時中に？」

「だって『三種の神器』かもしれないお宝ですよ？　そんな簡単に紛失できるようなも
のじゃ」

ええ、とむつみは重苦しい表情になった。

「その頃は今以上に厳重な忌み蔵でしたから、よその人間が簡単に持ち出せるとも思えません。でも紛失したんです。八頭は神宝を失ったことをひた隠しにしていました。露見すれば、地元での八頭の権威は一気に失われるからです。もちろん降矢との関係も」

神宝の護持者を名乗る家が、それを失ったのだ。八頭の動揺は想像もつかない。

「いまどこにあるかは、全くわからない……ということですか」

「そのとおりです」

「じゃあ相良さんを助けられないじゃないですか！　どうしたら！」

どん、と社の屋根が揺れた。見ると、無量が柱に拳《こぶし》を叩《たた》きつけている。

「厳谷でもないってことなのか……？」

呻《うめ》くように言って、無量は右手を震わせた。

期限は二日間。

二日以内に「神宝」を捜し出せなければ、忍は殺される。

＊

ボヤ騒ぎの中、法久寺に場所を移した孝平の葬儀は二時間遅れで執り行われた。参列者が去る頃には、すでに空は薄暗く、仏経山の麓《ふもと》に涙雨が降り始めた。

簸川《ひかわ》平野の水田地帯は、夜ともなると、街路灯の他は何も見えなくなる。闇の向こうを松江に向かう特急電車の細長い明かりが横切っていく。

つけっぱなしのテレビ画面には天気予報の傘マークが延々と並んでいる。

宿舎に戻った無量たちは、九鬼と高野《たかの》に鍛冶《かじ》も交え、食堂で作戦会議と相成った。

忍奪還作戦は「救出班」と「神宝捜索班」の二手に分かれる。無量が「神宝」担当だ。警察へ通報すれば殺す――と「竹吉」からは釘《くぎ》を刺されている。すでに一人乃至《ないし》二人が殺されていることを思えば、ただの脅しと甘く見るのは危険だった。

無量は追い詰められた。「神宝」は厳谷に隠されたはずだが、発掘では見つかっていない。今回ばかりは勝算を得られず、苦しい表情だ。

九鬼が持参したパソコン画面の前で溜息《ためいき》をついた。測量図をもとに自前でデジタル化した厳谷の土層堆積《たいせき》状況だ。面白くない顔をしている。

「……なるほど。相良とやらの読みがあたって、俺の読みは外れたってわけか」

忍が言った通り「竹吉」の目的はあくまで「神宝」を手に入れることとなのだ。犯人がなぜそこまで「神宝」に執着するのか、理由は分からない。

「……攪乱《かくらん》の範囲から埋納場所を三ヵ所予想してみたが、正直、自信はない。全部掘り返すくらいの覚悟でないとな。重機でごっそり浚《さら》う手もあるが、なにせ調査中の遺跡だ。下手に手を出せば、遺跡破壊になる」

「調査員としては許可できません」

と主張したのは高野だった。これには鍛冶が説得した。

「でも人ひとりの命がかかってるんだよ。手をこまねいてるわけにもいかんだろ」

「やはり警察に任せましょう」

「いや。最悪の場合に備えなきゃ。人質と交換できる準備くらいは」

鍛冶は「神宝」の正体には半信半疑だったが、発掘自体はやぶさかでない。

「青銅器の場合もそうだが、埋納場所を探し当てるなら埋めた人間の気持ちになって考えるのが鉄則だよ。隠匿が目的なら、いずれまた掘り出すための目印を設けるんじゃないかな。木の根元や大きな岩の下。……発掘前に何か気づくことはなかったか」

「さあ。大きな岩もないですし、木に目印があったとしても、とうに伐採した後ですし……手遅れですね」

「八頭はなんて言ってるんだ？」

すでに八頭家には事情を話し協力を求めたが、当主はあくまで「知らぬ存ぜぬ」の一点張りだ。忍の命がかかっているので、無量も一緒になって説得に当たったが「当家には関わりない」とはねつけるばかりだ。

蔵は幸いボヤで済んだが、大事な八頭蔵を危うく全焼させられるところだったことも、当主の心を頑《かたく》なにさせたとみえる。無量は怒りのあまり柱を蹴飛《けと》ばしたくらいだ。

今は押し黙り、ずっと考え込んでいる。

「おい。西原。黙ってないで、なんか意見を出せ」

すると無量がようやく、ぽつり、と呟《つぶや》いた。

「厳谷に『神宝』はないのかもしれない」

九鬼たちが目を剝《む》いた。

「ないだと？　何を根拠に」

「根拠は——」

自分の右手だとは、無量も言えなかった。言ったところで信じてもらえるとも思えず、九鬼の前でそれを理由にはしたくなかった。

「おまえ自分が見つけられないから『無い』なんて言ってるんじゃないだろうな。そんなガキの負け惜しみみたいな台詞《せりふ》——」

「負け惜しみじゃない。八頭は戦時中に神宝を紛失したって言ってた」

「戦時中？」

「八頭に民間情報教育局《CIE》の捜索が入ったのは終戦後のことだ。隠せと騒いだのは集落の人たちだが、八頭が動いた形跡はない。その前に神宝はなくなってたからだ」

「なら降矢竹吉と進駐軍が厳谷に手を出した理由は」

「わからない。進駐軍は竹吉が動いたのを見て、神宝が隠されていると考えた可能性はある」

「問題は竹吉か。彼が神宝泥棒だっていう可能性はないのか」

竹吉は源蔵と仲が良く、源蔵が入営した後も、八頭家を訪れていたことはミツが証言した。だが今以上に厳重だった忌み蔵に忍び込んで、神宝を持ち出すような大それた真似を果してするだろうか。する理由があるだろうか？　終戦後、自称天皇を名乗り出した頃ならともかく。

「なら、どこにあるんだ。いま現在、どこにあるんだ」

「わからない」

無量は、測量図の一点を見つめて呟いた。

「手がかりの糸は、全部切れてる」

全員が重苦しく黙り込んだ。九鬼が苛立《いらだ》って、

「降矢竹吉だって六十年近く前に死んだ故人だろう。生きてたって、もう九十近い年齢だ。当時の証言者はもうあまり存命じゃないことを思うと、余程、しっかりと記録に残してない限り」

「絶望的ってことか……」

無量たちの捜索もそこで行き詰まってしまう。

「くそ……っ。このままじゃ忍が——忍……」

苦しい呻きを漏らし、無量は右拳を額にあてた。

＊

「人気《ひとけ》はないみたいですね……」

深夜、雨降る中ひそかに車を出して、萌絵とむつみがやってきたのは降矢家だった。

明るいのは玄関灯だけで、雨戸を閉め切った母屋はひっそり寝静まっている。母屋の西にある二階建ての瓦葺《かわらぶ》きが鉄子一家の住居だった。死んだ由次が住居としていた平屋は、今はもう主《あるじ》を失い、闇に沈んでいる。

車のエンジンを切り、ライトも消している。むつみは降矢家には戻れない。いま戻るのは危険だと判断した。

「相良さんは本当にここにいるんですか」

萌絵は、きつく蔵のほうを睨《にら》んでいる。自分のせいで忍が囚《とら》われの身になったことを気に病んでいる。なんとしても、この手で助け出さねばならなかった。

「ええ。降矢には蔵に座《ざ》敷牢《しきろう》があったんです」

萌絵は仰天した。どこの江戸時代かと思うような発言だ。

「降矢に害をなした人物や都合の悪い人物を閉じこめて、時には拷問にかけたりもしたと。八頭の蔵の二階にも座敷がありましたが、その昔は世間様に見られてはならない者を蔵で生活させたといいます。ちゃんと雪隠《せっちん》なんかもあります」

「それで八頭の蔵に隠れてたんですね。じゃあ相良さんも」

降矢の蔵は三つある。座敷牢付きは江戸時代に建て直したという「二ノ蔵」と呼ばれるものだ。換気窓は二階に六つ、一階に四つ。但し、観音開きの扉の内側は金網張りになっている。今は上部の窓がかろうじて開いていた。

「八頭と違うのは、蔵に警備システムが入ってることです。扉をこじあければ、警備会社に通報されて警備員が飛んできます」

「ミツさんに開けてもらえばいいのでは」

「あいにく蔵を管理してるのは鉄子叔母《おば》様なんです。おばあさまは昔から蔵が怖いとかで、自分では近寄ることもしないんです」

「蔵が怖い？　それどういうことです？」

理由はむつみにも判らない。

「蔵の鍵《かぎ》も、鉄子叔母様が。……とぼけられたらそれまでです」

「でもミツさんは『竹吉』が鉄子さんだって気づいているんじゃないんですか。ミツさんなら、鉄子さんの暴挙を止められるはずです」

助手席のむつみは暗い面もちで黙り込んでしまった。

「恐らく『竹吉』はすでに相良さんを人質におばあさまにも脅迫文を送っているでしょう。本当に脅したい相手はおばあさまなんですから。むしろ、なぜ西原くんに『神宝を捜して差し出せ』なんて送りつけてきたのかが分からない」

「やっぱり……西原くんが凄腕《すごうで》の発掘師だって知ってて」

「確かに降矢は代々、八頭家に『神宝』の返還を求めてきました。でも、だったら脅す相手は八頭であるはずなんです。なのになぜ降矢に……」

糸が絡みまくっている。忍がミツから聞き出した話によると、「竹吉」の目的は財産と神宝両方だという。財産はともかく、鉄子が神宝を求める理由が分からない。

「むつみさん……。本当に『竹吉』は鉄子さんなんでしょうか」

「叔母は関係ないとでも？」

「いえ……。というか、真の『竹吉』は他にいるのでは？」

自分で言ってから萌絵は「変なことを言った」とうろたえた。勘で口走っただけで何の根拠もなかった。

車の屋根を叩《たた》く雨音を聞きながら、むつみは押し黙っている。彼女にとって叔母は、幼い頃から恐れ、憎んでもいる相手だ。鉄子が犯人と思いこみたい部分もあるのだろう。

「だとしても、私の敵はただひとりです」

いかにも女系家族という降矢で、女三代の争いだ。絶対に負けたくないむつみの気持ちも分かる。

＊

古い土蔵は闇の中、沈鬱《ちんうつ》そうに雨に降られている。物音もしない。

今夜は一旦《いったん》戻り、蔵を破る方法を練ることになった。

宿舎が寝静まった後も、無量は眠れず、食堂にいた。

雨がガラスを叩く音が響いている。聞こえるのは、雨音とカエルの声だけだ。

蛍光灯は奥の一列だけ灯《とも》っている。その下で、無量が見ているのは、忍が蔵から持ち出した八頭源蔵の日記だ。忍から託された。

褪色《たいしょく》して黄ばんだ古い日記は全て青インクでしたためられている。達筆すぎて、現代っ子の無量には難読だったが、勘を働かせて文章を追った。

源蔵の日記は、青年らしいのどかな日常を綴《つづ》っていた。

竹吉の名も何度も出てきた。寡黙な竹吉少年から、ある日突然、初恋の相談を受けたことも。年上の女性への片想いと聞いて、源蔵は竹吉が最近少し大人びた理由に気が付いた。「当たって砕けろ」と背中を押してやったら、竹吉は珍しくはにかんだ。心和む、ありふれたやりとりだ。その頃にはまだ微笑ましい日常が身近にあった。

だが戦況が厳しくなるにつれ、文体まで硬くなっていく。

源蔵に召集令状が届いてから入営する前日までの出来事も、克明に記されている。召集令状を持ってきた村の兵事係である気の優しい政吉《まさきち》のこと、父親は「万歳、万歳」と言ったが、母親は耳を塞《ふさ》いで台所の隅で涙を流していたこと。

〝皇国の魂ともいえる御璽《みしるし》を護持する家の後継者として、戦地で身を捨つるは本望、何も恐ろしいことではあらねど、自分亡き後、誰が御璽を守るのであろう。それだけが気がかりだ〟

〝当家に死産が続くのも、当家の男たちが同じ病で若くして倒れていくのも、濃すぎる血が原因なのだろうか。降矢との間で、何代にも亘《わた》って重ねてきた近親婚の結果なのだろうか〟

〝或《ある》いは御璽を持ち出したがゆえの呪いなどと言う、心なき者もあり。本来ならば、陛下の御許《みもと》にあらすべき御璽なれば、謹んでお返し奉るのが筋ではないか〟

天皇は神と崇《あが》められた時代だ。自らの家に「三種の神器」のひとつが存在する、などというのは、今からは想像もつかぬほどの重圧であっただろう。

「三種の神器」とは、王権を象徴する器物、所謂《いわゆる》レガリアだ。万世一系を唱える天皇家が代々継承し、それを護持――時においては死守することによって、王権が保たれる。それはまた単なる宝物ではなく「日本が日本である」ことを意味する、重大な存在でもあるのだ。だが、宮中にあってこそ意味を持つレガリアでもあったのだろう。

「護持者」の家も徴兵で特別扱いはされなかったとみえる。戦局が悪化して、ひとりでも多くの兵を戦地に送らねばならない状況では背に腹はかえられなかったか。そもそも皇居にあるべき神器がこのようなところにある、と主張すること自体、天皇の権威を損なうものとして不敬罪扱いされてもおかしくないのだ。

〝私に赤紙が来たことを、竹吉へ告げる。なにも答えず〟

〝竹吉は生来曲がったことが嫌いだ。当家の蔵に収められし品々、支那《しな》の叔父《おじ》より送られし文物の数々にも見向きもしなかった。それらが略奪品であることに気づいていたのだろう。漢代の青銅器など垂涎《すいぜん》であろうに、固く目を瞑《つむ》り、見ようともしなかった〟

〟志高い竹吉にはどうか立派な考古学者になってほしい。思う存分発掘を行い、我が郷里の歴史とともに、降矢の守る墓の被葬者が、大穴持神《おおなもち》の孫・出雲振根《ふるね》である証拠を見つけだしてほしい。竹吉の夢は、私の夢なのだ〟

「大穴持……？」

たしか出雲建国の神様のことだ。

むつみは、出雲の神威の源泉であると言っていた。荒神谷に青銅器を埋めたクニの民の祖神——原出雲の祖神を表すのでは、と。

「そうか。竹吉は墓に埋葬されたのが誰か、調べていたのか」

出雲振根……。誰だろう。

「どこかで聞いたことあるけど……」

入営の日が近づくにつれ、筆致は熱を帯びていくようだった。人前では決して晒《さら》せない本音がそこには赤裸々に記されている。

〟竹吉が戦地に赴かねばならなくなる前に、この戦争は終わらせねばならぬ。この不条理な戦争は終わらせねばならぬ。国のためではない。国に生きる愛《いと》しい者たちのためだ。俺はそのために出征するのだ〟

〟大本営の発表も、歴史も人の心も、嘘で塗り固められた国のためでなく、真実を真実として口にできる世の中にするために〟

〟竹吉の夢を叶《かな》えるために。俺はこの身を以《もっ》て橋をかけよう。未来なる彼岸に橋を〟

文面を読んでいるうちに、無量は胸が詰まる思いがした。

源蔵の吐露に忍の面影がどうしようもなく重なってきて、身につまされた。

竹吉は、この日記を見ることはあったのだろうか。

結局、源蔵の戦死後、竹吉は海軍志願兵となってしまった。この源蔵の言葉が伝わっていれば、志願することもなかったろう。いや……。

だからこそ、だろうか。

仇《かたき》を討つ？　遺志を継ぐため？　それとも自分も源蔵のように死のうと思ったのか。

自分ならどうしただろう、と無量は思った。いつ戦地に送られるとも知れなかった当時の若者たちの気持ちを、現代の無量が推し量るのは難しい。だが自分たちと変わらぬ人と人の触れ合いの、目と鼻の先に戦争があった時代だ。

胸苦しさを覚えて、妙に甘い香りのする黄ばんだ頁をめくろうとした無量は、動きを止めた。その頁だけ厚い。なぜか貼り付いてとれない。隅が糊《のり》で貼り合わされている。

ペーパーナイフで慎重に剝《は》がした。

その頁に記された一行に、無量の視線が釘付《くぎづ》けになった。

「これは……」

〝本日、菩提寺《ぼだいじ》の住職のもとへ出征の挨拶《あいさつ》に行く。密《ひそ》かに御璽を持参す〟

〝陛下は南方戦線からの略奪品を受け取らなかったと降矢の叔父より聞く。陛下の御心をお汲《く》み申し上げれば、御璽があれらの品と共にあるのは忍びがたく〟

〃御璽は寺に預けた。いずれ戦争が終わった暁には、陛下に奉還いたすよう遺言す〃

「菩提寺……？　法久寺のこと？」

無量は何度も見直した。

「ちょっと待て。『神宝』は法久寺に預けてたっていうのか？」

源蔵がこっそり持ち出したのだ。つまり戦時中に八頭家から紛失したというのは、このことか。当主に黙って持ち出していたのだ。

無量は日記を前にして固唾《かたず》を呑《の》んだ。まさか、そこが本当の在処《ありか》なのか……？

法久寺に「八尺瓊勾玉《まがたま》」はあるのか。

＊

結局、むつみの安全を考えたら最も信頼できる相手に匿《かくま》ってもらうのが一番だ。九鬼しかいない。そう判断した萌絵は、むつみを九鬼の家に送り届けた。九鬼は「しょうがないな」と引き受けたが、顔は安堵《あんど》していた。むつみも表情を和らげたのを見て、正解だったと萌絵は感じた。むつみにとっても誰より安心できる相手なのだ。

深夜、宿舎に戻ってきた萌絵は、食堂の明かりがまだついていることに気が付いた。見ると、無量がいる。無量はテーブルに突っ伏して、眠っている。

「西原くん、こんなとこで寝たら腰痛めるよ。部屋で寝て。西原くんてば」

無量は起きない。ずっと神経が張りつめっぱなしで、疲労に負けたのだろう。

「……そうだよね。布団で寝る気になんてなれないよね」

忍が犯人の掌中にあるのだ。もとはといえば自分の失敗だ。「おまえのせいじゃない」と無量は言ってくれたが、武術だけが（無量たちと肩を並べられる）唯一の取り柄だと自負していた萌絵には、不覚以外のなんでもない。

「ごめん。西原くん」

起こすのも可哀想だと思った萌絵は、自分の上着を無量の肩にかけてやった。

この現場での無量はいつになく自然体だった。鍛冶の存在も大きいが、一番は忍がそばにいたせいだと分かる。いつか居酒屋で三人で呑んだ時もそうだった。西原瑛一朗《えいいちろう》の孫である負い目から、日本の遺跡発掘現場では色眼鏡で見られることに警戒して固い殻を纏《まと》う無量だが、そのピリピリした空気が忍の前では弱まる。

兄のような存在だ。無量が無条件で心を許せる唯一の相手だと分かるので、萌絵はちょっと複雑だ。忍には開く心の窓を、その半分でもいいから自分にも開いて欲しいのだけど。

「……望みすぎってやつですか」

まあ、女として見られている気配は皆無だし、目上とすら思われていない節もあるので、無量の中で自分の序列はどうなっているのだろう、と思うと、頭を抱えたくなるが。

萌絵は隣に腰掛けて、眠っている無量の髪を指先で撫《な》でた。

「こんなにサラサラの髪しちゃって……」

性格もこれくらい素直ならいいのに。

突っ伏した無量の胸下に八頭源蔵の日記があるのに気が付いた。どうやら今までこれを読んでいたらしい。文字を読んで寝てしまうなんて、受験生みたいだ、と思ったが、

「え……」

源蔵が「神宝」を法久寺に持ち込んだくだりが目に留まり、萌絵は思わず無量の下から日記を引きずり出し、手にとって読んでしまった。

「法久寺って……あの法久寺？」

六坂《むさか》住職のいる寺だ。忍と一緒にいった。あそこに「神宝」がある？

でも住職は知らないようだった。だとすれば、まさかの灯台もと暗しではないか。

「行かなきゃ。法久寺に」

＊

翌朝、萌絵に叩《たた》き起こされた無量は、朝食もそこそこに法久寺へと向かった。萌絵が運転する車の助手席で、無量はしきりに首を傾げている。

「……気づいたら布団にいたんだよな。俺、部屋に戻ったっけ」

「結局、私が担いで部屋に連れていきました」

「マジで」

「寝顔が可愛かったからいたずらしてやろうかと思ったけど、堪《こら》えました」

「ちょっ。変なことしてないよな」

「大丈夫。ちょっとパンツを裏返しに穿《は》かせただけ」

「ええー！」

　と慌てて確認している。冗談に決まっている。

　朝、むつみから連絡があって忍救出作戦は今夜決行となった。降矢の蔵に監禁されているらしいと知った無量は、すぐにでも助けに行きたがったが、どんな状態でいるかも分からない今はうかつに手が出せない。周到に練らねば、忍の身が危ない。

　寺は朝のお勤めが終わったところだった。小雨の中、大きな手鞠《てまり》のようなアジサイが美しい。

　庫裏から出てきた六坂住職と鉢合わせた。無量は「あっ」と驚いた。

「あんた、前に厳谷で会った……」

　無量が「青銅の髑髏《どくろ》」を出した時、スクーターで通りかかって人喰《く》い鬼伝説のことを教えてくれたのが、この六坂住職だった。

「おお。君は一眼鬼の首を出した発掘ボーイだな。……今日は相良くんは？」

　連れ去られたとは言えない。「竹吉」に口外無用と釘《くぎ》を刺されている。庫裏の客間で、無量と萌絵は「神宝」がかつて法久寺に持ち込まれた旨を打ち明けた。

　六坂は寝耳に水だ。やはり知らなかったようだ。そんな大事なことなら先代から必ず伝わっているはずだ。

「そげだ。あの後、先代の法要記録をあたってみたんだよ。ちょっこし持ってこよう」

源蔵が「神宝」を持って法久寺を訪れたのは、昭和十八年二月四日。法要日誌をみると、やはりそこに記してあった。

〃源蔵くん来る。入営を三日後に控えているとのこと。墓参の後、歓談〃

「お墓はここにあるんですか？　屋敷墓は？」

「あれはもう使っちょらん。明治時代には境内へ墓所を造っちょる」

「何かを預かったとかは書いてませんね……。そういうものがあればメモがありそうなものですが」

無量が「ちょっと寺の中を見させてもらっていいですか」と言い出した。

本堂は築百五十年。多少の増築はあったが、建て構えはほとんど変わらない。本尊の阿弥陀《あみだ》如来が鎮座する厨子《ずし》の裏側にもうひとつ部屋があり、そこには歴代住職の位牌《いはい》とともに、八頭家の歴代当主の位牌が並んでいた。殿様のような扱いだ。

しかし、それらしきものは位牌堂にもない。

念のため、境内も見て回った。様々な石碑が並び、裏山が墓地になっている。八頭の墓所は、一番小高いところにあり、柵《さく》で囲われた一角が全て、墓所になっていた。

「そういえば、ちょっこし面白いものがある。江戸時代の本堂改築の時に土の下から面白いものが出てきたんだ」

六坂が宝物庫へと誘導した。蔵の中がちょっとした展示スペースになっていて、古い書状と一緒に百五十年前の出土品がガラスケースの中に並んでいる。陶器などと並んで妙なものがあった。思わず顔を近づけた無量は「これは」と驚いた。

チョコクッキーのような色をした石ころだ。表面はゴツゴツしていて溶岩のようにも見える。萌絵も覗《のぞ》き込み、

「なに？　これ。また鉱石？」

いや、と無量の口調がにわかに高ぶった。

「銅滓《どうさい》だ」

「どうさい？」

「銅製品を作る時に出る金属カス。鋳型に流し込む時なんかに、熔《と》かした金属——湯っていうんだが、それが溢《あふ》れたりして鋳型にこびりついて固まったもの。銅なんかの鋳造所があった跡でよく見つかる。それにこれは純銅じゃない。たぶん青銅」

無量が六坂を振り返った。

「本堂の改築の時に見つかったんですよね。ここ昔、銅作ったりしてました？」

「いや。うちの開山は六百年前だけど、そういう話は聞かんね」

無量は銅滓の年代が知りたくなった。「これと一緒に何か他に出たものは？」

「土器片がぽろぽろ出たようだ。こっちにある」

奥のガラスケースに素焼きとおぼしき土器片がいくつか並んでいた。不思議なのは表

側は淡い煉瓦《れんが》色をしているのに対し、外側は黒く焦げているところだ。六坂は「火事で焼けた痕跡《こんせき》だろう」と言ったが、無量は聞いているのかいないのか、じっと土器片に集中している。

「西原くん？　何か引っかかることでも？」

「土器片はこれだけですか」

「いや、もっと大きいのがある。庭にあーけん見てみるとええ」

本堂の西側にはささやかな庭園がある。小さな池の傍らにつくばい（石の手水鉢《ちょうずばち》）があって、そこから池へと水を流す石樋《いしどい》が置かれている。長さは五十センチほどで平たい箸箱《はしばこ》のような形をしている。よくみれば先程の土器片と同じ色をしている。改築時に出土した土器片を石樋として二次利用したものだった。やはり周りが黒く煤《すす》けたようになっていて、無量は膝《ひざ》をついて石樋を上から下から横から、執拗《しつよう》に観察していたが、

「これ本当にここから出たものですか」

「ああ。そう聞いてる。何かあるのかい」

「これ……鋳型です」

無量の顔つきが緊張を孕《はら》んでいた。

「銅剣の土器質鋳型外枠。なんで今まで誰も気づかなかったんだ」

「そ、それって凄《すご》いものなの？」

「ああ。出雲から出る銅剣が出雲産であるかどうかはまだ判明してない。鋳型が出土し

てないからだ。でももしこれが弥生時代のものだとしたら、当時の出雲でも青銅器を作ってたっていう動かぬ証拠になる。煤けた表面は焼成痕だ。ちゃんと湯口もある。ここは工房の跡だったのかもしれない。……他にもありませんか。これと同じ様なものは」

「本堂の中にも似たような瓦《かわら》が」

「見せてください」

いきなり別人のように口調が明晰《めいせき》になった無量に、六坂住職も気圧《けお》されている。本堂の奥に安置してあった土器片を見せてくれた。「片」というのは少し違う。大きさは瓦ほどもある。

「昔使った素焼きの瓦か何かだと思ったんだが」

「これ」

無量も絶句している。

「素焼きだけでなく、外枠に詰めた粘土まで残ってる。……これ、銅鐸《どうたく》の鋳型です」

「銅鐸の？　それ本当？」

「間違いない。内側の鋳型面に刻んだ袈裟襷文《けさだすきもん》がはっきり残ってる……。もしかしたら加茂岩倉遺跡から出た銅鐸の鋳型かもしれない」

「このお寺が……ここに弥生時代の青銅器工房があったってこと⁉」

「ああ。これで坩堝《るつぼ》か、坩堝の代わりにした高坏形《たかつきがた》土器が出れば、完璧《かんぺき》だ。決定的証拠になる。ちょっと高野さん呼んで。あの人ならもっと詳しいことが分かる」

萌絵が慌ててスマホを取りだした。無量は六坂に「何か伝わってませんか」と訊《たず》ねた。

寺には集落の歴史に関することがよく言い伝えになって残っているものだ。

「創建前は神社だったそうだ。周りの畑でも素焼きの欠片《かけら》のようなもんがよう出ちょー。近くに古墳らしきもんもあるて言《え》って、例の降矢竹吉さんもようこの寺に発掘に来ちょったそうだ」

「降矢竹吉が発掘に？　ほんとですか」

「あの岩のあたりを掘り返しちょったのを幼心に覚えとる。真夏なのに毎日毎日熱心に」

裏山の斜面に一際目立つ大きな岩がある。あれのことか。

無量は不意にミツの言葉を思い出した。

――竹吉義兄《にい》さまは、荒神谷遺跡が見つかる前から、このあたりには青銅器が大量に埋まっていると予言しておりました。

もしかして、竹吉はすでに当時からここが青銅器工房の遺跡だと気づいていたのではないか。寺にある「石樋」や「瓦」を見て、それが鋳型だと気づいていたに違いない。だから、青銅器が大量に埋まっていることも予言できたのだ。

「あの岩には何か謂《い》われがあるんですか」

「特に名はないが、大昔から神聖な岩と言われとった。神が降りる磐座《いわくら》だと」

その周りを念入りに発掘していたという。そういえば、出雲大社の命主社から出た勾《まが》玉《たま》——玉藻鎮石も、磐座と思われる大岩のそばから出ている。

「六坂さん、スコップ借りてもいいすか」

「ちょ！　西原くん、まさか掘る気……？」

そのまさかだ。無量は六坂の許可をとると、車に戻ってカバンを開き、発掘スタイルになった。タオルを頭に巻いて前髪をぐっとあげ、斜面の半ばにある大岩へと歩いていった。土の具合を見て感触を確かめ、おもむろに掘り出した。

「ほんとに始めちゃった……。ってそんなことやってる場合じゃないでしょ！　神宝捜さなきゃ……！」

無量はすでに没頭して耳を貸さない。一度発掘に集中した無量はそれこそ憑《つ》かれたように掘り続ける。こうなっては何を言っても無駄だ。鋳型が出たからには炉を探そうとする。竹吉ならきっとそうしたはずだ。それから数十分ほどして高野が到着した。

「ええ！　青銅器の鋳型……!?」

高野が仰天していると、斜面の上にいた無量がようやく（本当にようやくだ）掘る手を止めて、萌絵たちを振り返った。

「永倉、案内してやって。高野さん、あれ間違いないす。ここ工房の跡っすよ」

「えええっ！　なんてこった。どこですか、鋳型は！」

慌てふためいている。それが本当なら大発見なので高野は激しく興奮気味だ。そして無量はまた黙々と掘り始める。右手も騒ぐ。厳谷ではもう反応しなかった『鬼の手《オーガ・ハンド》』が、嬉々《きき》として騒いでいる。かつて竹吉も目を付けた場所だ。何かがあるはずだ。

そして掘り始めてから一時間ほど経った頃——。

コツ、とエンピの先が固い物に触れた。この感触は芋石（遺物とは関係ないただの石）などではない。無量はエンピを置き、ジョレンがないので手で土を掻《か》き始めた。

すると——。

「！……これは！」

出てきたのは素焼きの土器片だ。かなり大きい。黒い焼成痕もある。まただ。鋳型だ。

無量はその周囲の土も掻いてみた。土器片は五、六個に割れていたが、ほぼひとつのところから形通りに出てきた。銅鐸の鋳型に似ているが、少し様子が変だった。

椀《わん》状に深く抉《えぐ》れた鋳型は、かなり深くできている。無量はすぐに高野を呼び戻し、萌絵と共に駆けつけた高野に出土物を見せた。高野は「これは」と言ったきり言葉がない。

「間違いないですよね。これ」

「ああ、ああ。あの髑髏《どくろ》の鋳型だ。……青銅の髑髏の！」

うそでしょ！　と萌絵も声をあげた。厳谷で無量が出した、あの「青銅の髑髏」の鋳型なのだ。確かに人の頭骨の型になっている。髑髏の右半分。

「まさか鋳型まで出てくるなんて……っ。すごいぞ西原くん！　これは大発見だ！」

高野は無量の肩を摑《つか》んで踊り出さんばかりだ。大喜びする高野の前で、萌絵と住職はぽかんとしている。何が何やら分からないうちに、凄い発見に立ち会っていたようだ。

「喜ぶのは早いすよ。高野さん」

　無量はなぜか冷静だった。

「……どう考えても浅すぎる。何かで余程流土しない限り、弥生時代の遺物がこんな表土近くからは出ません。誰かが掘り当てたコイツを埋め戻したんじゃないすかね」

「誰かだって？」

「降矢竹吉です。たぶん」

　無量は確信していた。

「彼が見つけてまた埋めたんでしょう。きっと」

　なんで？　と萌絵が怪訝《けげん》そうに言った。

「こんな凄い発見して、なんで埋め戻したりするの。鋳型だと気づかなかったのかな」

「いや。たぶん彼は気づいてる」

「気づいてて埋め戻したのかい？　これが終戦後すぐとかなら、あの唐古《からこ》・鍵《かぎ》遺跡よりも先に青銅器鋳型を見つけてたってことになるぞ。北九州に続いて鋳型研究の黎明《れいめい》期を飾る大発見だったかもしれないのに」

「ちょっと待って」

　無量が再び土に向かった。土壁から何か金属質のものが覗《のぞ》いている。掘り出してみると、出てきたのは弁当箱状のブリキ箱だった。なんでこんなところに？　と違和感を覚えた無量は、蓋《ふた》を開けてみた。もうひとつ箱があり、その中には目が覚めるばかりの美しい陶磁器が入っている。蓋《ふた》付き香合だった。

「西原くん……、それまさか」

「十六葉の菊の御紋。天皇家のか」

にわかに緊張が走った。青磁でできた、美しい菊花文の香合。

蓋を開けた。

中に入っていたのは、めのうの腕輪だ。

「えっ」

てっきり「八尺瓊勾玉」が出てくるものと身構えた萌絵と無量は、一瞬、拍子抜けしたが。

「御統《みすまる》？　これ八頭の御統《みすまる》じゃない？　西原くん」

緑の勾玉と赤い管玉と白い丸玉。それらが数珠《じゅず》つなぎになっている。

「まさか孝平さんの？」

「いや……。勾玉がめのうじゃない。碧玉《へきぎょく》だ。重々しさが違う。正真正銘の出雲石。青めのうだ。これはたぶん」

御統《みすまる》と一緒に、小さな巻物状の紙片が入っていた。見覚えのある青インクで何か書いてある。

〝おまえは俺の実の弟だ。降矢竹吉は八頭の子である。

この神璽《しんじ》を陛下にお返し奉るのが、我らが務めだ。

務めを果たせよ。源蔵より〃

「これは源蔵さんの御統《みすまる》だ」

「源蔵さんのって、じゃあ……」

「恐らく。この香合の中に『神宝』を──八尺瓊勾玉を入れて埋めたんだ」

「ここに⁉　なら源蔵さんは寺に預けたんじゃなく……ここに……」

隠したのだ。竹吉が見つけることを前提に。

しかも源蔵は、自分の御統《みすまる》を形見として竹吉に譲っている。最後の手紙にそう記してあった。玉の隠し場所もその時に教えたのか。

「この御統《みすまる》は古い御統《みすまる》だ。まだ花仙山で青めのうが採れた頃の。八頭源蔵の形見の御統《みすまる》に間違いない。源蔵の御統《みすまる》は出撃前に竹吉へ譲られた。それがここに入っているということは、竹吉がこの香合を見つけ、御統を収めて埋め戻した証拠。つまり、ここに入っていた『神璽』は──八頭の『神宝』はすでに、竹吉が手に入れている」

香合から取りだした後、御統《みすまる》を収めて埋め戻した。

そういうことか。無量は唇を嚙《か》んだ。

「……ここにも『神宝』は、ない」

「ならどこに。降矢竹吉は『神宝』をどこに持ってっちゃったの？」

「分からない。源蔵さんは昭和天皇に返すことを望んでいたようだが、竹吉は自分が天皇だって名乗ってしまった人だ。たぶん返してない。返すはずがない」

「これのせいで天皇になれるって思っちゃったの？　それで自称天皇なんかに……」

その竹吉は自決した。手に入れた「八尺瓊勾玉《まがたま》」をどこにやってしまったかは、遺書でも残ってない限り、永遠に分からない。

「やっぱり厳谷に埋めたのか……。それとも皇居にでも送りつけたか」

「どうするの。西原くん。神宝がないと相良さんを助けられない」

御統《みすまる》を手に取った無量が「ん？」と何かに気づいた。碧玉の滑らかな表面にゴリッと引っかかりを感じたのだ。軍手を外し、素手の指先で、御統《みすまる》の表面を何度も触っている。

「傷……？　いやこれは」

ルーペを取りだして、よく見た。

「勾玉に何か彫られてる。〝考〟〝石〟〝鏃《やじり》〟〝私〟……？　なんだこりゃ」

高野も横から覗き込んできた。

「〝石〟〝鏃〟〝私〟〝考〟……『石鏃私考《せきぞく》』？」

「なんです。それ」

「古い考古学の研究書だよ。松原勉《まつばらつとむ》先生という地元に住んでおられた考古学者が書いた大著なんだけど、戦前の希少本で、どこにでもあるというものでは……」

萌絵はその題名に聞き覚えがあった。どこかでメモった。誰が言ってたんだっけ。

「思い出した！　それ、九鬼さんが実測の参考書にしろって言ってた本だ」

「マジか」

「うん。まだ見てはいないけど、文化財センターの書庫にも一冊あるって言ってた」

「ぼくが行って持ってこようか？」

「いや行きます。行った方が早い」

無量はスコップを置いて、六坂住職を振り返った。

「あとで埋め戻しに来ますから、それまでちょっとこのままにしといてください。高野さん、記録お願いします」

無量は頭のタオルを取るのも忘れて、萌絵と共に駐車場へと走り出した。

＊

一方、忍は暗い蔵の中にいた。

横穴で鬼の面をつけた男たちに捕まり、目隠しされ、連れてこられたのがこの蔵の中だった。やはり二階が座敷になっている。そこにあげられ、梯子《はしご》を外された。監禁だ。

――この神宝泥棒め。

男たちは言った。

――もうひとりも、すぐに見つけて罰を受けさせてやる。

どうやら鬼たちは神宝泥棒を捕まえた気でいるようだ。なるほど、と思ったが、面倒なことになった。蔵に入るまではここがどことも知れなかったが、長持の家紋を見て判明した。

「降矢の蔵、か……」

交差する二本の矢。忍は以前、降矢家へ無量を迎えに来た時、蔵飾りの家紋を見ていた。それで自分を連れ去った鬼たちの黒幕が判った。

「ひとを神宝泥棒に仕立てて拉致《らち》か。困ったな……」

二階は八頭蔵同様、座敷がしつらえてあったが、使われている気配はなく、箪笥《たんす》やら箱やらが雑然と積まれている。連れてこられた時「トイレはどうすればいい」と聞いたら「あれを使え」と見張りが指さしたのは古い陶器製おまるだ。と言っても幼児用ではなく、青と白の染付が美しい、有田焼の蓋付きだ。それはそれはゴージャスな骨董《こっとう》品だったが、余程切羽詰まらない限り、使う気にはなれなかった。すると、その後（後始末が面倒だと思ったのか）非常用トイレ袋を差し入れられたが、そんな親切よりもてっとり早く解放してほしい。

自分がここにいることは、いずれ無量たちが捜し当ててくれるだろうが。

「降矢が噛んでるってことは、やっぱり犯人は鉄子さんなのかな」

のんびり昼寝を決め込む手もあったが、自分が捕まったせいで無量たちに変な要求をされては困る。忍はあたりを見回した。工具でもあれば窓の金網を破れるし、帯でもあれば繋《つな》いで梯子代わりにして外に降りられるのだが……。駄目元で探し始めた。和箪笥や葛籠《つづら》や長持を片っ端から漁《あさ》った。あいにく役に立ちそうなものはない。

そうこうするうちに暗くなってきた。

明かりは、これまた差し入れの懐中電灯だけだ。

「……またずいぶんと古いカメラだな。銀板写真ってやつか」

木箱から出てきたのは、レンズがふたつ上下についた箱形写真機だ。機関車を思わせる黒い胴体は、なんともいえぬいぶし銀で、重量感がある。別の箱には現像の道具一式まで揃っている。

「すごいな。現像までやってたのか。本格的だな」

現像液が入っていたと思われる薬瓶を持ち上げて、忍は呆《あき》れた。さすが名家。セレブな趣味をお持ちだったらしい。

他にも奇妙な化学式を書き連ねた古いノートやら、教科書から楽譜、中には成績表まであった。ずいぶん物持ちのいい家だ。

やがて気になる箱を見つけた。立派な桐箱に収まっていたのは、なんと古文書だ。

そういえば龍禅寺《りゅうぜんじ》にも蔵があったが、こんなふうにたくさん古文書が保管されていた。

「降矢の古文書……か」

そっと取りだして、その数に驚いた。様々な書状から絵草紙のようなものまで。

さすがは出雲国造も敬った名家だけある。

忍には、独学で多少だが古文書を読む心得がある。どれも降矢家宛《あて》の文書だ。鎌倉時代の起請文《きしょうもん》から江戸時代の借金の証文、中には戦国武将・尼子《あまこ》氏の花押が入った判物や朱印状、千家家から寄せられた年賀状もある。よく見ると、平安時代のものと思われる出雲国司の庁宣（在京の国守が留守所に中央の意向を伝えた文書）まであるではないか。公的なものについては、およそ一般家庭に保管されるものとも思えない。写しであるにしても、すごい。どこかの史料編纂《へんさん》所に匹敵する品揃えだ。

　最初は興味本位で見ていた忍も、終わりのほうには絶句していた。

「すごいな……。もしかしたら、後醍醐《ごだいご》天皇の綸旨《りんじ》（天皇の意を奉じて出した文書）も出てくるかもしれない」

　忍は、階下の見張りから差し入れされたコンビニおにぎり（竿《さお》で吊《つ》った笊《ざる》に載せられていた）を食べるのも忘れて、古文書探しに没頭した。降矢の姫をもらい受けることを望んだ後醍醐天皇の綸旨があれば、南朝落胤《らくいん》の件も証明できると思ったのだ。

　夜になり、蔵の中が真っ暗になっても、懐中電灯で探し続けたが、とうとう見つけることはできなかった。朝になって再度探し始めた忍は、ある箱から大量の綴本《とじほん》を見つけた。みれば『出雲国風土記』の写本だ。

「これもすごい……。江戸時代……いや下手するともっと古い」

　現存する古写本よりも古いかもしれない。最古級の『出雲国風土記』だ。

　その下に埋もれるようにして、見慣れない題名の綴本がある。

「なんだこれは……」

〝降矢本　出雲古記〟

写本、と付箋《ふせん》が貼ってある。聞き慣れないタイトルだ。

「〝出雲郡《いずものこおり》 健部郷《たけるべのさと》〟〝出雲郡漆沼《しつぢ》郷〟〝大原《おおはら》郡神原《かむはら》郷〟……郷ごとに記したものを一冊にまとめたのか？」

気になって（尋常小学校の教科書と一緒に入っていた）『出雲国風土記』の記述と照らし合わせてみた。『出雲国風土記』は出雲国にある全ての郡について地名の由来や、どんな地域にどんな郷があり、どんな地勢でどんな神社があり、距離や広さはどれほどで、どんな風俗・風習・産物があったか……などを簡潔に記した地域ガイドのようなものだ。八世紀初頭、朝廷の求めに応じ、時の国司によって編纂された。

だが『出雲古記』は記述スタイルこそよく似ているが、『出雲国風土記』よりも更に詳細な内容になっている。

「これは――もしかして風土記の下書きじゃないのか」

忍は徐々に興奮しはじめた。『出雲国風土記』の前書きには、〝老、枝葉を細思し、詞源を裁定す〟との文言がある。老とは語《かた》り部《べ》の自称。枝葉は資料とした事柄。つまり「土地に関する様々な資料をあたり、古い伝承について吟味した」という意味だ。各郡の語り部が自らの郡を調べて、提出した記事がもとにある。

この「古記」は、出雲郡と大原郡の語り部が、自らの郡の分を国司に提出するに当たり、最初にまとめて記録したものではないか。

「これは大変な発見だぞ」

風土記には載せきれなかったことまで詳しく記してある。原本ではないようだが、降矢家は写本を残していたらしい。

『出雲国風土記』の成立は天平《てんぴょう》五年（七三三年）。執筆者は「神宅臣金太理《みやけのおみかなたり》」という人物だが、各郡から寄せられた内容を編集、推敲《すいこう》したのが彼だったらしい。それが証拠に、各章の最後には、各郡の文責たる主帳と編纂責任者たる大領らの名が連ねてある。

つまり、この本に記されているのは「風土記のもとになった記述」なのである。

忍は自分が監禁されていることも忘れて、読みふけった。ところどころ色褪《いろあ》せた付箋がついているところを見ると、すでに誰かこれを研究しようと試みた者がいるということか。筆文字ではなくインクで要件を記してある。

「〝神原《かむはら》郷〟……〝所造天下大神《あめのしたつくらししおおかみ》の神御財《かみたから》を積み置き給ひし処〟〝八十神《やそがみ》、伐《う》ちし武具多く積み給ひき〟」

神原《かんばら》神社のある神原地区のことだ。景初三年の三角縁神獣鏡が出た神原古墳がある。

〝所造天下大神〟とは、出雲大社の祭神・大国主命、そのもとの姿と言われる大穴持《おおなもち》神だ。その神の名は風土記にも執拗《しつよう》なほど出てくる。出雲の建国の神なのだ。

その大穴持神の財が積み置かれたとは、どういう意味だろう。

そこにはやや大振りな付箋が貼ってある。

〝副葬品を指すと見てもよいが、埋納の可能性もあり。注意深く発掘にあたるべし〟

「発掘……？」

ここに付箋をほどこした人物は、どうやら考古学にも関わる人物だったようだ。

さらに――。

「〝神門《かんど》郡塩冶《やむや》郷〟〝矢牟矢毘古《やむやびこ》命、坐しき。所造天下大神の神御財《かみたから》、主《つかさど》れり。所知初國《はつくにしらす》御眞木《みまき》天皇《すめらみこと》、詔《みことのり》して曰《いわ》く『所造天下大神の神御財を見欲《みまほ》し』。即ち谷田部造《やたべのみやつこ》、遣はしむ。矢牟矢毘古命、筑紫国に往《あ》りて遇《まうあ》はず。其《そ》の弟〟――……ちょっと待て。これどこかで見た覚えがあるぞ」

全文の内容は、要約すると、こうだ。

塩冶郷に、大穴持神の神宝を司《つかさど》る矢牟矢毘古という者がいた。ある時、崇神《すじん》天皇が大穴持神の神宝が見たいといい、遣いを寄越《よこ》した。が、矢牟矢毘古命は筑紫に赴いていて留守であり、代わりにその弟が勝手に神宝を天皇に差し出してしまった。帰国した矢牟矢毘古は、激しく怒る。そしてある日、密《ひそ》かに真剣に似せた木刀を作り、弟を川に呼び出す。兄は水浴びをしながら「刀を置いてこっちにこい」と誘う。言われたとおりに裸でやってきた弟に、兄は弟の刀で襲いかかった。弟は咄嗟《とっさ》に兄の刀で迎え撃ったが、木刀であったため抜けず、殺されてしまう。

その矢牟矢毘古も後に、崇神天皇の曾孫《そうそん》（倭健《やまとたける》）の手で殺される。

「日本書紀だ。思い出した。日本書紀にある、出雲振根《ふるね》の話にそっくりだ……」

忍の疑問に「正解」と言い渡すように大きな付箋が貼ってある。

〝このくだりは崇神紀六十年の出雲振根の話のもとになったと思われる〟

〝当家の語り部が差し出した伝承を、ヤマト朝廷が取り込んだものだろう〟

だが、風土記にはこの記述はどこにもない。風土記ではあえて取り上げられなかったところに、何か含みがありそうだ。

〝この矢牟矢毘古こそ出雲振根であり、我が降矢の先祖である〟

「え……ッ」

と忍は目を剝《む》いた。

〝我が降矢家が守る墓こそ、矢牟矢毘古の墓。出雲振根の墓である〟

〝崇神天皇に奪われた神宝は、玉藻鎮石であろう。副葬品として収めたと伝えるのは、我が先祖が大穴持の神宝を奪われた事実を隠蔽《いんぺい》するためと思われる。即ち降矢神社の墓にはないはずだ〟

降矢神社の墓とは、神立南の四隅突出型墳丘墓のことだ。これを記した人物は、あそこからは玉藻鎮石が出てこないことを予言していた。

「何者なんだ、これは」

さらに「古記」の頁をめくると、奇妙な記述があった。

「〝矢牟矢毘古の首を取り返せり。呪われし首を象《かたど》り、輝ける首を作れり〟〝輝ける首を神の谷に埋め、祟《たた》り鎮めたり〟――これ……。まさか、あの『青銅の髑髏《どくろ》』のことじゃないか」

忍はにわかに興奮した。

「無量が出したあの髑髏だ！」

青銅はもともと黄金色だ。「輝ける首」という表現は、正しい。

あの「髑髏」の主は、出雲振根。

記紀神話にも名を残す人物だったのだ。

「なんてこった……。どこの誰かなんて絶対に判らないと思ってたのに、答えが書いてある！」

そして付箋にはこうある。

〝**仏経山の北と見る。斎《いっき》に由来する神庭西谷か、巌谷ではないか**〟

この付箋をつけた人物は見事にあてていた。黒いインクの達筆な文字。

「きっと〝彼〟だ……」

そう感じとった忍は、なおも箪笥《たんす》やら長持やらを探し始めた。そして、ついに見つけた。木箱の中だ。出てきたのはたくさんの実測図だった。石鏃《せきぞく》、鉄剣、古墳……。びっしりと書かれたノートが何冊も出てきた。ノートの表紙に記名してある。

「〝降矢竹吉〟……。やっぱりあなたか」

特定の文字をくるりと丸く書く癖がある。付箋をしたのも彼だった。

忍はノートを一冊一冊、くまなく目を通した。彼が巌谷で何をしていたのか、書かれていないかと思ったのだ。しかし日付はどれも戦前か戦中。戦後のものはない。どうやら彼は予科練から戻ってきた後は、一度も考古学には手を触れなかったようだ。

これだけ熱心に研究を続けていた彼が、ぱたり、とやめてしまうとは。

古墳を撮った白黒写真まであった。どうやら先程の写真機で撮ったものらしい。更に、

「手紙……？」

ノートの中に挟み込まれるようにして封書が数通。

ほとんどは「八頭源蔵」からの手紙だった。入営した後に送ってきたものだった。

源蔵は手紙の中で言っている。

〝できる限り、発掘は続けてください。今は発表できない成果もあるでしょうが、いつか必ず報われます。君が優秀な考古学者になってくれることが私の望みです〟

〝発掘は続けてください。決してやめないでください〟

〝いつか真実で物を語れるようになる、そんな時代のために〟

死んだ源蔵にここまで強く望まれていながら、竹吉はようやく戦争が終わった後、発掘をやめてしまうのだ。

彼は発掘にかけては凄《すさ》まじい集中力をみせるが、どこか気難しく繊細なところがある。

それを源蔵も案じているようだった。

そんな竹吉の姿に、忍は無量を重ねずにはいられない。

「気持ちはわからないでもないが……」

だから源蔵は放っておけなかったのかも知れない、と忍は思った。何か体の内に不安定な熱量を抱えた竹吉は、どこか無量と似ている。内に秘めた強い感情は、敗戦後、「自称天皇」という極端な形で爆発した。自暴自棄になっていたのだろうか。一番信頼していた人を戦争で失い、自らも空襲を経験し、人間爆弾となって出撃するはずだった。死ぬべき時に死ねなかったという悔いと後ろめたさが、考古学への夢までも忘れさせたのか。夢を追うことにさえ罪の念を覚えるのか。源蔵が生きていたなら、そうはならなかったはずなのだ。

戦地で死んだ若者は源蔵だけではない。村の多くの若者が帰らぬ人となった。戦地にすら行くことなく生きて戻ってきた竹吉は、どうしようもないいたたまれなさを感じただろう。まして「特攻帰り」などと蔑《さげす》まれたご時世だ。戦死した彼らに報いるには、自分の夢よりも、滅私して今こそ国のために働くしかない、と思い詰めたのだろうか。そうだとしても無理はない。

だが源蔵が望んだのは、そんな姿ではなかったのだ。

源蔵と竹吉の絆《きずな》を切なく思いながら、忍は手紙の束を確認していたが、ふと木箱が二重底になっているのに気が付いた。一通の手紙が出てきた。しかし差出人は源蔵ではない。竹吉本人なのである。宛名《あてな》は、

「八頭栄子《えいこ》……？　誰だ」

切手は貼ってあるが、出されていない。出せなかったのか。

日付は終戦後だ。昭和二十四年。

便せんを開いた忍は中身を読むうちに、ただならぬものを感じて顔が強《こわ》ばり始めた。

「これは……っ」

〝あなたを愛したことは後悔していません〟

それは一見恋文のような様相を呈していた。

だが、ほどなく恋文では片づけられない内容が記されていることに気が付いた。

それらが源蔵の日記と結びついた時、忍には「竹吉とは罪の名」だと答えたミツの言葉の意味が解読できてしまったのだ。

忍は思わず立ち上がった。

「なんてことだ……それじゃあミツさんは……」

忍は裏付けるものを探すべく、もう一度、蔵の中を漁《あさ》り始めた。

「大変だ。大変なことを見落としていた。急いで調べないと！」

ふと忍は手を止めた。

「そういえば、あの写真機……」

古い銀板写真の現像には、シアン化合物が使われたという話を忍はどこかで耳にしたことがあった。シアンすなわち青酸だ。シアン化カリウム——青酸カリも含まれる。いや、でも青酸は余程完全に密閉しないと保存がきかず、そもそも強い刺激臭があって、毒殺には向かない。

「待てよ。青酸の刺激臭は消す方法がある。確か、青酸に炭酸カリウムとアセトンを混ぜて……アセトン？」

そういえば厳谷の銅剣を取り上げる際にアクリル樹脂を使っていた。その溶剤はトルエンではなくアセトンだった。なぜトルエンを使わなかったのか。

まさか、と呟《つぶや》いた忍は、それきり絶句した。

すぐに確かめねばならないことがある。だがスマホは見張りに奪われて手許《てもと》にない。どうにか外と連絡をとらなければ。


そうこうしているうちに何やら外が騒がしくなってきた。

忍は外の様子を見るべく、長持に木箱を積み重ねて脚立代わりにすると、上部の換気窓にしがみつくようにして窓の外を見た。雨の中、騒いでいる者がいる。

「あれは……っ。むつみさんじゃないか」

むつみがたったひとりで降矢家に戻ってきたのだ。これには見張りの者も驚いたようで、蔵を開けるの開けないので揉《も》めている。

「相良さんを解放して私を閉じこめなさい！　鉄子叔母《おば》様はどこ！　私は逃げも隠れもしない。話があるのよ、鉄子叔母様！」

まずい、と忍は思った。必死で身を乗り出して、

「むつみさん！　こんなとこに来ちゃ駄目です！『竹吉』に狙われてるんですよ！」

「相良さん……！　無事だったんですね。いま解放してあげます！」

そこにやってきたのは降矢鉄子。女王の登場だ。張本人の登場に、むつみと忍もにわかに緊迫した。「鉄の女」の名にふさわしく、鉄子は厳しい表情でむつみたちを睥睨《へいげい》し、

「これは何の騒ぎです。むつみさん。ここで何をしているのです」

むつみは腹をくくったのだろう。毅然《きぜん》と鉄子に対峙《たいじ》した。

「この中に閉じこめられている相良忍さんを解放してください。これは犯罪ですよ」

「閉じこめている？　ああ、八頭の蔵に押し入った窃盗犯のことですね。お葬式の最中に人の蔵に不法侵入した者を捕らえただけですよ。すぐ警察に突き出します」

「相良さんは私を捜して蔵に入ったんです！　窃盗犯なんかじゃない。不法に監禁してるのは叔母様のほうじゃないですか」

「窃盗犯を庇《かば》うとは降矢の娘とも思えませんね。八頭の神宝は降矢のものでもあるのです。当家の神宝を盗む者にはどんな天罰が降《くだ》っても自業自得。それともあなたも共犯なのかしら」

違う！　と金網越しに叫んだのは忍だった。

「彼女は何もしていない。神宝を盗もうなんてしていない！」

「……まあ。ならなぜ、八頭の忌み蔵に忍び込んだりなどしたのかしら」

それは叔母様に殺されるかもしれなかったからよ、とむつみは言おうとしてグッと堪《こら》えた。鉄子は忍を無視してむつみに向き直り、

「いいでしょう。ついてらっしゃい、むつみさん。私に話があるのでしょう？　聞きましょう。神宝泥棒の言い分をじっくりと」

氏子たちに囲まれてむつみは鉄子の邸宅のほうへ連れて行かれてしまった。忍には為《な》す術《すべ》がなかった。まずい。非常にまずい。このままでは彼女の身が危うい。

「むつみさんを助けなければ」

だが蔵から脱出する方法がない。金網に指を引っかけ、忍は歯嚙《はが》みした。

「どうにかしないと……」

忍は考えて考えて、一計を案じた。再び換気窓にあがると、蔵の前で煙草を吸っている見張りに向かって声をかけた。

「おい、そこのあんた。聞こえるか」

すると、新聞に見入っていた見張りがこちらを振り仰いだ。

「なんだ。神宝泥棒」

「……僕はもう観念することにした。畏《おそ》れ多くも八頭の神宝を盗もうとした僕が浅はかだった。八頭様と降矢様には死んでお詫《わ》びする。僕は今から毒をあおる。だから、むつみお嬢さんを助けてやってくれ。頼んだぞ」

忍はそう言うと次の瞬間、窓から姿を消した。蔵の中から箱が崩れる大きな音があがり、見張りの男も驚いて腰を浮かせた。

「毒って言ったんか。おい、まずいぞ」

見張りが慌てて蔵を開け、中に飛び込んできた。二階に梯子《はしご》をかけて慌ててあがってくる。床には忍が倒れている。その手には薬瓶が握られている。

「本当に毒を飲んだぞ! こら大変だ。若奥様に報《しら》せんと……!」

急いで梯子に走りかける見張りの後ろから、忍が飛びかかった。柔道の絞め技をかけて相手を気絶させ、その隙に素早く下帯で両手両足を縛り上げると、活を入れて目覚めさせ、自分は一階へ下りて、梯子を外した。

幸い外に見張りはいなかった。念のため、蔵の鍵《かぎ》をかけると、人がいないか慎重に辺りを窺《うかが》いながら、むつみが連れて行かれた鉄子の邸宅に忍び込んだ。

いた。

いや、すでに遅かった。

むつみは氏子と思われる男たちに運び出されるところだった。その体はぐったりしていて、だらりと下げた腕は死体のように見えた。忍は、急いで彼らの後を追おうとしたが、

「どうやって蔵から出てきたのですか」

背後から声をかけられて、忍は飛び上がるほど驚いた。

廊下の先に降矢鉄子がいた。

鉄子は、手に洋弓銃《クロスボウ》を構えている。

「アメリカでよく鹿は撃ちましたけど、人を撃つのは初めてですよ」

弦はすでに充分引き絞られ、引き金を引くだけで矢は発射される。

忍は静かに両手を挙げた。

「むつみさんを殺したんですか。どうして」

「あなたは八頭の神宝を盗もうとして、むつみを騙《だま》し、共謀して孝平さんと由次を殺したが、降矢の祝子《ほうり》に追い詰められて、自殺……という筋書きはいかが？」

「僕が監督なら却下ですよ」

鉄子は引き金に指をかけた。忍はいよいよ絶体絶命だ。

「……ひとつ聞いてもいいですか。鉄子さん」

「なんです」

「あなたが八頭の神宝を求める理由はなんですか」

鉄子は鏃《やじり》の先をこちらに向けたまま、冷ややかに答えた。

「……そんなもの知らないわ」

引き金を引いた。

ヴン、と弓弦が唸《うな》り、忍は倒れた。

第八章　逃げてはいけない

無量《むりよう》と萌絵《もえ》が向かった先は文化財センターだった。

職員に許可をもらい、書庫を見せてもらった。センターには考古学を学ぶ人のため一般に開放している図書スペースもあるが『石鏃《せきぞく》私考』なる本は閉架書庫にあるという。探し当てた本はずいぶん古い戦前の本で、中身も旧仮名づかいで少々読みづらい。

全国から発見された石鏃を蒐集《しゅうしゅう》した松原勉《まつばらつとむ》という考古学者が著した研究書だ。表紙を開いた瞬間、無量の目に飛び込んできたのは〝降矢竹吉《ふるやたけきち》君へ〟という直筆メッセージだ。

「〝良き考古学者になってください。松原勉〟……これって」

「降矢竹吉が所有してた本」

職員に聞くと、降矢家から寄贈されたものだという。無量と萌絵は更に頁をめくった。様々な地方から出土した石鏃の実測図が大量に載っている。裏表紙の見返し部分が、なぜか糊《のり》で貼り合わされている。

「またか。でも裏表紙だし」

「西原《さいばら》くん、これ中に何か入ってる」

萌絵が少し膨らんでいるのに気づいた。糊はわざと後から貼り付けられたようだ。無量はポケットから十徳ナイフを取り出すと、糊付《のりづ》けされた部分に刃を入れた。出てきたのは、四つ折りに畳まれた紙片だ。罫線《けいせん》の感じに萌絵は見覚えがあった。

「西原くん、これ……。源蔵《げんぞう》さんの日記だ」

「なんだって」

破り取られていた最後の頁だった。見覚えのある青インクと字体。八頭《やがしら》源蔵の字だ。

「〝この日記はお母さんに処分を託します〟」

なんて書いてある？　と覗《のぞ》き込んだ無量に、萌絵は当惑を隠せないまま読み上げた。

二人は再び顔を見合わせた。例の日記は源蔵入営の朝、どうやら源蔵の母親に預けたものらしい。八頭家の蔵にあったから、母親は処分せず、形見として密《ひそ》かに保管していたのだろう。

なのになぜ、しかも破り取られた最後の頁だけが、竹吉の所有する本の中にあるのか。

「〝Mの本当の父親が誰か、知っているのは僕だけです。他の誰にも言いません。もう二度とあれとは会わないでください。Mとも会わせないでください〟……って。ねえ、西原くん。ここにあるMって」

「――ああ……」

源蔵の日記には「妹が生まれた」と記してあった。

源蔵の妹――すなわち降矢ミツ、旧姓・八頭ミツのことだ。

「ミツさんの本当の父親……？」

萌絵はハッとした。思い出したのだ。

日記にはたしかこう書いてあった。


〝本日、妹が生まれた。降矢へ報告に行く。

Tから恐ろしい告白あり。衝撃のあまり、一日中なにも手に付かなかった。

父の前でどう振る舞えばいいのか、分からない。それ以上に母の顔が見られぬ〟


「〝Tの告白〟……〝T〟……。もしかして〝告白〟の内容は、ミツさんの本当の父親のことを言ってんじゃないか？〝T〟が自分からミツさんの父親だと名乗ったんじゃないのか。だから〝恐ろしい〟んじゃ」

「どういうこと。西原くん」

「竹吉だ」

無量は言った。

「ミツさんの本当の父親は、降矢竹吉だったんだ」

萌絵は思わず口を押さえた。

「父親って……ねえ、ちょっと待って。ミツさんは源蔵さんの妹だよね。お母さんは同じだよね。竹吉はその源蔵さんの実の弟なんじゃなかった？　つまりお母さんが一緒ってことだよね。竹吉は降矢家の養子に入ったって日記には書いてあったけど、まさか」

「ああ、そのまさかだ……」

無量は切羽詰まった顔になって紙片の文字を見下ろした。

「竹吉はどうやら……自分の、実の母親と結ばれてしまったらしい」

「！」

「源蔵はミツさんが生まれた日に竹吉から『自分が父親だ』と告白されたんだろう。それで知ってしまった。だから〝恐ろしい〟って……」

「待って。竹吉は自分の実のお母さんだって知ってたの？」

「分からない。源蔵は最後の最後で神宝と一緒に告白したくらいだから、竹吉のほうはそれまで知らなかったんだと思う。多分、赤ん坊の頃にはもう降矢家の養子になっていて、本人は聞かされてなかったんだろう。つまり『実の兄弟』だという源蔵の告白を読んで、竹吉は自分の罪に気づいてしまったんだ」

「そんな……！　じゃあミツさんは、実の親子の間にできた子供だってこと？」

無量は鉛の塊を呑《の》み込んだような重苦しい顔になった。

知ったのは、たぶん、あの時だ。

竹吉が法久寺で、八頭の神宝を掘り当てた時。

神宝と一緒に入っていた源蔵のメッセージを読んで、竹吉は初めて知ったのだろう。

自分が愛した女は、実の母親だったということを。

日記から読み取るに、竹吉は八頭家を頻繁に訪れていたようだった。源蔵の母はそんな竹吉を温かく迎えたことだろう。生みの母であるなら尚更《なおさら》。

可愛がってくれる八頭の母に、年頃の竹吉は想いを寄せた。多感な少年が身近な年上女性に恋心を抱くのは自然だった。想いを募らせたところで相手は夫も子もある身。叶《かな》うはずもない初恋だ。それがどういう経緯で想いを遂げるに至ったのか。

竹吉も、実母と知っていたなら、そんな行為には及ばなかったろう。

無理強いだったのか、合意だったのか。合意だとしたら、なぜ八頭の母は受け入れてしまったのだろう。

「西原くん。裏にも何か書き添えてある」

萌絵が見つけた。源蔵の字ではない。癖のある字でこう記してある。

〝玉は手に入れたが、自分にそれを持つ資格はない。

血統に外れるからではない。

私が国津罪《くにつつみ》を犯した者だからだ。〟

竹吉の字だ。

「国津罪……って？」

「たしか大祓《おおはらえの》詞《ことば》にある言葉だ。人がこの日本の国土で犯した罪穢《けが》れのことで、一般的な神社の大祓では省略されるが、フルバージョンにはちゃんと〝己が母犯せる罪〟という詞がある」

しかし、竹吉は神事の力で自らの罪を祓《はら》うつもりは毛頭ないようだった。

〝恥の多い人生であった。
散れぬ桜花は自ら千切るほかない。
覚悟はついた。〟

過ちを知り、衝撃を受け……。そして「自称天皇」になることを放棄した。
桜花、とは竹吉が搭乗して「人間爆弾」として散るはずだった特攻兵器の名でもある。
その「覚悟」の中身とは、恐らく――。
無量は歯《は》噛《が》みした。ここになぜ竹吉が言葉を遺《のこ》したのか。
理解したのだ。

〝志を継ぐ者よ。君に伝え残す。
玉は〝神名火山の北西にある眼一鬼社の東二町、桜花眠りし墓穴に立つ氷の地蔵から四町上がりにある磐坐〟に埋めた。

真の発掘者ならば探し出せるだろうが、
あの玉は出雲の魂だ。
願わくは、この地に留め置いて欲しい。〟

「真の発掘者……か」

胸に刺さる言葉だと無量は感じた。

気が付くと、ついさっき掘り当てたばかりの「竹吉の御統《みすまる》」を握りしめていた。これが御統《みすまる》の暗号の正体だったのだ。書名をわざわざここに刻んだのは紙片の在処《ありか》を――神宝の在処を記し残すためだったのか。

「これは遺書なのかもしれない」

「え？」

「竹吉の遺書だ。あえて身内でなく、かつての自分と同じ志を持つ者に伝えておきたかったんだろう」

無量の心に投げ込まれた彼の気持ちが、重たい石となって波紋を描きながら、深く深く沈んでいくようだ。源蔵が忌むべき秘密を墓場にまで持っていったように、竹吉もまた自らの内に呑み込んで、その肉体と共に滅ぼすつもりだったのか。

「遺書、か……」

萌絵も沈痛な面もちになった。

「きっとこの本が一番大切にしてた宝物だったんだろうね」

寄贈は竹吉の遺志だったらしい。公的機関への寄贈なら大切に確実に保管されると考えたのだろう。無量は静かに『石鏃私考』を閉じた。

「眼一鬼社《がんいちおにしゃ》の辻《つじ》だ。探そう」

だが聞いたことのない神社だ。地元の職員にも訊《たず》ねてみたが、そんな神社は知らないという。ネットで検索もしてみたが、ヒットしなかった。

「眼一鬼って、一眼鬼のことだよね。あの髑髏《どくろ》のことかな」

「いや。竹吉は髑髏のことは知らないはずだ。多分、伝説の一眼鬼のほうだろう。一眼鬼は産鉄民。斐伊川の上流で盛んだった、鉄の鋳造技術を持つ渡来系の民じゃないかって、ミツさんが言って……──産鉄？」

無量がふと目を見開いた。そうか。これは竹吉一流のギミックだ。

どうしたの？　と萌絵が顔を覗《のぞ》き込んだ。無量は検索画面を見つめ、

「鉄といえば、ヤマタノオロチの尾から出た鉄剣・天叢雲剣《あめのむらくものつるぎ》──草薙《くさなぎ》剣の神話は、大陸から製鉄が伝わったことを表してるって。退治したのはスサノオ。製鉄の神」

「……スサノオ？」

「このあたりにスサノオを祀《まつ》った神社はないか」

無量は鋭い目つきになって問いかけた。萌絵は慌てて、

「えーとえーと……、有名なのは須佐神社だけど」

「そんな遠くじゃない。神名火の、っていうくらいだから、仏経山だ。仏経山の界隈《かいわい》にないか」

萌絵は急いで検索した。しかし、うまくヒットさせられない。こっちが早い、と資料コーナーにある地元史を扱った本を探してみたところ、

「あった。これじゃない？　久武《くむ》神社。祭神はスサノオ。あとは祭神は違うけど、曾枳《そぎ》能夜《のや》神社。同じ境内にある韓國伊太氐《からくにいたて》奉《ほ》神社の祭神が、スサノオみたい」

「韓國……そうか。スサノオは新羅に下りてから出雲に来てる」

「延喜式《えんぎしき》の古いお社だし『出雲国風土記』にも名前があるって。曾枳能夜神社の祭神は、伎比佐《キヒサ》神。昔は仏経山の頂上にあったみたい。地元の首長って言われてる神様らしいよ」

「その近くに磐座《いわくら》になりそうな大きな岩があるに違いない。行くぞ」

行ってみよう、と無量は言った。

「うん」

ふたりを引き留めるように、無量の携帯電話が鳴った。九鬼《くき》からだった。

「西原っす。どうしたんすか。……え？」

無量の顔が強《こわ》ばった。

「むつみさんがいなくなった!?」

またしても、むつみが消えた。彼女は昨夜から九鬼の家に匿《かくま》われていた。九鬼によると、彼女が着替えを買いにいきたいと言うので一緒に車で出たところ、駐車場で目を離

した隙に車を奪って走り去ってしまったという。

「あんた何やってたんすか！　あの人の性分ならそれくらいやらかすことくらいわかんなかったんすか！」

『なんだとう……ッ』

「惚《ほ》れた女ひとり守れないなんて、情けないとか思わないんすか！」

怒鳴りかけた九鬼も返す言葉が続かない。

『むつみが向かう先はひとつしかない。今すぐ追いかける。そっちは』

「あと一息ってとこだ。永倉《ながくら》がむつみさん助けに行くって言ってる。いま替わるから」

萌絵は九鬼と段取りを話し始めた。むつみは忍《しのぶ》を助けるため、自身と引き替えにするつもりで降矢に乗り込んだのだろう。手の込んだ救出より、そうするのが近道だから。

武闘派・萌絵の出番だった。

「降矢家に行ってくる。西原くん、ひとりで大丈夫？」

「こっちは平気。無茶すんなよ」

「わかってる」

萌絵と入れ違うように玄関先へ高野《たかの》が現れた。無量たちを追いかけてきたところだ。

「ちょうどよかった。高野さん、西原くんと一緒に行ってあげてください」

「何か分かったのかい」

「ええ。私はちょっと。じゃあね、西原くん」

萌絵は車に飛び乗って行ってしまった。高野は状況が見えず、おろおろしている。無量は萌絵が置いていってくれた作業リュックを持ち上げて、

「高野さん。行きましょう。発掘っす」

＊

奇妙な夢を見ていた。

誰かが必死になって自分の名を呼んでいる。それは子供の頃過ごした故郷の神社の記憶だった。誤って木から落ちて気絶した自分を、幼い無量が泣きながら呼んでいる。

「目を覚まして。忍ちゃん。死んじゃヤダ死んじゃヤダ」……違うよ、無量。ちょっと体が動かないだけなんだ。死んだりしないよ。おまえをおいて死ねるもんか。

呼び声はどんどん鮮明になっていく。子供の声ではない。女性の声だった。

「相良《さがら》さん、目を覚まして！　お願い、目を覚まして！」

悲鳴のような声の主は降矢むつみだった。必死の形相でいる彼女を見て、忍は自分が今の今まで気を失っていたことに気づいた。

「むつみさん……ここは……」

「気が付いたのね。よかった！」

すがりついてくるむつみを見ても、状況が摑《つか》めなかった。二人は奇妙な場所にいる。

両脇を高い石垣に囲まれた、暗く狭い「堀」の底だ。横長の井戸といった感じで、石垣の高さはゆうに三メートルはあり、もっと奇妙なのは、座り込んでいる頭上一メートルほどのところに、鉄組みの格子蓋《ぶた》が塡《はま》ってることだ。

「むつみさん、ここは一体……。僕は今まで……」

「ここは降矢の敷地の地下です。気を失ったまま、私と一緒にここに放り込まれたんです。覚えてませんか」

忍の記憶は降矢鉄子《てつこ》にクロスボウを向けられたところで途切れている。てっきり射られたものと思ったが、体を見回しても矢の刺さった痕《あと》はない。かわりに後頭部がガンガン痛む。後ろから何かで殴られて気絶したのか。前後の記憶が飛びがちだ。

「私たち、薬を嗅《か》がされたようですね」

「薬？」

「降矢の親戚《しんせき》には昔、川崎《かわさき》にあった陸軍の研究所にいた者がいて、そこで研究されてた薬物なんかの資料を持ち帰っていたんです。その上、鉄子叔母《おば》様は元薬剤師で」

「陸軍の研究所？　じゃあ蔵の中にあった、あの化学式のノートは……」

その時から保管されていたものらしい。その研究所では化学兵器なども開発していて、戦後処分されたはずが、降矢の者が密《ひそ》かに持ち帰って保管していたようだった。

「なんてこった……。そんなの聞いてないぞ」

「ごめんなさい。手の込んだことを……。あなたまで閉じこめられるなんて思わなくて」

「僕は大丈夫です。でも状況は大丈夫とは言えないようだ」

古い石垣に囲まれた空堀の底で、頭上には武骨な格子蓋が塡っている。

「ここは何なんですか」

「水牢《みずろう》です」

「水牢？」

「はい。降矢に刃向かったり禁を犯したりした者をここに閉じこめて、水責めにしたと聞きます。見てください」

奥の樋《とい》から水が出ている。すでに忍たちの足元を濡《ぬ》らし始めていた。

「ここに水が溜《た》まっていき、水位が格子蓋を越えたら、私たちはおしまいです。昔はこれで拷問し、吐かない罪人は溺死《できし》させたんです」

忍はぞっとした。なんと恐ろしい仕掛けだ。家にこんな仕掛けまであるとは、やはり降矢家はただの名門ではない。その歴史には暗く冷たい何かが色濃く影を落としている。

格子蓋には鎖がついていて跳ね橋のように中央から開閉させる仕組みだが、鉄製の蓋は重すぎていくら下から押し上げてもビクともしない。他に脱出口も見あたらない。

「僕たちを溺死させるつもりか」

「叔母様は私たちに神宝泥棒の罪を着せて殺すつもりなのかも。ここに誤って落ちたか、逃げ込んだということにして、溺死させて、隠蔽《いんぺい》工作するつもりなんだわ」

「本当ですか」

「あの人は本気よ。本気で私を殺すつもり」

　絶望的な表情になって、むつみは言った。

「おばあさまは後継者指名の要求を拒んだそう。こうなったら叔母様はもう手段を選ばないわ。でも、どういうつもりなの。相良さんまで巻き込むなんて。西原くんが神宝を持ってくれれば、あなたを解放する、と言ってたのに」

「どういうことです」

　むつみは「忍」が無量によこした救援要請メールの件を話した。忍は激怒した。

「僕はそんなメール送った覚えはない！」

「西原くんもメールの主があなたでないことは気づいてます。でもあなたの身に危険が迫っているのは確か。現にこうしてここにいる。……もっとも鉄子叔母様は待つ気もないようだけど」

　むつみが樋から出てくる水の勢いを見て言った。この分では明朝前に満タンだ。

「神宝を要求したのは、鉄子さんとは別の人間かもしれません」

「叔母様じゃない？　では誰？」

「わからない。鉄子さんは利用されてる可能性もある。降矢家の相続殺人に見せかけて、主犯の『竹吉』の目的はそれこそ神宝を手に入れること」

「だとしたら、私たちを殺した後、西原くんまでも口封じで殺されるかもしれません！」

「そんなことさせるわけにはいかない！」

「でも今の私たちには打つ手がありません。どうしようもない」

目の前には苔《こけ》のこびりついた古い石垣が陰鬱《いんうつ》にそびえ立っている。暗い水牢の底はその冷たさで抵抗する気力まで奪うようだ。むつみは観念したのか。目にいっぱい涙を溜めて言った。

「ごめんなさい。何もかも私が悪い」

「むつみさん」

「……バチが当たったんだわ。孝平《こうへい》さんが死んで、私、悲しむよりも本当のところホッとしたんです。これでもう結婚しないでいい。私は自由になれるって。人の死に安堵《あんど》したりなんかするからバチが当たった」

「何を言うんですか。バチなんて……！」

「本気で結婚したくないなら家を捨てることだってできたんです！　でも私には勇気がなかった。家も仕事も何もかも捨てて逃げる勇気が。意志薄弱だったんです。おばあさまや叔母様や降矢や八頭のせいにして、自分から踏み出すことが何ひとつできなかった。私さえもっと早く皆の前から消えていれば、誰も死なずに済んだのに……！」

うずくまって嗚咽《おえつ》するむつみを見て、忍は複雑な表情になった。

「あなたのせいじゃないって、慰めて欲しいですか」

「違う。慰めなんて無意味だって私が一番わかってる」

「自分さえいなければ、なんて甘えてます。むつみさん。なら、今まであなたがいたおかげで喜んだり助かったりしてた人たちはどうすればいいんです。あなたを頼りにしてた人たちはどうすればいいんです」

「相良さん」

「孝平さんが死んでホッとしたって、かまやしないんです。誰もあなたを責められやしない。そんなことで自分を責めたら、あなたを陥れようとしてる人の思うツボじゃないですか。他人に言えないような気持ちなんて、みんな幾らだって抱えてます。それでいいんです。いなくなって欲しいヤツなんて、いて当たり前なんです。大事なのは上を向いてることじゃないですか。どんな目に遭っても下を向いたら負けです。財産が誰のものになるとかで勝ち負けする必要ないんです。あなたが最終的に幸せになれば、それで勝ちなんです」

むつみはポカンとしてしまった。優しげな見てくれを裏切る反骨めいた忍の台詞《せりふ》に、驚いていた。

「あいにく僕は人情に乏しい人間なんで、人様への心遣いなんてできません。それを期待されても困る。あなたと僕がここで死ぬのはいっこうに構わないが、無量に何かあっちゃ困るんだ。どうにかしないと」

言いながら、何度も鉄製の格子蓋を持ち上げようとトライする。そして「おーい誰か！」と声を張り上げる。この絶望的な状況でも忍は諦《あきら》めていなかった。

必死になっている忍を見て、むつみも動かされるものがあったのか、立ち上がると一緒になって格子蓋を持ち上げようと、両手をあてた。

「無理しないでいいんですよ。むつみさん」

「上を向けって言ったのはあなたじゃない。私もここじゃ死ねないの。九鬼さんに気持ちを伝えるまで死ねないの。だってあの人、みそ汁も作れないのよ」

「みそ汁？」

「だしの取り方も知らないの。あんな細かい実測図描き上げるくせに、ごぼうの削り方もわからないの。私が教えないと駄目なの。そばにいないと駄目なの。だから。だから……おーい、おーい誰かああ！」

忍も声を張り上げた。二人してあの手この手で蓋を押し上げようと挑んだ。忍が水に潜って排水口を見つけたが、鉄板が固く下りていて、こちらもびくともしない。

数時間ねばったが、駄目だ。水位はすでに胸まで来ている。

「駄目……。全然あがらない」

「外部にこの鉄蓋を開ける仕掛けがあるはずなんだ。誰でもいいから気づいてくれ」

忍は諦めない。執拗《しつよう》に大声を張り上げて、鉄蓋を揺さぶった。やがてその声も嗄《か》れ始めた。水は冷たい。地下水は地表の水より低温で、ふたりともガチガチと震え始めた。長時間、水に浸《つ》かって体温を奪われて、このままでは溺死する前に低体温で命を落とす。

忍より先にむつみが朦朧《もうろう》とし始めた。忍はむつみの頬を叩《たた》き、

「しっかりして！　むつみさん、座り込んだらあっというまに溺《おぼ》れますよ。頭を濡らさ

ないで、顔をあげて！　膝《ひざ》に力を入れて、しっかり立って！」

忍が抱え込むようにして支えるが、むつみは気力体力ともに限界だ。そうこうする間に水位は首まで達そうとしている。忍もすでに疲労困憊《こんぱい》だ。片手で格子を摑《つか》んでどうにか体を支えているが、少しでも気を緩めると水に爪先《つまさき》を持って行かれて沈みそうになる。呼び声に答える人の気配はいっこうに、ない。駄目なのか？　ここまでなのか⁉

鉄の格子を摑んで呻《うめ》いた。

「無量……ッ」

＊

「いま声がしました！　確かに下から！」

山の斜面から、萌絵が九鬼を呼んだ。二人は仏経山の南麓《なんろく》にいる。そぼ降る雨の中、忍とむつみを救出するため、裏山から攻略を仕掛けた萌絵たちだ。蔵と屋敷にはとうに人の気配はなかった。降矢邸の裏山は先の遺跡調査で作った測量図があった。九鬼が事前にむつみから聞き取った仕掛けを敷地内の見取り図に書き込んでいた。

「下から？　井戸の中にでもいるんじゃないだろうな」

「空井戸にも隠し牢《ろう》があるのかも。しかし座敷牢に鉄砲狭間《はざま》に隠し階段って、どんな要《よう》塞《さい》屋敷なんですか」

「だから、こえー家なんだよ。降矢も八頭も」

「おい、そこで何をしている！」

見回りの者に見つかった。萌絵と九鬼はすぐに逃げて杉の根元に隠れたが、見回りたちは仲間を呼んでしつこく捜し始める。萌絵は物陰で待ち伏せて、一気に襲いかかり、片づけた。これでザッと七人目だ。

「つ、つょいね……永倉さん」

「序の口です。とっとと縛り上げちまいましょう」

降矢の祝子《ほうり》とおぼしき男は、腰に古い鍵《かぎ》をつけていた。

「これは何だ。この鍵は」

「おい、ほどけ。警察呼ぶぞ」

「警察呼ぶぞはこっちの台詞だ。むつみはどこだ。どこにいる」

「その女は昨日の神宝泥棒の片割れだな！　この罰当たりどもが」

「神宝泥棒って、私のこと？」

萌絵は身に覚えがない。どうやら忍は神宝泥棒と疑われ、祝子の怒りを買ったらしい。

「冗談じゃないですよ！　八頭の蔵にあるくらいなら苦労してません。どこにあるかも分からないから困ってるってのに！」

「まあまあ落ち着いて。それでその神宝泥棒は今どこに」

水牢の中に監禁させられていると聞いて、ふたりは仰天した。裏山に造った水牢は、井戸と同じ深さで掘ってあり、取水口を開けると地下水が流れ込んでくる仕組みだ。そんなものがまだ存在していること自体恐ろしい。

その古い鍵は、水牢の鍵だった。

「急ぎましょう。九鬼さん！」

水牢は、降矢が持つ山の南斜面にある。普段は貯蔵庫に使われ、沢のそばに水車小屋が建っていて、雨音とは別の流れ落ちる水の音が聞こえる。キノコ栽培用の原木が立ち並ぶ先に、地面に奇妙な板を張った一角がある。流水音はその下から聞こえている。

「九鬼さん、ここ」

「この下か」

板のひとつを持ち上げて、中を覗《のぞ》き込んだ。そこは地下貯蔵庫のようになっている。底が深く、四方の壁は石垣になっていて、遥か下には鉄製の格子蓋《ぶた》がはまっていた。

すると底の方から「――……そこにいるのは誰だ……」と、か細い声が聞こえた。

「その声、相良さん！」

萌絵が懐中電灯で中を照らした。格子蓋の下に忍とむつみがいる。首どころか顎《あご》の下まで水に浸かって、格子蓋に掴まりながら、必死に呼吸を確保している。ここが水牢だった。上部の取水口からは打たせ湯のようにどんどん水が流れ落ちている。

「相良さん、大丈夫ですか！」

「ああ……、なんとかいきてる。でも、むつみさんが限界だ。それに水位も」

水位はどんどんあがっている。格子蓋まで、あと二十センチもない。蓋に摑まり、どうにか首を伸ばして呼吸を確保しているが、もういくらもしないうちに、水位は蓋まで達するだろう。そうなったら二人は呼吸できずに溺死《できし》だ。

「この蓋を開ける装置がどこかにあるはずだ。探して！」

「はい！」

萌絵と九鬼は、急いで辺りを探した。しかし、それらしきものはない。鎖を巻き上げれば、吊《つ》り橋《ばし》のようになっている蓋は持ち上がるはずだった。どこかにハンドルのようなものがないか。

「永倉さん、こいつはもしかしたら水力で持ち上がるのかも知れない。近くに水車はないか！」

「！　水車小屋ですか！」

二人は小屋に走った。古い鍵はそこの扉の鍵だったようだ。すぐに開けて中に入ると、水車は止まっている。水路がふたつに分かれていて、堰《せき》を開けば、水車は動き始めるはずだった。

「開けました！」

流れ込んできた水を水車が汲《く》み上げ、ゆっくりと軋《きし》み音をあげながら、大きな木製ホイールが動き始めた。萌絵は急いで水牢に戻った。水位はすでに忍たちの耳まで来ている。もう幾らもない。

「いま水車を動かしました！　もう少しです、頑張って！」

「いそいで……っ。いくらももたない……」

だが、蓋はいっこうに持ち上がらない。萌絵は悲鳴のような声で叫んだ。

「動きませんよ、九鬼さん！」

「どこかに鎖の巻き上げ装置へ動力を伝えるスイッチみたいなものがあるはずだ！　何かないか！」

「見あたりません！」

早く、と呻いた忍の顔をついに水面が越えた。鉄製の蓋を水位が越えた。蓋に押さえ込まれた忍とむつみは、水面上に浮き上がることができず、息ができない。萌絵が悲鳴をあげた。

「相良さん！」

「これじゃないか!?」

九鬼が見つけた。手動のポイント切り替え装置を思わせる大きなレバーがある。

「あったぞ、今引く……うっ！」

九鬼の動きが止まった。小屋の扉の向こうにクロスボウを構えた鉄子がいたのである。

矢の先を九鬼に向けている。鉄子は言い放った。

「レバーから手を離しなさい。そのまま手を挙げて」

九鬼は固唾《かたず》を呑《の》み、ゆっくり両手を挙げた。鉄子の指は引き金にかかっている。

「むつみと一緒に死にたかったのかしら？　望み通りにしてあげましょうか」

　その時だ。鉄子が背後に殺気を感じた瞬間、萌絵の飛び足刀が鉄子の眼前に迫っていた。鉄子は真横に吹っ飛び、弾《はず》みでクロスボウの矢が天井に刺さった。九鬼はすぐにレバーを引いた。ゴゴ……と重い金属音がして、軋みながら巻き上げ装置が動き出した。その時には萌絵が鉄子を俯《うつぶ》せにして押さえ込み、ロープで両足と両手を縛り上げている。

「相良さん！」

　水牢の格子蓋はゆっくりと上がり始めた。ついに浮上した忍とむつみは激しく咳《せ》き込みながら喘《あえ》いでいる。あと少しで溺れ死ぬところだ。

「おい、排水口を開けさせろ！　言わないと、あんたが串刺《くしざ》しになる番だぞ」

　九鬼はクロスボウで鉄子を脅して排水装置の作動法を聞き出した。鉄蓋が開き、ようやく水牢から水が引き始めた。むつみを抱えた忍は階段状になっている石垣をよじ登り、どうにか外に脱出した。

「降矢！　しっかりしろ、おい、降矢！」

「むつみさんは低体温症になってる。救急車呼んで。僕は大丈夫」

　だが忍もかなり消耗している。濡《ぬ》れた髪からは水が滴り、唇は紫色で顔色も紙のようだった。濡れた白シャツは肌にまとわりつき、体も小刻みに震えている。よく今まで保《も》ったものだ。萌絵はすかさず駆け寄って、濡れたシャツを脱がせ、自分の上着をかぶせて体をさすった。

「相良さん、大丈夫ですか」

「ありがとう。永倉さん。やっぱり君は僕のヒーローだな」

やつれながら笑った忍の顔を見て、萌絵はわけもなくドキッと顔が赤らんだ。

「それより急いで確認しないといけないことがある。無量はどこに」

「さ、西原くんは神宝を掘り出しに向かってます」

「在処が分かったのか」

「はい。竹吉の遺書を見つけました。今、高野さんと一緒にその場所に」

「高野さんと？」

忍はずぶ濡れの体に鞭打《むちう》って、縛り上げられている鉄子のもとに歩み寄った。鉄子は憎悪するような目つきで忍を睨《にら》んでいる。

「じき降矢の祝子《ほうり》が集まります。こんなことをして、ただで済むと思わないことですよ」

「あなたの共犯者は誰です。誰にそそのかされて、こんなことをしでかしたんです」

鉄子の胸ぐらをグイと持ち上げて、忍は言った。

「言いなさい。『竹吉』とは誰です」

「私に手を出せば、あなたがたのお友達が死ぬことになりますよ」

「共犯者にそれを伝える前にあなたの息の根を止めることだってできるんですよ」

忍の氷のような目つきに気づいて、萌絵はギクリとした。怒りが度を超えると、忍は顔が青白くなる。人を人とも思わぬような冷酷な忍がそこにいる。

「永倉さん、この人を水牢《ろう》に放り込め」

「えっ」

「水責めにしよう。格子蓋を閉めて『竹吉』の正体を白状するまで水を注ぎ込むんだ」

「ちょ……、そんなことしたら私たちが犯罪者になってしまいます！」

「構わない。君は僕に脅されて手伝った。そういうことにすればいい。こういう時のための水牢だろう。さあ、立ちなさい！」

忍が鉄子の胸ぐらを摑《つか》んで乱暴に立ち上がらせた。鉄子には事態がよく飲み込めていないようだ。抗《あらが》う鉄子の口を塞《ふさ》ぎ、忍は容赦なく水牢の中に放り込むと、再び排水口を閉じ、巻き上げ装置のレバーを逆方向に押し戻した。水位は再び上昇に転じた。

「こんなことで脅しても無駄ですよ。すぐに祝子《ほうり》たちがやってきます」

「どうかな。祝子たちもあなたが僕らを溺死させるとは思ってないんじゃないかな」

水は先程よりも勢いよく、滝のように流れ込む。鉄子の表情に焦りが見え始めた。

「なにを考えているの。早く水を止めなさい！」

「おあつらえ向きに土砂降りになってきた。水音も悲鳴も、雨に紛れて聞こえませんね」

「私を誰だと思っているの。降矢の長女ですよ！　南朝の落胤《らくいん》なのですよ。降矢に楯《たて》突く者には天の神軍の怒りが……！」

忍は動じない。冷徹な無表情のまま、みるみるあがっていく水位を眺めている。

「なにをするの！　やめて……！」

「吐くも吐かないもあなた次第です。あなたには何の恨みもないが、白状しないなら、どうなるかは自《おの》ずと分かりますね。そのための水牢ですから」

全身ずぶ濡れのまま目を据わらせる忍には、ゾッとするような迫力があり、萌絵まで足を竦《すく》ませた。忍は本当にどうでもいいのだ。目的のために手段は選ばない。結果、鉄子が死のうが生きようが、どちらでも構わないのだ。これなんだ、と萌絵は戦慄《せんりつ》した。忍の奥底に潜んでいる、薄暗く冷淡な人格の気配。やはり喪《うしな》われていなかった。

「だ、だめです……相良さん」

「見たくないなら席を外して。溺死する人間を目の前で見るのは寝覚めが悪いもんだ」

「相良さん！」

「矢はまだ降ってこない。天の神軍の怒りとやらが、この僕を止められるか、試してみようじゃないか」

水牢の中の鉄子はどんどん迫《せ》り上がってくる水位に恐怖を隠せない。すでに腰まで水に浸《つ》かった。頭上には鉄の格子蓋《ぶた》だ。このままではあっというまに水位が蓋を越える。強がってはいるが、怯《おび》えた目は泳ぎ、次第に正気を保てなくなってきた。

「やめて……ここを開けて！　水を止めて！」

喚《わめ》き散らす声を聞いても、忍は眉《まゆ》ひとつ動かさない。無表情で見下ろすばかりだ。

「わ、わかったわ……っ。言います、言いますから！　水を止めて！」

「適当なことを言われたら困るから、確かめるまで水は止めません。誰です」

「お願い……嘘はつかないわ……だから止めてええ！」

「誰です」

忍は冷酷に訊《たず》ねた。『竹吉』とは誰です」

鉄子は泣きながら叫んだ。

「『竹吉』の正体は」

＊

雨の中、無量と高野がやってきたのは仏経山の北西麓《ろく》、神氷《かんぴ》地区にある曾枳能夜《そぎのや》神社だった。地元の人は「氷室神社」と呼んでいる。

その境内社である韓國伊太氏奉神社の祭神は、スサノオ神。竹吉言うところの産鉄民「眼一鬼」の親玉だ。樹木が鬱蒼《うっそう》と茂った小さな高台にあり、石段をあがると大社《たいしゃ》造りの本殿と比較的新しい拝殿がある。ミニ出雲大社といった趣だが、人気《ひとけ》もなく厳かだ。

「曾枳能夜神社の祭神は、伎比佐加美高日子命《キヒサカミタカヒコノミコト》。聞いたことない神様っすね」

「この辺りでだけ祀《まつ》られている珍しい神様だ。昔、この界隈《かいわい》はキヒサの郷《さと》って呼ばれてた。出西《しゅっさい》・神氷・結《むすび》・降矢のある阿宮《あぐ》の一帯を治めていた首長のことじゃないかと言われてる。このあたりは古代から出雲郷と言って、国の名のもとになったそうだ。キヒサは出雲大神である大穴持《おおなもち》神を祀っていたという」

高野が発掘道具を収めたリュックを背負い直しながら言った。

「仏経山の頂に、キヒサ神を祀る社があったらしい。だから神の鎮まる山——神名火山なんだ」

無量は屋根の上の鰹木《かつおぎ》を見上げている。

「キヒサ……。それ、もしかして降矢の先祖のことですかね」

「キヒサは古地名で、辰韓《しんかん》や新羅からの渡来人が開いた食料豊かな地という意味らしい。長者原ってところにその長《おさ》がいたらしいから、もしかしたら青銅器の鋳造を伝えたのも、そういう人々かもしれない」

「スサノオより古い人たちですか」

「多分ね。スサノオの名の由来も、須佐の男、から来てるらしいから、斐伊川上流の須佐のことというのは間違いないと思うよ。製鉄がスサノオで、製銅がキヒサ……てことかもしれないね。尤《もっと》もキヒサの親神である神魂《かもす》神はもともと意宇《おう》（東出雲）の神だったとも言うし、所造天下大神《あめのしたつくらししおおかみ》である大穴持神は、神魂神の子たちと婚姻したりしてるから、よくわからないが、西谷の四隅突出型墳丘墓に祀られた出雲王たちは、そうやって大陸や吉備や東出雲の勢力とも結びつきあいながら、生き延びてきたという証《あかし》なのかな」

うんちくがすらすらと出てくるのは、さすが高野だ。

その仏経山。地図を見ると、麓《ふもと》にはやたらと「神」がつく地名が多い。

「神氷・神守《かんもり》・神庭《かんば》・神立《かんだち》……。この山が神名火山だからですかね」

「神立については、神等去出《からさで》からきてるらしいよ」

「神等去出？」

「神在月《かみありづき》で全国から出雲に集まった神様が一斉に帰っていくことだ。万九千《まんくせん》神社が、お見送りをする神社なんだが、そこに近いから神立」

今更ながら、本当にこの斐川の周辺はつくづく神話に由来する地名ばかりだ。

「キヒサは大穴持を祀る人々だから、この山こそ大穴持神とみなされていたのかもしれない。降矢の祀る神も大穴持神。いわば出雲の原初神だ。出雲のスサノオは後に、ヤマト王権の記紀神話に取り込まれていったが、そうなる前の古い出雲の原信仰を、今も保ち続けてるのが降矢家なんだ。やはりすごいことだよ」

「以前、奈良にある大神神社《おおみわ》に行ったことがあります」

と無量が社殿を仰いで言った。

「あそこはもろ初期ヤマト王権のあった土地ですけど、やっぱり神奈備山《かんなびやま》とされる三輪山《みわやま》があるんです。大神神社のご神体で、祭神のひとつが大己貴神《おおなむちのかみ》。つまり出雲でいうところの大穴持神なんです。なんでこんなとこに出雲の神様が、ってずっと不思議だった」

「あそこは出雲国造による神賀詞《かむよごと》の中で〝大穴持神が自らの和魂《にきみたま》を大和の『皇孫《すめみま》の命の近き守神』として奉り置いた〟……つまり出雲の神が天皇家を守るために鎮座した、とされる神社だしね」

「ええ。確かに日本書紀の崇神《すじん》紀にはもう出雲の名前があったし、崇神天皇の墓と言われる陵墓もあそこにはある。それに桜井《さくらい》にはモロ出雲って地名の集落まであるんです。何かあるんだろうなとは思ってたけど、出雲に来て……というか、仏経山のこの辺に来ていやに実感したんです。ああ、ここから来たんだなって。いろんなことが繋《つな》がって、しっくりきた。神話だか歴史だか分からない言い伝えが、なんだかリアルに肌で感じられた。出雲という存在が、あの頃のヤマトにどれだけ影響を与える存在だったか。青銅の髑髏《どくろ》を出してみて余計に、理屈でなく理解できた。こーゆーのって不思議だなって」

「……」

高野は感慨深そうな眼になって言った。

「……君はやっぱり考古学をやったほうがいい。そういう感性は誰にでも持ててるもんじゃない。人間の歴史に対する感受性がない者に、考古学は担えない。君は反応できる心を持ってる」

無量は複雑な表情になった。

「そんなん初めて言われました」

「初めてじゃないだろう」

「俺は……人間ってやつがあんまり好きじゃないんです。よく分からないんです。人間って生き物が。古生物のほうが向いてるんだと思います。人と関わるのは最低限にしたい俺みたいなヤツが歴史をやるなんて……そもそも変なんですよ」

「違う。人との関わりを避けるのは、君が人の心に敏感すぎて疲れてしまうからだ」

「顔色を窺《うかが》いすぎてるだけです」

「感じようとしなくても感じてしまう。それが感受性なんだ。そういう君にこそ過去の人間の所業と向き合って欲しいな」

「高野さん」

「人間てやつは確かに不可解だよ。本音を読み違えることなんてしょっちゅうだし、昨日命がけで思いこんだことも今日は簡単に翻す。小さなボタンの掛け違いで意固地になったかと思えば、投げ込まれた石ひとつで揺れ動きまくる。人と向き合うのはこの年になったって簡単じゃないよ。人は嘘をつくし忘れるし都合が悪いものはねじ曲げもする。そういう有象無象の芥《あくた》から真実を摑《つか》み出せるのは、君みたいな感受性のせいで苦しんでる人だけなんだよ」

「………。祖父の後継げってことですか」

「そうじゃない。君に掘り出されるのを待っている人間たちの過去が、きっとあるって意味だ」

「掘り出されるのを待ってる？」

「君には聞こえてるんだろう？　土の下から過去が叫んでるのが。そういう過去たちの手を握り返して引っぱり出してやれるのは、君のその手じゃないかと勝手に思ってる」

無量は革手袋をはめた自分の右手をじっと見てしまった。

「買いかぶりです」

「逃げるな。西原くん」

　高野が珍しく真顔で言った。

「真実を凝視するんだ。なぜ人間はそうなるのか、目を逸らさずに見るんだ。それがどんなに認めたくない姿でも、それが人間てやつの裸なのだということを呑《の》み込むんだ。呑み込んで呑み込んで、いつか全ての物事に対する先入観から解放される時、君は真実を見通す眼を得ることになる。逃げるな。西原くん」

　いやに真剣な、高野らしくない熱のこもった言葉に、無量は当惑していたが、急に面《おも》映《は》ゆくなってきて、怒ったように「そんなことより」と境内を振り返った。

「あそこに大きな岩がありますよ。磐座ってあれのことですかね」

「いや、あれじゃないだろう。文章からは境内にあるようには読めないよ」

　竹吉が残した手がかりは、

〝神名火山の北西にある眼一鬼社の東二町、桜花眠りし墓穴に立つ氷の地蔵から四町上がりにある磐坐〞

　という一文だ。

「眼一鬼社の東二町……、仏経山ですかね」

「町」は距離の単位で、一町が約百メートルだから、二百メートルほどだ。

「ちょうど登山口がありますね。しかし〝桜花眠りし墓穴〞って？」

　桜の木でもあるのかと無量は思ったが、

「桜花というのは、例の特攻兵器のことじゃないか？　戦時中、出西飛行場に配備されたという。確か敵の爆撃をさけて、山麓《さんろく》の氷室に格納したって話を聞いてる」

「氷室があるんですか。このへん」

氷室というのは、文字通り氷を保管する場所で、洞窟《どうくつ》もしくは掘っ建て小屋（中に穴が掘ってあり、そこに保管されている）が使われる。

「その氷室もたぶん横穴墓を二次利用したものだろう。飛行場跡は少し前まで滑走路が残ってて陸上自衛隊の訓練基地だった。でも、東とあるからそっちじゃないな」

「やはり仏経山ですかね。じゃ『氷の地蔵』は」

文字通り読めば、氷でできた地蔵だ。そんなとっくに溶けるものを目印にせよ、とはどういうことだ。

「答えは簡単だ。この先に氷室という名の集落がある」

だが集落の人に聞いても地蔵堂などはないという。代わりに有益な情報を得た。

「この先に氷室の跡がある？　本当ですか」

案内されて向かった先にあったのは、山の斜面に並んだほら穴だ。どうやらこれがかつての横穴墓だ。飛行機の部品や機体なども、ここに隠したらしい。「桜花眠りし墓穴」とはここのことだろう。問題は「地蔵」だ。無量と高野は辺りを歩き回ってそれらしきものがないか、探した。

「高野さん。これなんすかね」

　無量が杉の根元に小さな石板を見つけた。来待石《きまちいし》と呼ばれるこの地方特産の石でできた、古い板碑《いたび》（仏の姿を石板に刻んだもの）だ。黄土色の岩肌は気泡が多く、庭の灯籠《とうろう》や狛犬《こまいぬ》などに使われるが、昔は墓石にも使われたという。が、来待石の特性ですっかり苔《こけ》むしてしまい、だいぶ摩耗も進んでほとんど読みとれない。仏の絵姿もない。

「いや、よく見ると、ここに梵字《ぼんじ》が彫られてる。種字《しゅじ》と言って、サンスクリット語の頭文字を仏の姿に見立てて崇《あが》めるというやつだ」

「この記号みたいなヤツですか」

「これは〝𑖎《カ》〟。地蔵菩薩《ぼさつ》を意味する。たぶんこれのことだね」

　斜面を見上げると、なるほど、細い登り道が一本。どうやらこの道がそれだ。無量と高野は山に踏み入った。本来の登山道とは違い、普段はほとんど使われておらず、倒木や雑草で埋もれかけていたが、かきわけかきわけ、登っていく。先程まで降っていたにわか雨のせいで足元はぬかるみ、何度か滑りかけた。

　仏経山は海抜三百六十六メートル。さほど大きな山ではないが、踏み入ると、意外に深い。出雲はそういう山が多い。海抜が低くても懐が深く、油断できない。

　だいぶあがってきた。

　しかし鬱蒼《うっそう》とした山林が続くだけだ。本当にこんなところに「三種の神器」を埋めようなどと思うだろうか。何か担がれているのでは？　ともチラと思ったが、「ここまで来い、ここまで来い」と呼ぶ降矢竹吉の意志が、無量の足を前に進ませている。そんな気がするのだ。

「西原くん、あれを見て」

高野に言われて顔をあげた。視線の先に大きな白い岩が見える。

「あれが磐座……？」

滑石でできた大岩が、樹間に迫《せ》り出すように鎮座している。大きさは幅四、五メートルはあるだろうか。鬱蒼とした山の中で、何かそこだけ光が射しているようだ。

二人は急斜面をよじ登るようにして、岩の上にあがった。

「これは……！」

無量は絶句した。

目の前に突然開けた眺望に、息を呑んだ。

「……すごいな……」

岬のように突きだした岩の先端からは、出雲平野が一望できた。

眼下には一面、モザイクのような水田がどこまでも広がっている。その中にぽつぽつと点在する民家と屋敷林、正面には島根半島の山並みが横たわっている。風力発電の白い風車、ひときわ存在を主張するのが神名火山・大船《おおふな》山だ。その麓《ふもと》を大らかに蛇行して宍道湖に注ぎ込む斐伊川。その先にはまるで暗い鏡面のように宍道湖が浮かび上がる。

もくもくと湧いてくるような厚い雲を割って差し込んできた数条の陽光が、出雲平野に降り注いでいる。

「すごい眺めだ……」

高野も一緒になって立ち尽くしていた。

無量は言葉がない。

青々と茂る稲が風に吹かれ、大地に大きなさざ波を描き出す。その上を鉛色の雲が覆っている。濃淡のある雲が幾重にも重なって、立体的で美しい陰影を生み出し、それがゆっくりと東に流れていく光景は、まるで「所造天下《あめのしたつくらしし》」頃の原初の天地を思わせる。

「八雲立つ……出雲」

その枕詞《まくらことば》が目の前に広がる景色から自《おの》ずと浮かび上がってきた。スサノオはここに立ち、この眺めをこそ詠んだのではないかと思うほどだ。

斐伊川の山間から湧きたつ雲が、出雲平野に流れ出て幾重にも織りなす空だった。

「そうだ。ここは……年に何度か、彩雲が見られるんだ……」

雄大な風景に目を奪われていた高野が、ふと思い出したように口を開いた。

「彩雲、ですか」

「秋の空にぽっかり浮かんだ雲が、七色に輝くんだ。虹《にじ》色の雲だ。それはそれはきれいで、本当に神様が乗ってるんじゃないかって思うほど……」

「高野さん……」

「出雲大社の本殿の天井画に描かれてる『八雲図』を見たことがあるかい……？　様々な色に縁取られた雲だ。まさにあれなんだ。出雲の、神が乗る雲」

「……」

「一番大きいのは『心の雲』と言ってね。そこだけなぜか黒い色が入ってる。遷宮を斎《さい》行《こう》する直前の、午の刻、その黒雲の部分に『心入れ』という秘儀を行う……。ぼくにはその儀式が何かとても深い意味を持つように思えるんだ。そう……とても深い……」

何かに浮かされたような高野の言葉を聞きながら、無量は眼下の光景を見つめていた。

虹色の雲に乗ってやってきた神様は、この磐座に降り立って出雲の地を見下ろした。

そんな幻が瞼《まぶた》に浮かんでいた。

「ここですね……。高野さん」

「ああ」

「竹吉が八尺瓊勾玉《まがたま》を埋めるなら、ここしかないですよね」

無量は自分の体に降矢竹吉の魂が降りてくるような、不思議な感覚を味わっていた。

ここは竹吉が愛した場所だったのではないか。折に触れてここに立ち、この眺めを独りで眺めていたのではないか。膝《ひざ》を抱えながら。

恋人に自分の子供ができた日も、従兄《いとこ》が戦地で死んだと聞かされた日も、天皇になろうと決めた日も、そして自決の日にも……。彼はここに来てこの眺めを見つめていた。

きっと。

竹吉の心に去来したものとは何だったろう。

ここに立てば、自分が神と一体になるという感覚も自然に抱けたかもしれない。「出雲天皇」を自称したとしても、それはただの誇大妄想とは言えなかったはずだ。だが竹吉は神にはなれなかった。国のために死に靖國《やすくに》に祀《まつ》られた兄のもとにも行けず、愛してはならぬ人を愛し、生きることは恥ずかしいことと感じながら命を絶った竹吉が、どんな想いでこの眺めを瞳《ひとみ》に映したのか。

無量はふと何かに呼ばれたように岩の後ろを振り返った。

背後の斜面が二メートルほどのテラス状になっていた。厳谷の髑髏《どくろ》を出土した場所と雰囲気が似ていた。草が生い茂るだけで特に目印となるものがあるわけではない。普通の人間ならあっさり見逃してしまうところだ。

だが無量の眼には、そこが祭壇のように見えた。

竹吉の眼で見れば、そこは確かに祭壇なのだ。

「西原くん」

無量はリュックをおろし、タオルを頭に巻いた。軍手をはめて、エンピを握った。

右手が鉛のように重いと感じた。重すぎて騒ぐこともできないようだった。

「地権者の許可を……」

と言いかけた高野も口を閉じた。

迷わず掘り始めた。

一度土に向かったら、無量の肉体は発掘のために存在するようなものだ。

かつて竹吉がこうして土に向かったように、無量も土に向かう。エンピを差し込み、土を持ち上げる。六十年前の行動をなぞるように無量は土を掘る。表土が流れても大丈夫なように、浅くは埋めないはずだ。粘土層までしっかり掘っただろう。一度攪乱《かくらん》した土はしまりが弱く、無量にはエンピの感触で分かる。半信半疑の高野は黙って見守るばかりだ。

なんだ……？

土を掘りながら、無量は奇妙な感覚に囚《とら》われた。

匂いがする？

それはなんとも香《かぐわ》しい匂いだ。深く幽玄な芳香が土から香ってくる。高野にも訊《たず》ねたが、そんな匂いはしないという。だが無量には感じられる。それは正しい意味で嗅覚《きゅうかく》が捉《とら》えているのではないかもしれない。

眩《まぶ》しい。それも視覚が捉えているのではない。

なんだ。この感覚は、なに。

コツ、とエンピの先が固いものにあたった。石の感触だ。

「きた」

無量はエンピを置いてしゃがみこんだ。ジョレンで土をわけ、最後は手で払った。

現れたのは碧玉製《へきぎょくせい》の合子《ごうす》（蓋《ふた》付き容器）だ。真ん中に十六葉の菊花紋が刻まれている。

その姿はまるで小さな石棺だ。

「西原くん……」

「開けます」

碧玉の「石棺」の中には、もうひとつ、菊花の香合が入っている。蓋を開けた。

無量は息を呑《の》んだ。

小粒の真珠がぎっしりと詰まっていて、その中央に、美しい翡翠《ひすい》製の勾玉がある。

「これが――神宝。……八尺瓊勾玉……」

天皇家が代々伝えてきた「三種の神器」のひとつ。

八尺瓊勾玉は三つの神器のうちで唯一レプリカでなく、古《いにしえ》より伝えてきた本物の神器だったという。南北朝の争乱以来、南朝のもとにあり、故あって八頭が出雲に持ち込んだという謂《い》われの石だ。古代より伝わる本物の。

「この勾玉……」

無量には見覚えがあった。そう。

出雲大社で見た翡翠勾玉だ。江戸時代に命主社から銅戈《どうか》と共に出たという。琅玕《ろうかん》質の高い、濃緑色の硬玉翡翠……。あれとそっくりなのだ。

「玉藻鎮石」

むつみが言っていた、降矢に伝わる古の勾玉だったのだ。

「降矢には一対の玉藻鎮石が伝わっていて、そのうち片方は杵築大社――出雲大社の近くに埋納されたが、もうひとつは降矢の守る墓から出てくるはずだった。でも神立の墳丘墓からは出てこなかった。まさかこれが」

「対の石」

「八尺瓊勾玉の正体は、降矢の玉藻鎮石だったんだ――……」

無量は掌《てのひら》の中の翡翠勾玉を見つめながら全身の震えが止まらなかった。

「でも、どうして……」

「これは『日本書紀』崇神紀六十年条に載っていた神宝だ」

え？　と無量は思わず高野を振り仰いだ。

高野は今までに見たことがないような真率な表情をしている。

「出雲振根がつかさどっていた出雲大神の神宝だ。崇神天皇が所望した。『武日照命《たけひなてるのみこと》の天《あめ》より将《も》ち来れる神宝を、出雲の宮に蔵《おさ》む。是《これ》を見欲《みまほ》し』。そう崇神紀には書いてある。ヤマトによって出雲から持ち出された神宝こそが、八尺瓊勾玉だったんだ」

「な……っ」

無量は耳を疑った。

「それどういうことですか」

「その神宝は、御統《みほぎ》の神宝として崇神天皇の代から天皇家に代々伝わった。出雲振根は崇神天皇のよこした軍勢によって誅殺《ちゅうさつ》され、首をはねられた。その首を奪還した振根の一族の者により、その頭骨は青銅製の〝輝ける髑髏〟となり、彼の祟《たた》りを抑えるべく厳谷に埋められ、祀られた……。この仏経山の麓《ふもと》で」

「青銅の髑髏の正体が誰か、高野さん、知ってたんですか……」

「ああ。竹吉が予言していたからね。やっと全てが繋《つな》がった。『三種の神器』のうち八尺瓊勾玉は、出雲振根が奪われた玉藻鎮石。大穴持より伝えられし神宝だった。だから八尺瓊勾玉は、出雲に返されるべくして返ってきたんだ。南朝を通じて我々のもとに。そう、玉が願った。八尺瓊勾玉こそ出雲の魂だった」

「高野さん……」

まるで別人のように重々しい口調になった高野を見て、無量はただならぬものを感じ、立ち上がり、後ずさった。

「あんた、何者なんすか……」

「ありがとう。西原くん。全部、君のおかげだ」

「まさか……初めから……」

「竹吉が予言した通り、矢牟矢毘古命こと出雲振根の髑髏は厳谷から出てきた。行方不明だった八尺瓊勾玉までも。どころか、降矢の守る玉藻鎮石こそが八尺瓊勾玉だったなんて……。恐ろしいなあ、君は本当に恐ろしいなあ」

「高野さん」

「宝物発掘師《トレジャー・ディガー》なんて、と高をくくってた。だが君は降矢竹吉が生涯かけて捜した振根の髑髏まで見つけてしまったじゃないか。永久に見つからないと思われた八尺瓊勾玉《まがたま》まで見つけてしまったじゃないか」

無量は頭が混乱していて状況がうまく理解できない。

高野は暗く目を据わらせて、

「……最初はね、厄介なヤツがきたなと思った。八頭孝平が死んだ夜のことだ。夜の厳谷に君を呼びだし、孝平を装って君を襲わせ、わざわざ遺留品まで残して死亡時刻をずらしアリバイ工作を行った。君は孝平の御統《みすまる》を見ていたから『孝平に襲われた』と証言してくれるはずだったんだ。なのに」

変に横槍《よこやり》を入れられると困るから、由《よし》次《つぐ》氏を使って君を追い払おうと思った。

「……………」

「君はよりにもよって御統《みすまる》が偽物だと気づいた」

「……八頭孝平を殺したのは、高野さんだったんですか」

「………」

「孝平の御統《みすまる》を手に入れるために……そのためだけに殺したんですか！」

「読み違えたんだ」

高野は淡々と答えた。

「孝平の御統《みすまる》は、源蔵が竹吉に譲ったあの御統《みすまる》なんだと思いこんでいた。まさか神宝と引き替えに法久寺に埋めただなんて思わないじゃないか。ぼくは碧玉とめのうの違いが見分けられなかった。君が一枚上手だったということだ」

「竹吉が御統《みすまる》に隠し場所のヒントを刻んだって、知ってたんですね。だから孝平から奪おうとしたんですね。一体どこでそれを」

「竹吉の記録だよ。降矢の蔵にあった」

「記録？　竹吉の」

「鉄子をたぶらかして蔵に入った。竹吉の遺品はほとんど処分されて残っていなかったが、学術調査の記録だけは残されていた。そこに記されていた。〝語り残すべき唯一のことは、御統《みすまる》に刻んだ〟と」

無量の呼吸がだんだん浅く速くなっていく。高野の口から出る言葉は、どれも信じがたい。力が抜けかける膝《ひざ》に必死に力をこめた。

「なんでですか。八尺瓊勾玉を手に入れるために人殺しまでしたんですか。なんで」

「仕方なかったんだ。西原くん。ぼくには八頭家と降矢家に報復する資格があった」

「報復……」

「そう。本当ならば、この御統《みすまる》はぼくのものになるはずだった」

と高野が内ポケットから取りだしたのは、孝平の御統《みすまる》だった。勾玉が緑めのうでできた、正真正銘、孝平の遺品だ。

「孝平の父・宗平《そうへい》は養子だ。源蔵も竹吉も死んで、継ぐ者がいなくなったから遠縁の子を養子にした。だから孝平は祖父と直系の血の繋がりはない。八頭の血を引く人間はぼくだけだ」

「！　高野さんが源蔵たちの弟⁉」

「弟か……。この立場はどう説明したらいいんだろうな」

「なんなんですか。あなたの本当の目的は一体！」

高野がナイフを抜いた。無量は凍りついた。

「ありがとう。西原くん。君はよくやってくれた。でも深く関わりすぎた」

「なんなんすか……。あんた一体なんなんですか！」

「ぼくが『竹吉』だ」

言うと、高野が腰だめにナイフを構えて無量に突進した。避けようとしたが腕を摑《つか》まれて引き寄せられた。高野のナイフは無量の横腹に吸い込まれた。

「……く……あ」

息が止まり、唇から血の気が引いた。

高野がナイフを引き抜いた。横腹を押さえた無量の手がみるみる血に染まっていく。

「……たかの……さ……」

高野は八尺瓊勾玉を取り上げると、無量のポケットから携帯を奪って電源を切り、そのまま山林の向こうに投げ捨ててしまった。振り返らず山を下りていく。

無量は崩れるように、地面へ膝をついた。

*

「だめです！　全然電話に出てくれない……っ」

萌絵は何度も無量に電話をかけ続けたが、一向に繋がらない。もう数時間連絡がつかないことに忍と萌絵は焦っていた。後始末を九鬼に任せて、降矢の家を出たふたりは、懸命に無量を捜し続け、例の遺書の暗号を読み解いて、神氷地区にある横穴の氷室跡までやってきていた。

「間違いない。この板碑の種字は地蔵菩薩《ぼさつ》だ。この道に違いない。行こう、永倉さん」

忍は磐座に続く山林の藪《やぶ》道を歩き始めた。

「急がないと、無量が危ない……っ」

「竹吉」の正体は鉄子が吐いた。その「竹吉」は無量と一緒に八尺瓊勾玉を捜しにいったのだ。

「下手をすると殺される！　急いで、永倉さん！」

もう辺りは薄暗くなり始めている。こんな深い山の中だ。無量の安否は定かでない。

「無量！　どこだ、無量ーっ！」

「西原くん、返事をして！　西原くーん！」

大声で呼びながら、足元も暗くなってきた山道をあがっていく。このまま夜になったら、ますます捜しにくくなる。萌絵は祈るように、鬱蒼《うっそう》とした山林の梢《こずえ》を見上げた。

と、その時だ。

「相良さん……！　あれ！」

斜面の上のほうに人影がある。樹木に凭《もた》れるようにして、今にも倒れ込みそうになりながら、山を下りてくる者がいる。

「無量！」

「西原くん！」

忍と萌絵は弾《はじ》かれたように駆け上がった。無量は木にすがりつきながらどうにか立っていたが、

「……しのぶ……ちゃん……」

忍たちが駆け寄ると、崩れるようにもたれかかってきた。その体をしっかり抱き留めた忍は、無量が怪我をしていることに気が付いた。

「無量！　この血は……っ！　刺されたのか！」

「へーき……、そんな深くは……」

「刺されたのか、無量！　高野さんに！」

忍の腕の中で荒い呼吸を繰り返しながら、無量は朦朧《もうろう》と答えた。

「……なんで……しってんの……」

「降矢鉄子を自供させた。高野に刺されたんだな。そうなんだな⁉」

「……あの……ひと……」

無量は傷の痛みに耐えながら、浅い呼吸とともに呟《つぶや》いた。

「……八頭と降矢に……報復するって……そのために……孝平さんを……」

「もういい。喋《しゃべ》るな。永倉さん、救急車を！」

「はい！」

無量は忍にしがみつきながら、目尻《めじり》に涙を溜《た》めている。傷の痛みのせいではない。悔しくてたまらないのだ。

「なんでだよ……っ。考古学やれなんて……ったくせに……逃げんなって……ったくせに」

「──無量……」

「呑《の》み込めとか……イミわかんねーし……ぜんぜん、こんなの、呑み込めっかよ！」

刺された傷より遥かに痛い。

浅い呼吸を繰り返す無量の体を、忍は強く抱きかかえた。

そして高野が去った麓《ふもと》に続く道を、怒りに煮える眼で睨《にら》みつけている。

第九章　八雲立つ

無量《むりょう》の傷は幸い内臓にまでは達しておらず、腹腔《ふっこう》内出血もほとんど見られなかった。止血で数針縫った程度で済んだが、数時間はエコー検査が必要とのことで入院を余儀なくされた。

極度の疲労状態にあった無量はその後、気を失うように眠ってしまった。目が覚めると、ベッドの横に萌絵《もえ》がいる。暗い病室で体をすぼめるようにして座り、無量を見下ろしていた。

「まだいたの……？」

「うん」

「目ぇ真っ赤……」

それはそうだ。萌絵は泣いていた。自分が情けなくて仕方なかった。無量にこんな傷を負わせてしまった自分を責めている。あの時、文化財センターで気づいてさえいれば、高野《たかの》とふたりきりになんてさせなかったのに。

「ごめんね、西原《さいばら》くん」

「こうならないように、私、今日まで鍛えてたのに」

「なんで謝んの」

「ばか。おまえのせいじゃない」

悔しい。また涙がこみあげてくるのを、萌絵はぐっと堪《こら》えた。

「もっと早く気づけばよかった。あの夜、厳谷に西原くんを呼びだした電話だって、西原くんの携帯番号知ってる人なんて限られてるの分かってたのに。高野さんが由次《よしつぐ》氏に教えたんだよね。でも身近な人が犯人なんて思いたくなくて、そんなんだから、こんなことに……」

高野への怒りと自分への怒りで、涙が堰《せき》を切った。頬を伝うのを見て、無量は困惑したように眉《まゆ》を下げると、萌絵の手に手を伸ばした。

「俺も、そう思いたくなくて、考えないようにしてたのかも……」

「西原くん」

「高野さんはどこ？」

「いま相良《さがら》さんが捜してる。絶対逃がしはしないって」

忍《しのぶ》は怒り心頭に発している。見開いた眼は冷徹どころか凶暴さすら帯び、近寄るのも憚《はばか》られるほどだった。萌絵には「無量のそばにいてあげて」と言い残し、忍は奔走中だ。

「いま何時……？」

「夜の十一時」

無量が布団をはねのけてベッドから下りようとしたものだから、萌絵が慌てて止めた。

「トイレ？　行くなら車椅子用意して……」

「くるま」

「え？」

「車用意して。行かなきゃいけないところがある」

「何言ってるの！　今夜は安静にしてないと駄目だって先生が！」

「行かなきゃなんない」

無量が真剣な面もちで振り切るように言った。

「分かったんだ。神宝をなんでたった二日で捜し出せって言ったのか。あの人が行くところも分かってる。行かないと」

「駄目。警察に任せて」

「俺を本気で口止めする気なら、腹の真ん中を刺してたはずだ。なのにそうならなかったのは、し損じたからじゃない。あえてそうしたんだって信じたい。高野さんにもう一度会わないと。行かせてくれ、永倉《ながくら》」

無量がこんな懇願をするのは初めてだった。自分を騙《だま》して裏切った相手になぜ、と思ったが、切羽詰まった眼差《まなざ》し一杯に、やむにやまれぬ願いを感じ取った。無量はどうしても知りたいのだ。なぜ高野がこんなことをしなければならなかったのか。

――分かるよ。君の気持ち。肉親だからこそ、許せない。そういうことはある。

あの言葉の背後にあるものが知りたい。高野の心のどんな場所から出てきた言葉だったのか。どんな過去の事情が言わせた言葉だったのか。

——君はやっぱり考古学をやったほうがいい。

これから刺そうとしている相手になぜあんなことを言えたのか。

——逃げるな。西原くん。

このままでは呑み込むこともできない。全てを知らなくては嚥下《のみくだ》せない。

「急がないともっとひどいことになるかもしれない。頼む、永倉」

萌絵は苦しげに固く目を瞑《つぶ》ると「無茶しないって約束できる？」と言った。

「ああ。約束する」

「わかった」

一度決めたら、萌絵の行動は早かった。着替えをさせて無量の肩を担ぎ、

「傷は大丈夫？　痛くない？」

「ああ。痛み止めが効いてる……」

「ゆっくり行くよ」

枕に書き置きをしてナースステーションの前をしゃがみこみながら通り過ぎ、エレベーターに乗り込んだ。夜間外来口から外に出て、タクシーを拾った。

「大丈夫……？」

「なんとか」

行き先を問う運転手にこう答えた。

「西谷墳墓群のある史跡公園まで」

＊

日付が変わった。時計の針は午前零時を回った。

西谷墳墓群は、斐伊川にかかる神立橋の西南、「西谷の丘」と呼ばれる小高い丘陵地にある。

六基からなる大小の四隅突出型墳丘墓がほぼ一列に並んでいる。どれも今は整備されて、見学のできる史跡公園となっていた。

夜は、順路にぽつぽつ足元灯がある他は、明かりもなく、闇に沈んでいる。だが、この日はかろうじて雲間から滲《にじ》んだ月が出ていた。

三号墓の上はちょっとした見晴らし台だ。出雲平野の夜景が見渡せる。午前零時を過ぎ、だいぶ民家の明かりも減っていたが、斐伊川の堤防道をゆく車のライトが時折、流れ星のように眼下を過ぎていく。

奥の二号墓は、斜面の貼石まで全て復元されて内部に展示室まであるが、三号墓の貼石は下部のみで、上部は芝が張られている。墳頂部は平坦《へいたん》な四角形になっていて、四隅へ舌状に伸びた突出部がゆるいスロープになっていた。

萌絵と無量は、身をかがめて、そのスロープにいた。

墳頂部に人影がある。それもふたつ。

ひとりは着物姿の小柄な女性だった。もうひとりは背の高い男だ。紺のジャンパーを羽織り、小脇に桐箱を抱えている。高野繁雄《しげお》だった。

萌絵と無量は目を凝らした。高野が会おうとしている相手が誰なのか、分かった瞬間、萌絵が驚きの声を漏らしかけたが、無量に口を塞《ふさ》がれた。

「あれ……あそこにいるの」

「ああ」

降矢《ふるや》ミツではないか。

こんな夜中に供もつけず、ひとりで高野を待っていたようだ。ミツは墳頂部の端に立ち、出雲平野の明かりを眺めていたが、おもむろに懐中時計を見て、

「来ましたね。繁雄さん」

萌絵も無量も固唾《かたず》を呑《の》んでやりとりに耳をそばだてる。高野がようやく答えた。

「約束の刻限ですから」

「それで神宝は見つかったのですか」

無量たちは再び息を呑んだ。

高野は、中央の主体部（埋葬地）を囲む四つ柱を台にして、先程から大切そうに抱えていた桐箱を載せると、蓋《ふた》を開けた。中には、青絹で包まれた碧玉《へきぎょく》製の合子《ごうす》が入ってい

る。紫色の紐《ひも》で厳重にくってある。取りだして桐箱の上に載せた。

「これが八頭《やがしら》の神宝です」

「………」

「降矢竹吉《たけきち》が隠した神宝に間違いありません」

無量たちには事情が皆目分からない。ミツが指示したというのか。八頭の神宝を手に入れろ、と。だから高野は神宝を求めたのか。

「どこにあったのです」

「仏経山の磐座《いわくら》に埋めてありました。遺書に残された言葉に従って」

ミツはあえて中を確かめようとはしなかった。箱に向かって深々と一礼した。

「中を、見ましたか」

「はい。確認しました」

「神宝はどのような姿を？」

「翡翠《ひすい》の勾玉《まがたま》でした。とても美しい。真名井遺跡から出た勾玉と同じ石からできたものに間違いありません。あれは――玉藻鎮石です」

降矢に伝わっていた、出雲王の形見だ。神立南墳丘墓から出るはずだった。

ミツは静かにその言葉を胸に納めた。

「あなたが掘り当てたのですか。繁雄さん」

「………」

「いいえ。あなたではありませんね。西原さんでしょう。彼が掘り出したのですね」

「誰が見つけようと同じです。行方不明の神宝を捜し出せ、というあなたの要求に応《こた》えました。今度はあなたが私の要求に応える番です」

「あなたを私の息子だと認める。そういうことですね」

無量と萌絵は驚きのあまり顔を見合わせた。息子……？

高野繁雄が、降矢ミツの息子⁉

「今日この日までに、八頭が紛失した神宝を捜し出すことができれば、私をあなたの第一子と認め、相続権も認める」

無量と萌絵は言葉もない。ミツの第一子？　むつみの父親よりも先に産んだ子供がいたということか。

「八頭の子としては認められなかった私です。せめて母親には認めて欲しい」

「今日が何の日か、分かっていますか」

「ええ。降矢竹吉の命日です。六十三回目の」

「八頭から神宝を取り返すことは降矢家の悲願でした。これで神宝は、出雲に戻されてから六百年の時を経て、ようやく降矢のもとに渡りました。私の代で何としても取り戻すつもりでした。憎き八頭との腐れ縁もこれで断てる。私は満足です」

「では」

「しかし、あなたを認めるわけにはいきません」

決然と言い放ったミツに高野は「なんですって」と言い返した。

「約束が違います。神宝を捜し出せば、私を実子として認知すると仰《おっしゃ》った……！」

「私は『あなたの手で』と言ったのです。降矢竹吉の名に恥じぬ考古学者として、あなた自身の力で辿《たど》り着きなさいと。あなたは余所者《よそもの》を巻き込んで利用しましたね。どこの何者とも知れぬ下賤《げせん》の手を、神璽《しんじ》に触れさせましたね。許されざることです」

「馬鹿な……！　詭弁《きべん》です。そうまでして私を息子と認めたくないのですか。忌み子を認めるのは、家の恥だからですか」

「……恥辱です」

ミツは顔色ひとつ変えずに言い放った。

「あなたは恥辱の子です。八頭にとっても降矢にとっても。忌み子は家を滅ぼす。本来なら赤子の時分に殺《あや》められていた子供です。生きていられただけで充分と思うべきです」

「あなたは鬼だ」

高野が声を震わせて言い返した。

「子と認められたい私の弱みにつけ込んで、人殺しまでさせて……！　この上まだ私を拒むつもりですか！　あなたは一体どこまで恐ろしい人なんだ！」

無量と萌絵は、絶句した。人殺しをさせた……？　ミツが？

ミツが首謀者だというのか！

「私は『殺せ』などとは一言も言っていませんよ。あなたの八頭への復讐《ふくしゅう》心が、そうさせたのです」

「あなたは八頭孝平を認めていなかった。八頭の後継者としても、むつみの許婚《いいなずけ》としても。八頭から追い出したいと思っていたあなたの思いを汲《く》んで、手にかけたのです。この手で」

「頼んだ覚えはありません。あなたは何より降矢の大事な息子・由次の命を奪った犯罪者。そんな者を子と認めるわけにはいきません」

「由次が大事な息子？　自分の夫が愛人に産ませた子供が、腹を痛めて産んだ実の息子より大事ですか」

「あなたを産んだことは、あなたが会いに来るまで忘れていました」

「なんて身勝手な……」

「私が喜ぶとでも思ったのですか。……繁雄。あなたさえ現れなければ、忘れていられたのに」

「あなたは私を利用したんだ。もう我慢ならない。あなただけは許せない……！」

激昂《げっこう》した高野が隠し持っていたナイフを引き抜いた。あっと思った無量は、思わず立ち上がって叫んだ。

「駄目だ、高野さん！」

「！」

高野が振り返った。墳頂部に駆け上がった無量だが、傷に激痛が走って膝《ひざ》をついてしまう。萌絵も追いかけてきて無量を庇《かば》った。

「……西原くん、永倉さん……。なぜここに」

「駄目だ、高野さん。それ以上殺したらいけない」

「なぜ来た。西原くん」

「……」

「また刺されたいのか！」

「知りたかったから」

無量は、高野に刺された傷を押さえながら切羽詰まった声で答えた。

「なぜ高野さんがこんなことをしたのか、知らないままじゃ呑み下《くだ》せないから！」

「繁雄は、私が最初に産んだ子供なのです。西原さん」

ミツは動じもせず、厳かな口調で告げた。

「十五の時の子供です。産んだ直後にどこかへ連れて行かれ、そのまま行方知れずになりました。私はこの子はもう生きていないものと思っておりました。産まれてはならぬ子であったゆえに、家の者にどこかで殺められたものと」

「なぜ……」

「この子が忌み子だったからです。繁雄の父親は、八頭の――私の父でした」

「！」

「分かりますか。その意味が。この子は、私が十五の時、八頭の蔵で産んだ子供です」

八頭の蔵――萌絵は思い出した。二階に座敷があった。人が住めるくらいには立派な座敷だった。もしや、あそこのことか。あそこで高野を産んだのか。実の父親との間にできた子供⁉

「いったい何があったんです……。八頭で！」

「私は蔵で育てられた子供です」

能面を思わせる白い顔で、ミツは語った。

「外の世界を知っていたのは六歳の時まで。ある日突然、父親に手を引かれ、蔵に投込まれました。以後、外に出ることを許されず、小学校にすら行かせてもらえず……。周りの者には、病の療養でよそにやられたと伝わっていたようです」

「なんでそんなことを」

「父が乱心したのです」

ミツは鉛のような瞳《ひとみ》で淡々と答えた。

「鬼の子、と私を呼びました。母が他の男との間に作った不義の子であると言い出したんです。母をよく思わない親族の誰かから嘘の告げ口をされたようでした。世間体を重んじる父は、母と離縁こそしなかったけれど、この私の顔を見るたび、裏切られた怒りと恥辱がこみあげるのか、ある日、私を蔵に閉じこめてしまいました。理不尽な仕打ちです。母は私に否定しました。父の誤解だと。父は世間から私の存在を隠すようにしながら、自らは蔵に現れては、たびたび私に折檻《せっかん》を加えました。母への憎しみをぶつけるように。そして十五の時、ついに……」

萌絵は息を呑《の》み、正視を憚《はばか》るように顔を伏せた。無量も愕然《がくぜん》としている。

「まさか……」

「一度や二度ではありません。蔵に閉じこめられた私には逃げ場もありませんでした」

心に能面をつけ、感情に蓋《ふた》をしてようやく語れる。

重苦しい記憶を、ミツは淡々と辿り、

「それが母への腹いせだったのでしょう。血が繋《つな》がらないのだから、何をしてもいいと思ったのかも知れません。私が身ごもったのと時を同じくして、父は病に臥《ふ》せました。私が蔵にいる間に、八頭は遠縁の男子——宗平《そうへい》を養子に迎えました。私が臨月を迎える頃、父は死にました」

無機的に告げると、高野を見た。

「その子は私が蔵で産んだ子です。一度も抱かぬまま、まだへその緒もついた姿で、蔵から下ろされていきました。その後どこに行ったかは分かりません。名がついたことすら知らなかった」

「養父母に引き取られたんです」

高野が後を引き継ぐように語った。

「私の始末を頼まれた八頭家の下男が、赤子を手にかけるのは忍びないと思ったか。密《ひそ》かに連れ帰り、親戚《しんせき》に預けた。戦争でたくさん男たちが死んで、働き手が足りなかった時代だ。養父母は私を引き取って育ててくれたはいいが、扱いは酷《ひど》いものだった」

貰《もら》い子《ご》と呼ばれ、子供の頃から明らかに差別的な扱いを受けた。家族からは下働きの奉公人扱いされて、思えば惨めな少年時代だった。我が儘《まま》勝手な兄弟たちは、この年になっても態度を改めず、借金の保証人を無理強いしたり、「育ててやった恩を返すのは当然」とばかりに両親の介護まで押しつけてきた。要介護認定で最も重い両親ふたりを、高野の家族が面倒を見ていた。

「私だって育ててくれた恩は返したいと思っている。だが恨むばかりだった両親に気持ちがついていかなかった。何よりこれでは家族の生活が立ち行かない。妻は介護疲れで何度も倒れた。元々体も丈夫でない妻に、認知症の養父は罵《ば》声《せい》を浴びせ、暴力を振るう。二時間おきに痰《たん》の吸引が必要な母のため、夜も交代で起き、熟睡もできない。兄弟は実の両親だというのに、なにひとつ手助けしてくれない。特養に空きはなく老人ホームを頼るにも兄の借金の肩代わりで先立つものが何もない。娘は県外の就職も諦《あきら》めた。このままでは高野の家のために私の家族が潰《つぶ》される。妻と娘のためにも、いっそ両親を殺して自分も死のうかと思い詰めていた時、赤子の私を助けた『彰男《あきお》おじさん』がガンで死んだ。死に際に私に伝えたんだ。私が本当は八頭の子であると」

そして、今は降矢の当主であるミツこそが、本当の母親であると。

降矢も八頭も、この土地の名家だ。古くから土地に根を下ろす家々にとって、その言葉は絶対であり、揺るぎない権威を持っていた。

「私は八頭に援助を求めた。だが、全く取り合ってくれないどころか、詐欺呼ばわりされる始末だ。残りは母しかいなかった。私は最後の頼みの綱だと思い、自分を息子と認めて援助をしてくれるよう、この人に迫ったんです」

——要求を受け入れねば、あなたの大切なものをひとつずつ奪います。

あの手紙は、切羽詰まった高野からの、必死のSOSでもあったのだ。

ミツは応じた。しかし条件付きだった。

「それが〝神宝を捜せ〟……だったんですか」

「竹吉の命日までに神宝を捜し出すことができれば、息子と認め、援助もする。それがこの人の出した条件だったんだ」

「それで高野さんは、神宝を手に入れるために……」

ミツは顔色ひとつ変えない。なんて薄情な、と無量は憤った。

そんな人間には見えなかったのに。

「私は八頭に迫るため、降矢を利用することにした。共犯者に選んだのは降矢由次だ」

八頭に借金があった由次は「借金の帳消し」という餌に食いついた。一緒に八頭を脅迫することを持ちかけた。

「……最初はね、殺すつもりはなかった。脅したんです。『竹吉』を名乗って孝平《こうへい》を。八頭にはかねてより談合疑惑があることを、由次は知っていた。私はそれを利用することにした。談合疑惑をリークされたくなければ、神宝を引き渡せ、と脅迫文を送りました。でも孝平は神宝の在処《ありか》については本当に知らないようだった。紛失したというのは本当のようだったが、八頭は世間には言えずにいたようだ。私は更に調べて、竹吉の書き遺《のこ》したものから、八頭の御統《みすまる》に手がかりがあることを突き止めた。思い切って孝平と会うことにした。それがあの夜だ」

巌谷で無量が襲われた夜だ。

高野は孝平と会っていたのだ。

「御統《みすまる》を見せてもらうだけでよかったんだ。素直に従ってくれれば、殺さずに済ますつもりだった。だけど、彼は『竹吉』の正体が私だと気づくと、笑ったんだ。私を嘲笑《あざわら》った。祖父の子を名乗る詐欺師に見せる筋合いはない。悔しかったら、自分たちのように上手に金儲《かねもう》けをしてみたらどうだ。遺跡発掘なんてくだらないことに金をかけるから、出雲はいつまで経っても栄えないんだ。銅剣なんか出てきても、観光客なんかろくに呼べてないじゃないかとね。だったら仏経山を削ってアウトレットモールでも誘致して客を呼んだ方がいい、この不況の真っ直中《ただなか》、歴史なんか何の役にも立ってない、おまえらみたいな給料泥棒がいるから出雲はいつまでも田舎のままなんだ、と。……それを聞いた時、私は怒りのあまり、頭の中がすーっと冷たくなるのを感じた。知ってるかい？　人間は怒りが限度を超えると、頭が冷たくなるんだよ。『ああ、こんなのが八頭の護持者じゃ駄目だ』と思った。神器すら金で売ってしまうような人間だと分かった。だから迷いはなかった」

無量は苦しそうな顔になって問いかけた。

「……それで、殺したんですか」

「首を絞めて殺した」

高野は冷徹に告げた。

「君が厳谷に呼ばれた時間、ぼくは孝平と会っていたんだよ。死亡時間をずらすため、孝平が死んだ後に彼の携帯からメールを送ったりもした。孝平殺害の目的が御統《みすまる》だと気づかせないために、ダミーを作って君にわざと見つけさせもした。ご丁寧に石鏃《せきぞく》までばらまいて殺害動機をぼやかしたっていうのに。君があの時間、孝平に襲われたと証言してくれていれば、ぼくのアリバイも成り立ったのにね。……でもそこまでして手に入れた孝平の御統《みすまる》には、何も刻まれてなかったんだ。がっかりしたよ」

高野は再び「孝平の御統《みすまる》」を取りだしてみせた。戦後、新しく作り直した御統《みすまる》。めのうの勾玉《まがたま》。碧玉《へきぎょく》ではない。

それは間違いなく、孝平が身につけていたものだった。

無量は顔を強《こわ》ばらせた。

「なら由次さんが死んだのは？　手を下したのは誰なんですか」

「そのひとだよ。無量」

聞き覚えのある声がした。振り返ると、スロープから現れたのは、相良忍だった。

「由次さんが呑んだ薬……。あれは青酸ニトリールだ」

「忍……」

「アセトン・シアノヒドリンという青酸化合物。無色無味無臭で、青酸の刺激を消すことができる上に遅効性。水にもアルコールにもよく溶けて飲食物に混ぜやすい。……旧陸軍が開発した、謀略用の毒物だ」

「相良くん。なんで君がそれを？」

「降矢の蔵に資料があった。旧陸軍の登戸《のぼりと》研究所にいたという竹吉の叔父《おじ》が、密《ひそ》かに研究所から持ち出した資料があの蔵に保管してあった。それを見つけた者がいた。……高野さん、あなたですね」

高野は神妙な顔つきで忍を睨《にら》んでいる。忍には分かっていたのだ。

「あなたは神宝の手がかりを得るために、降矢鉄子《てつこ》も引きずり込んだ。応じる見返りは、むつみさん殺害への協力だった。旧陸軍が開発した毒物の復元をしたのも、その一環。鉄子は『竹吉』を利用して便乗殺人を目論んだ。むつみさんを始末するために」

「……」

「その鉄子は降矢の蔵を管理していた。あなたは蔵を開けさせ、中にあるものを調べたはずだ。竹吉の資料もその時に見つけたんでしょう。そして毒物の資料は鉄子が先に見つけていた。彼女は薬科大出で、薬品の調合にも詳しかった」

「なぜ、私が関わっていると？」

「蔵の中には写真の現像液で扱うシアン化合物が密閉保存されていた。炭酸カリウムなんかは草木灰《そうもくばい》からも得られる。問題はアセトン。ひとつ、ひっかかることがあった。あなた、銅剣を取り上げる際、アクリル樹脂を使いましたね。普段なら溶剤はトルエンを使うところだ。なのに、わざわざアセトンを取り寄せてましたね。それはなぜだろう、って思ったんです」

このためですね、と忍は問いかけた。

「アセトンは有機溶剤としては割とポピュラーだから、トルエンの代わりに使っても、周りに怪しまれることもない。あなたはそれを由次氏に盛って毒殺したんだ。なぜです。なぜ由次氏を殺したんです」

「……君たちが動いたからだよ」

「えっ」

「由次が君たちを恐れて、今度はぼくを脅し始めた。だから殺した」

いつもの高野からは想像もできないほど暗い口調だった。

「厳谷で君を襲った暴漢が由次だった、とバレてしまったのが痛かった。由次は『借金帳消しはどうなった。八頭は何も言ってこない』とゴネだして、しまいには『なんとかしろ、じゃないと警察に話す』とぼくを脅すじゃないか。あの男は共謀者には向いてない。信用できないと思った」

「脅されたから殺したんですか」

「……いいや、それだけじゃない。孝平殺害の動機は、あくまで由次の借金問題ということにしておきたかった。神宝を手に入れるのが目的だなんて、知られたくなかった」

　つまり口封じしたのだ。その上で由次を捨て石にした。

「孝平殺しの罪を、由次氏になすりつけるため……。そうだったんですね」

　由次が死んだ夜、八頭が借金の返済免除に合意したとの口実で、現場の河川敷に呼び出したのは高野だった。缶コーヒーに青酸ニトリールを混入させ、呑《の》ませた。その毒物は遅効性。高野が去った後、由次は死んだ。

「自分の頭では何も考えられない男だ。弟だと思っても愛着ひとつ感じなかった。孝平といい由次といい、家の名に胡座《あぐら》を掻《か》いて、それを当然と思ってる。こんな奴らですら降矢で八頭なのに。捨てられ無視され認められない自分が惨めでたまらなくなった。こうなったら降矢と八頭を骨までしゃぶり尽くしてやろうと思った。これは私を捨てた両家への報復だ」

「だから殺した？」

　忍が突き放すように言った。

「どんな駄目人間でも、人を殺して平気な者よりは、よっぽどマシだと思いますがね」

「君が動いたのも計算外だ。相良くん。西原くんをうまく利用したつもりだったが、元文化庁だか何だか知らないが、こそこそとよく動いてくれたよ」

「どの道、あなたの手には負えなかったということです。繁雄さん」

　口を挟んだのは、それまで黙って聞いていたミツだった。

「西原さんがいなければ、あなたは神宝には辿《たど》り着けなかったでしょうね」

暗い目をして俯《うつむ》いていた高野は肩を揺らして笑い始めた。

「仰《おっしゃ》る通りです。言いたいことは分かります。さぞ期待はずれだったでしょう？　私は三十年考古学をやってきたが、大した成果も残せていない、しがない行政内研究者です。降矢竹吉のような華々しい才能など、私にはなかった」

「高野さん」

「西原くんのような天性の遺物発掘師《レリック・ディガー》だったら、私を息子と認めましたか。彼の父親のような立派な教授にでもなれるような人間だったら、息子と認めてくれましたか」

ミツは無表情で、高野を見つめるばかりだ。背後には、仏経山の麓《ふもと》の夜景が鈍く瞬いている。その奥に横たわる宍道湖も、今は月すら映さず、闇を映す銅鏡のようだ。

ミツさん、と無量が叫んだ。

「俺なんかと比べちゃ駄目です。俺は掘り当てたってだけで、研究の役にはこれっぽっちも立っちゃいないんです。俺の親父なんか、人の研究の上に胡座を掻いてるただの思い上がりだ。高野さんみたいな地道で堅実な研究者が日々コツコツ成果を積み上げていくから、考古学は前に進む。遺物の発見なんて、ただのキッカケでしかないんです！」

「無量……」

「間違えないでください。竹吉さんが目指したのは、高野さんみたいな研究者っす！」

すると、ミツが静かに口を開いた。

「わかっていますよ。西原さん」

「ミツさん……」

「この子は降矢のために神宝を取り返したのです。苦節六百年、八頭の不当な言い分を許し続けた、南朝の落胤《らくいん》家である降矢に、神宝を。この子は立派な降矢の子です」

ミツはゆっくりと高野に歩み寄っていった。

「私が間違っていました。もう充分です。あなたは自らの手を汚してまで神宝を取り返した。認めましょう。あなたを。私の子であり、降矢の子であると」

「……降矢さん」

「母と呼びなさい。繁雄」

ミツが高野の大きな体に手を伸ばし、静かに抱きしめた。

そう思った次の瞬間――。

くぐもった呻《うめ》きとともに、高野の体がくの字に折れた。無量たちからは死角になっていて、何が起きたのか、分からなかった。高野が崩れ落ちるのを見て、ようやく彼の身に何が起きたのか、わかったのだ。

高野の胸に刃物が刺さっている。

短刀だ。

萌絵が悲鳴をあげた。無量が「高野さん！」と叫んで駆け寄った。抱きかかえようとする無量に忍が鋭く「刃物は抜くな！」と怒鳴った。無量も分かっていて「救急車！」

と叫び、萌絵が即座に「はい！」とスマホを取りだす。傷は肺に達したのか、高野は胸を血で染めて呼吸困難に陥っている。無量は我を忘れて高野を呼び続ける。

「高野さん、しっかりしてください！　高野さん！」

無量は叫んだ。

「なぜですか！　母親なのに！」

「この子は取り返しの付かない罪を犯しました。贖《あがな》いはこの母の手でと」

ミツは凍りついたような表情で倒れた高野を見下ろしている。

「産んではならない子でした。実の父親との間にできた子供など、あってはならぬことでした。産み落とした時、私がこの手で息の根を止めるべきでした」

「なにを言ってるんです。ミツさん」

「蔵の中で、日に日に膨れる自分の腹を見ているのが怖かった。お腹の中でどんどん大きくなるこの子が怖かった……。鬼の子でも宿したような気がして眠れなかった」

「こんなのは贖いじゃありません……。高野さんが自分で償うんでなきゃ意味が」

「……なのにこの子はお腹を蹴《け》るんです。お母さん、ぼくはここにいるよ、ここにいるよ、と訴えるみたいに」

「その子供にはもう、あなたの手でも取り上げられない人生があるんです！」

「……大丈夫。遺言は残してきました。遺留分の他は全て、この子の家族に与えるようにと」

「ミツさん！」

手にしているのは、高野の手にあった方のナイフだ。

ミツは切っ先を首に向け、ひと思いに喉笛《のどぶえ》を刺し貫かんと突き立てた。

間一髪、忍に手首を摑《つか》まれた。揉《も》み合いになった。

「なにをするのです！　離しなさい！」

「聞いてください、ミツさん。高野さんは忌み子ではありません。あなたの父・八頭平《へい》蔵《ぞう》は、あなたの実の父親などではないんです！」

え？　とミツが目を見開いた。

「あなたの本当の父親は降矢竹吉です。平蔵は父親じゃない」

「竹吉義兄《にい》さまが……私の父親⁉」

「ええ。そして竹吉の父親も、平蔵ではない。平蔵の父親・正蔵《しょうぞう》なんです！」

これには無量も意表を突かれた。それは無量も知らない情報だ。

「あなたの両親は、母・八頭栄子と父・降矢竹吉です。それが平蔵に発覚したから、あなたは蔵に閉じこめられたんです。竹吉は実は八頭の次男でした。つまり栄子と竹吉は実の母子《おやこ》だったんです。ゆえに、あなたは……。だからあなたを手込めにしたあなたの父親は実父ではありません。そしてまた竹吉と源蔵は、祖父である正蔵の子だったんです。つまり、平蔵とあなたは伯父《おじ》と姪《めい》ではあるけれど、親子ではない」

「どういう……ことです」

「あなたがたの母・栄子は、夫ではなく義理の父親の子供を身ごもった。それが竹吉と源蔵です。理由は分からない。ただ八頭も降矢も、南朝の血を濃く保とうとするあまり、近親婚が続いたせいで、子供を作りにくい体質が男子に遺伝するようになっていた。八頭の男は若くして前立腺《ぜんりつせん》ガンを発症し、何人も死んでいる。それもあって義理の父親が息子の妻に……」

「では……この子は……」

「無理強いで孕《はら》んだ子供であることに変わりはないから、あなたの心の傷を癒《いや》す事実にはなりません。ただ赤ん坊だった高野さんが殺されずに生かされたのは、もしかしたら正しく八頭の子として家を継がせるつもりだったからかもしれない。平蔵にとって、高野さんは唯一自らの実子です。でもその事実を知る張本人が死んだため、八頭に戻らなかった……戻せなかった。だから！」

茫然《ぼうぜん》とミツは、倒れている高野を見つめた。

そして自分の掌《てのひら》を見た。指先が細かく震え始めていた。

「なんて……こと……」

「……」

「私は……この子を幸せにできたということですか」

「ミツさん」

「家を破滅させる忌み子は、私だったということですね」

再びミツが忍からナイフを取り返そうとして、揉み合いになった。

「駄目です、ミツさん！」

「死なせてください。ならば尚更《なおさら》ここにはいられません。生まれてきてはいけなかったのは、私のほう」

「もういいじゃないですか。なんで生まれてきたかなんて、もうどうでもいい話です。あなたには七十年の人生がある。キッカケなんて何だって！」

「いいえ……いいえ、はなして。私が引き起こしたことです。全ては私の罪です！」

「あなたが死んだって誰も戻っちゃきません！」

「私が殺したのです……！　降矢も八頭も繁雄も、この私が！」

暴れるミツを忍がいきなり抱き竦《すく》めた。

ミツは息を止めた。身じろぎもしないミツを、忍は強く抱きしめた。

無量と萌絵も、目を瞠《みは》った。忍は腕に力をこめ、

「もう終わりにしましょう。八頭も降矢も。過去の因縁を全て背負ってあなたが苦しむことはないんです。ただの家に戻ればいいんです。神器なんて、なかったことにすればいいんです」

「…………」

「南朝の落胤なんて幻です。降矢は名も無き墓守。天の神軍なんかいつまで待っても来やしない。天皇家とのことも出生のことも、みんな土に埋めてしまえばいいんです！」

ミツは嗚咽《おえつ》した。忍の腕の中で声をあげて泣いた。心に溜《た》め続けた七十年分の涙を吐き出すように。

無量と萌絵は、黙ってそれを背中で聞いていることしかできない。

静寂を破って、遠くから救急車のサイレンが近づいてくる。

影絵のような仏経山の右肩に、月が滲《にじ》んでいる。

*

それから間もなくして到着した救急車に高野は運ばれていった。症状は重篤で一刻の猶予もならなかった。搬送には忍が付き添い、萌絵は家族との連絡に追われた。

救急車と入れ違うようにパトカーが到着した。ミツが自ら警察に通報した。

現場はすぐに非常線が張られ、鑑識が乗り込んできた。墳丘墓一帯は深夜にも拘《かか》わらず、一気に騒然となり始めた。警察官に伴われて去っていくミツに、声をかけたのは萌絵だった。

「降矢さん……。あの」

すると、ミツが足を止めた。

「あなた、永倉さんと仰《おっしゃ》ったかしら。むつみを助けてくださったそうですね。この通り、心から礼を言います」

「そんな……。私たちはただ」

「私の願いはただ、むつみが幸せになってくれることだけです。九鬼《くき》さんによろしく」

萌絵は言葉が出てこない。最後にミツは無量を振り返った。

「あなたがたが捜すもうひとつのものは、法久寺に預けてあります。私がむつみに指示して持ち出させました。『竹吉』は降矢の大切なものを奪う、壊される前に隠せ、と」

青銅の髑髏《どくろ》のことだ。

驚いている無量と萌絵に、ミツは告げた。

「でもそれは方便。青銅器研究を専門にしているあの子が、壊すはずもなかった。……私は取り返したかったのです、先祖の首を。あの髑髏は当家に伝わる『出雲古記』に記された矢牟矢毘古命の首ですね。本当なら厳谷で竹吉義兄さまが発見するはずでした」

「するはずだったって……それじゃ、竹吉さんが厳谷で掘っていたのは」

「ええ。振根の首を探したのだと思います。亡くなる数週間前に、最後の発掘を行っていたはずです。GHQはそれを見て、神宝を埋めたと勘違いしたのでしょう」

「待ってください。では進駐軍に死者が出たというのも、まさか」

「わかりません。ただ……。研究所で開発された青酸ニトリールの試作品が当家に持ち込まれていたとしても不思議ではありません」

無量と萌絵はゾッとした。

つまり厳谷を発掘した米軍部隊が、原因不明の死者を出して中断したというのは、祟《たた》りなどではなく、日本軍が開発した毒物による……。

「なんてことを……」

「竹吉義兄さまは、その数日後に自決しました」

ミツには「自決」の理由が分かっていたのだ。

「父親と聞いても、実感は湧きませんが、私にとっては兄代わりでした。源蔵《げんぞう》兄さま亡き後も、私を気遣うようによく訪れてきては一緒に遊んでくれました。自決する前日、小さな私をおぶって仏経山に登った。大きな岩のもとに土を掘って小さな箱を埋めていました。これはぼくの宝物だよ、って」

「宝物……」

「よく庭で宝探しと言いながら、埋めた貝を探す遊びをしていたので、幼い私はそれも何かの遊びかと思いました。一緒に箱を埋めた後で岩の上にあがった。美しい夕焼けに染まる雲が美しかった。夕陽に輝く出雲平野を眺めて、義兄さまは言った。この土地はおまえが守るんだよ、と。ずっとずっと守るんだよ、と」

いま思えば、それは父から娘への遺言だった。

そしてミツの胸には、あの日の約束がずっと刻まれていたのだ。後に母の不義が発覚し、蔵に監禁され、身も心も傷つけられ、憎むべき父の死後、降矢の嫁に入った後も、ずっと。憎い八頭から神宝を取り返すことを一生の宿願としながら、竹吉の言葉だけをずっと、心の寄る辺としていた。

「矢牟矢毘古命――出雲振根の髑髏は、当家の社で密《ひそ》かに祀《まつ》るつもりでしたが、まがりなりにも行政発掘で出した出土品ですから、当家の所有物とするわけにはいかないのでしょうね」

「ミツさん……」

「………。元々地権者は八頭ですし。非常に貴重な出土品ですから、たぶん、何らかの文化財指定を受けるんじゃないかと」

国の重要文化財か、場合によっては国宝もあり得る。

ミツは少し口惜しそうな顔をした。降矢家が先祖のものと主張したところでそれは「学説」のひとつに過ぎないわけだ。

「でも、謂《い》われを後世に伝えていくのも、私たちの仕事だと思っています」

と萌絵が横から言い足した。

「歴史に埋もれさせないよう。忘れられないよう」

「ありがとう。永倉さん、西原さん。あなた方のような頼もしい若い人たちが、竹吉の遺志を継いでくだされば、きっと竹吉も喜んでくれると思います。後は頼みましたよ」

そう言い残すと、ミツは少しだけ微笑んで、仏経山の右肩に滲む月を見上げた。

「あの山から見る七色の彩雲は、本当に美しかったわ……」

降矢家の当主は、警察官に促されて駐車場で待つパトカーへと乗り込んでいった。無量と萌絵はやりきれない思いで見送った。名門・降矢の女傑を乗せたパトカーは、暗い夜道を警察署へ向かって走り去っていった。

無量が、堪《こら》えきれなくなったように傷を押さえてかがみこんだ。

「西原くん！　大丈夫⁉」

見れば、服から血が滲んでいる。無理をして傷が開きかけているようだった。今までずっと耐えていたに違いない。無量を抱きかかえた萌絵は、慌てて現場検証中の警官に言った。

「すみません！　急いで病院に戻らないといけないので、車に……、きゃっ！」

無量が突然、萌絵の腕を摑《つか》んで引き寄せた。そのまま、萌絵の肩に顔をうずめて、うずくまってしまう。

「……悪い。少しこのままで……」

「西原くん」

顔をうずめる無量の肩が小刻みに震えていた。「泣いてるの？」と訊《たず》ねたが、無量はかぶりを振り、答えなかった。嗚咽を押し殺しているのだと分かった。

萌絵は一緒にしゃがみこんだまま、そうっとその背中を抱きしめた。

赤色灯が墳丘墓を照らしている。

出雲の夜空は厚い雲に覆われ、いつしか月も姿を隠していた。

ミツから託された神宝は今、無量の懐にある。

右手が熱を発している。痛むのは高野に刺された傷ではなく、ひたすら右手なのだ。

──出雲の魂なんだ。
誰かが囁《ささや》いた。
でもそれは風の音なのだ。
──おまえが守っていくんだよ。

私たちの肉体は滅びるが、この声を残していくよ。
英霊にはなれなかったが、魂はこの山にいるよ。
おまえが守っていくんだよ。ミツ。
八雲立つ、故郷《ふるさと》。
この地に埋もれるものたちを。
その想いを。

終章

巌谷の発掘調査が終了した。

出土した遺物は、銅剣八十七本と青銅の髑髏《どくろ》。残念ながら、銅剣は荒神谷遺跡の三百五十八本には遠く及ばなかったが、それでも大量埋納であることに変わりはない。埋納形式も荒神谷とそっくりだったことから、来年度の追加調査も決まり、まだまだ新たな発見が期待できそうだ。

神立南墳丘墓の発掘調査も、終盤にさしかかっていた。

出雲振根のものかもしれない四隅突出型墳丘墓からは、筑紫《つくし》産と見られる土器や鉄器類も発見され、いよいよ築造年代も明らかになりそうだ。

だが、それらの発掘現場に、高野繁雄《たかのしげお》の姿はなかった。

＊

「〝報告は以上です。永倉萌絵《ながくらもえ》〟……と。レポート完成。あとは送信」

宿舎でノートパソコンに向かっていた萌絵は、一仕事終えて両腕を上に伸ばした。お茶でも飲もう、と階下に下りた萌絵を迎えたのは、風呂《ふろ》上がりの鍛冶《かじ》だった。

「よう、永倉ちゃん。レポート終わったかい？　ビールでも飲むか」

「おっ。いいですね。喜んで」

萌絵の研修も無事終了だ。発掘の中断やら何やらアクシデント続きで、一時はどうなることかと思ったが、蓋《ふた》を開けてみれば充実の研修内容だった。鍛冶の指導は噂通りのスパルタだったが、萌絵の根性は評価され、今では「専属の助手にならないか」と誘われるくらいだ。

コップに注いだ瓶ビールで乾杯し、一息に飲み干した。

「相変わらず、いい飲みっぷりだねえ。永倉ちゃん」

「いえいえ。師匠こそ。いろいろあったけど、なんとか終わりましたね」

「こんなに落ち着きのない発掘は二度とごめんだよ。……しかし、高野くんのことは、残念だった」

「はい。私もいまだに信じられません。高野さんが犯人だったなんて……」

降矢《ふるや》ミツに刺された高野は、かろうじて一命をとりとめた。

全治二ヶ月の重傷だったが、意識も戻り、間もなく一般病棟に移る。容態が安定次第、警察の事情聴取が始まるとのことだ。萌絵は病院で、高野の妻と娘とも会っていた。何が起きたのか教えてくれ、と乞《こ》われ、萌絵は取り調べを待ってからのほうがいいと一度は断ったが、どうしてもと涙ながらに哀願されて、仕方なく、大筋だけ、話した。

「お父さんがこんなことをするなんて、信じられないって。家では本当にいいお父さんだって言って、とてもショックを受けてました。気の毒に」

「生真面目な人だったから、思い詰めてしまったんだろうな。いろいろと……」

若い頃は苦学生だった。自分の家族を得て、ようやく幸せな暮らしを手に入れた高野は、自分の親兄弟のせいで妻と娘が苦労させられているのが耐えられなかったのだろう。

「誰か、相談できる人でもいれば、また違ったのかも知れないが……。残念だよ」

降矢ミツは、高野を刺傷した罪で逮捕起訴された。

降矢鉄子《てつこ》も、殺人未遂の容疑で警察に連行された。

あの名門・降矢家から逮捕者がふたりも出たことは、地元の氏子たちに衝撃を与えた。事件の顛末《てんまつ》が解明されるのはこれからだが、悲劇の発端が半世紀以上前にあることを思えば、なんとも切なく胸が塞《ふさ》がれる。

「亀石《かめいし》くんも心配してただろう。自分とこの発掘員がこんなことに巻き込まれて」

「はい。西原《さいばら》くんが怪我した時は引き揚げさせることも考えたみたいですけど、最後までやるって西原くんが」

「まあ、作業中の事故なら労災認定もおりるが、仲間の調査員に刺されるなんて、想定してないだろうからな……。無量《むりょう》もつらいだろう」

無量の怪我は順調に快復へ向かっている。発掘作業には加われなくなったが、アドバイザーとして現場には立っていた。だが、さすがに精神的ダメージが大きかったようだ。しばらくは塞ぎ込んで、ろくに食事も摂《と》らなかった。

「青銅器の鋳型を見つけたのは文句なくお手柄だった。それこそ高野くんが待ち望んでいた発見だったろうに」

「ですね……。一番喜んでたのも高野さんだったから、西原くんもつらいと思います」

あの無量が珍しくなついていた。傍目《はため》からも意気投合しているのが分かった。彼が現場の調査員に心を開くなんて珍しいから、余計にダメージだったろう。利用された挙句、刺されたのだ。高野の悪意もショックだったろうが、その背景を思えば責めるに責められない。そう思う無量は、気持ちのやり場がなく、塞ぎ込むしかなかった。

「そういえば、青銅の髑髏のほうはどうなりました？」

「ああ。県の教育委員会で管理することになったそうだ」

行方不明になった青銅の髑髏はその後、無事見つかり、文化財センターに戻された。やはり、むつみが八頭の蔵で保管していたという。

ミツの指示でセンターから無断で持ち出したむつみは、当然処分を受けることになったが、事情を鑑《かんが》みて減給のみに止まった。実は忍《しのぶ》が文化庁時代の知り合いに掛け合ったおかげなのだが、むつみたちは知る由もなく、告げる必要もなかった。

「鋳型と一緒に県の歴史博物館で公開すると決まったらしい。無量は大した奴だよ。なんだかんだ言って結果を出してる。もう瑛一朗《えいいちろう》氏にこだわることはないと思うんだが」

「結果を出すからかえって色眼鏡で見られる……って、本人は思ってるみたいです。むずかしいですね」

萌絵はつまみのイカにかじりついて無量を想った。

「無量のこと、よろしく頼むよ。永倉ちゃん」

「えっ。それどういうイミですか」

「マネージャーなんだろ。無量の」

「あ、ああ、そういう意味ですか」

深い意味でないのはよく分かっている。

まあ、そのマネージャーの座も忍のおかげで大変危ういのだが……。どころか、このままでは自分も忍の助手と化してしまいそうで怖い……（それはそれで物凄《ものすご》い誘惑を感じる。忍と一緒にいると、なんだかんだでドキドキする。ぶっちゃけ時々見とれている）。

「ははは。また無量を連れて研修に来なさい。またエンピ投げ鍛えてやるから」

屈託ない鍛冶の笑顔が萌絵には有り難かった。

姉のような気持ちで無量を思いやりつつ、気がつくと、やっぱり目が追ってしまう。あの時抱きしめた無量の体は、驚くほど熱を帯びていた。その熱がいまだに萌絵の体に染みついていて、彼に向かう気持ちは強くなるばかりだ。

「鍛えよう」

萌絵は食堂の蛍光灯を見上げてひとりごちた。

どんどん走っていく無量についていけるように。追いつけるように。

今度こそ守ってあげられるように。

＊

その夜、無量は思いがけない男から食事の誘いを受けた。

九鬼《くき》だった。

出雲市街の焼鳥屋だ。もうもうと煙に巻かれながら、座敷のテーブルを挟んで一緒にビールを飲んでいる。

「おごりだ。喰《く》え。おまえに借りを作ったまま帰すのはなんか悔しい」

「……その七味、毒とか入ってないすよね」

不信感丸出しの無量を、九鬼はたしなめた。塞ぎ込んでいた無量を気にかけていたのは、どうやら萌絵たちだけではない。今度の事件では九鬼なりに思うところがあったようで、どういう風の吹き回しか、最後にサシで呑《の》もうと言い出した。

「むつみさん、あれからどうしてます？」

今回の事件で一番ショックを受けたのは、むつみだった。落ち込み方は半端ではなかった。一時期は頰がこけるほど瘦《や》せてしまい、周りが心配したほどだ。

「降矢んちも、あんなことになっちゃって大変だ。まあ、悪意の徒が捕まったのは幸いだけどな」

その後、九鬼は一度だけ高野のもとに面会に行ったという。集中治療室でろくに時間もなく、多くは話せなかったが、高野は由次《よしつぐ》殺しの罪を鉄子に着せるつもりでいたようだ。事によっては殺すことも考えていたという。なぜ、と問うと、むつみを守るためだと筆談で答えた。

「むつみに鉄子の企《たくら》みを漏らす匿名電話を入れたのも、高野さんだったらしい。でもなんで、あいつだけ特別扱いだったのか」

「……むつみさんが、同じ研究者だったからじゃないすか」

煙の向こうから無量が言った。九鬼は「え」とジョッキを口の前で止めた。

「高野さん、後輩のむつみさんを頼もしく思ってたみたいす。降矢と八頭の人間で唯一、素直に思い入れできる存在だったんじゃないすかね」

「降矢竹吉《たけきち》、高野繁雄、降矢むつみ……か。思えば、血脈みたいなので繋《つな》がってたのかもしれんな。考古学っていう縦糸で」

そのむつみには、イタリアでの海外研修の話が舞い込んだ。むつみは応じることにしたという。少しこの土地から遠ざかりたいという彼女の気持ちもよく分かる。

「……最低二年とか言ってたが、ま、そのほうがいいさ。気持ちの切り替えにもなる」

「いいんすか。ひとりでいかせちゃって」

「なんだと」

「ついてったらいいじゃないすか。惚《ほ》れてるんでしょ」

生意気な奴め、と九鬼は眼鏡のブリッジを指で押し上げ、モツの串《くし》にかじりついた。

「待つ男ってのも悪くないさ」

「かっこつけちゃって。悠長かましてる間にイタリア人の色男に持ってかれて、涙目がオチでしょ」

「おまえ本当に可愛くないな。性格ねじまがってるんじゃないのか」

無量はどこ吹く風でトマトをかじっている。九鬼は呆《あき》れたが、気を取り直し、

「……まあ、その、いろいろ変なこと言って悪かったな。おまえとじーさんは、そもそも関係ありゃしないのに」

無量は目を丸くした。あのひねくれ屋がやけに殊勝な台詞《せりふ》を吐いたので驚いた。

「むつみの言った通り。西原瑛一朗は俺にとって目標であり、憧《あこが》れでもあった。それだけにあの事件はきつかった。だからって、おまえに言いがかりつける理由にはならん」

「やめてください。九鬼さんに下手に出られると、後が怖い」

「馬鹿。素直に謝ってやってんだから素直に聞け。あの人はな、権威って鬼に食われちまっておかしな方向にいっちまったが、素晴らしい腕の持ち主だったことは間違いないんだ。おまえが全否定したくなる気持ちも分かるし、誇りに思えと言うつもりもないが、あの人は今も俺の目標なんだ。今も、な」

こんな奴は日本に一人しかいないだろうが、と呟《つぶや》いて、焼き鳥の煙が目にしみたよう

に九鬼は顔を伏せた。しんみりしてしまう九鬼を見て、無量も串を口に運ぶ手を止めた。

「それだけ言っときたかった。おまえは胸張って発掘しろ。高野さんの分も」

「実測図」

と無量が呟いた。え？　と目を上げる九鬼へ、

「俺、昔っから苦手なんすよね。特に石鏃《せきぞく》。あのリングとフィッシャーの重複関係とか、描いてるうちにわけわかんなくなっちゃう……。今度教えてくれませんかね」

これには九鬼も驚いた。無量は照れ隠しのようにしじみの佃煮《つくだに》をつまみ、

「実測図の描き方のコツ。今度じっくり教えてくださいよ」

「こいつ……」

九鬼は苦笑いした。

「おう。教えてやる。みっちりと。但し、鍛冶さん以上にスパルタだぞ」

「お手柔らかに」

手羽先にかじりつきながら、ふたりは夜遅くまで焼き鳥の煙に巻かれていた。

赤提灯《ちょうちん》が出雲の夜風に揺れていた。

＊

出雲での最後の休日は、朝から強い陽差しが照りつけていた。無量と萌絵と忍の三人

は、お礼参りのつもりで出雲大社へと参拝に訪れた。

「西原くん、ハトいるよハト。好きでしょ、ハトー」

萌絵が鳥居のそばで手を振っている。手水舎《ちょうずや》で身を清めた無量と忍は、萌絵の明るい声に圧倒されっぱなしだ。

「別に好きくねーし。その前にお詣《まい》りだろ。どんだけはしゃいでんだよ」

「はは。いいんだぞ、無量。遠慮しないでハトにエサやってこいよ」

「忍まで……」

例年より早く梅雨明けした七月の土曜日。雲ひとつない快晴で、今日も暑くなりそうだ。強い陽差しに松林も青々と輝き境内に敷き詰められた玉砂利がますます眩《まぶ》しい。抜けるような青空の下、セミたちが賑《にぎ》やかに啼《な》き競い、団体の参拝客が扇子であおぎながらガイドの説明に聞き入っている。

出雲での思い出にどこかへ出かけよう、と言い出したのは忍だった。少し早い夏休み気分でドライブに出かけることになった。

三人は拝殿の巨大注連縄《しめなわ》の下で参拝を済ませた。無事、厳谷の発掘が終わった報告だ。ただ全く「無事」かというと、そこは疑問だ。修復中の建屋が少しずつ取り払われ、だいぶ姿を現し始めた御本殿の屋根を見上げる無量の表情は、いまだ複雑だった。

「なになに？　縁結びのお願い？　もーやだ。西原くんったら。わかってるって」

「あんたなんか勘違いしてるでしょ」

出雲大社を後にした三人は、日御碕《ひのみさき》まで足を延ばし、灯台登りや岩場遊びを楽しんだ。

無量は怪我を抱える身なので眺めているだけだったが、忍と萌絵が子供みたいにはしゃいでいるのを見ると、なんだかこちらが保護者みたいな気分になってしまう。

「西原くーん、焼きイカ買ってきたよー」

萌絵は相変わらず屈託ない。

自分を気遣ってわざと盛り上げているのだろうが、暗い事件の後で、その笑顔がやけに眩しかった。

一日磯遊びを楽しんだ無量たちは、夕暮れの稲佐の浜に立ち寄った。以前、萌絵とやってきた海岸だ。

すでに陽は落ちて海水浴客も帰り、浜は静けさを取り戻していた。白い砂浜にぽつりと目立つ大きな岩が「弁天島」だ。夕焼けを背にそのシルエットが浮かび上がっていた。

涼しい海風が吹いている。

砂には真昼の灼熱《しゃくねつ》の余韻がまだ残っている。ざくざく踏みながら岩へと歩いた。

「きれいな夕焼けだな……」

三人は波打ち際に立った。

打ち寄せる波の音が穏やかだ。猛暑に炙《あぶ》られた肌を癒《いや》すようだ。

「子供の頃を思い出すな。無量。夏休み、一緒にいわきの海岸に海水浴に行った」

「ああ。忍のおふくろさんと妹さんも一緒だった」

「夕方になってもなかなか帰りたがらなくて、泣いてゴネたよな。おまえ」

その時の記憶を辿《たど》るように、忍は砂まみれになるのも厭《いと》わず、仰向けに寝転がった。無量も隣に座り込んだ。萌絵はまだ遊び足りないのか、裸足《はだし》になって波打ち際で波と戯れている。

「大変だったな。無量」

「おまえも。いろいろありがとう。忍がいてくれてよかった」

ひとつ疑問だったんだけど、と無量が言った。

「おまえ、源蔵《げんぞう》と竹吉が祖父の子供だったって、どこで知ったの？　源蔵の日記には書いてなかったはずだけど」

「降矢の蔵に手紙が残ってた。栄子《えいこ》あての竹吉の手紙が。たぶん自決の直前に書いたんだと思うが、投函《とうかん》はできなかったんだろう。自分が八頭の子と知って、栄子に真偽を確かめた時に全て聞いた、というようなことが書かれてあった」

栄子自身、ミツを孕《はら》んだ時に堕胎という選択肢もあっただろうが、そうはしなかったところに彼女の心の深い混沌《こんとん》を感じる。禁断と知りながら、竹吉の行いを呑《の》み込んだのは、産んですぐに引き離され、乳すらやれなかった我が子への、倒錯や屈折の一言では片づけられない母ゆえの情愛が根底にはあったのかもしれない。

もう赤子ではない竹吉にその乳を含ませて、自らの手に抱ける悦《よろこ》びが、もしかしたら栄子にはあったかもしれず……。

「栄子は実兄を日中戦争で亡くしてる。いつか戦争で奪われるかも知れない我が子を、そうやって躰《からだ》の底で繋《つな》ぎ止めようとしたのかもしれないな……」

悼むような忍の言葉を聞きながら、無量は切ない瞳《ひとみ》をしている。

「………。自分が明日《あした》死ななきゃならないってのは、どんな気分なんだろう」

無量はあれからしばらく竹吉の気持ちが抜けなくて、困っていた。桜花という、名は美しく儚《はかな》い、だがその名の通りの特攻兵器は、彼にとって自分が眠る棺桶《かんおけ》のように見えただろう。

出撃当日に終戦し、「助かった」「明日もまた生きられる」と竹吉だって思ったはずだ。愛する者にまた会えると喜んだはずだ。でもそんな素直な喜びにすら罪の意識を感じたのだろう竹吉が、無量には切ない。

「俺に鋳型を見つけさせ、神宝を掘らせたのは、やっぱり竹吉だったのかな……」

そうしてまた気持ちを竹吉に持っていかれている無量を見ると、忍のほうこそ源蔵の気持ちが重なって切ない。断ち切ってやるように「そうだ」と起きあがった。

「そういえば今朝、鶴谷《つるや》さんからメールが来たよ」

「鶴谷さんから？」

いつの間にかやりとりをしていたらしい。鶴谷暁実《あけみ》はノーフォークのマッカーサー記念館でGHQの資料にあたってくれていた。その結果報告だった。

「厳谷について直接触れた資料はなかったみたいだが、登戸の旧陸軍研究所の調査資料が見つかったって。米軍は所員に持ち出された資料を捜索していたようだ。その流れで『フルヤを調べろ』という通達があったらしい」

「降矢を？」

「ああ。僕も最初は、進駐軍が動いたのは略奪文化財の調査と思っていたんだが、散逸した兵器開発の資料を捜していたのかもしれない。対生物兵器の試作品コードネームが〝shimpo〟だったんだ」

「降矢の蔵にあったっていう、あれか」

「厳谷を掘ったのも、兵器開発の資料や試作品を竹吉が手に入れて、埋めたと解釈したのかもな。自称天皇の竹吉はマークされてただろうし、試作品でテロでも起こされたらマズいと思ったんだろう。ただ、何が真の目的だったのかは結局、闇の中だ」

その米軍も厳谷発掘では死傷者を出している。だが被疑者が自決したのと、英国軍とトラブルになったのとで、それ以上の調査は中断されたようだ。そうこうするうちに進駐軍は引き揚げている。

無量は険しい顔になった。忍は赤く染まる雲を見上げながら、

「神国日本を否定したい進駐軍にとって、八尺瓊勾玉《まがたま》なんて真っ先に破壊対象だろう。でもＧＨＱもしたたかで、結局は天皇家をなくさず、利用して統治するという方針だったから」

「あれでよかったのかな……」

無量が膝《ひざ》を抱えて呟《つぶや》いた。忍は空を見上げ、

「あれでよかったのさ。きっと」

ミツに託された「神宝」は、その後、無量が自分の手で仏経山の磐座《いわくら》に埋め戻した。

出土品として発表できるような経緯ではなかったし、誰のものであるかと言えば、誰のものでもない。天皇家にはすでにちゃんと「八尺瓊勾玉」があるだろうし（大事なのは偽物か本物かではなく「そこ」に「それ」があることなのだろう）玉藻鎮石として世に出す手もあったが、それをするのは自分の仕事ではないと無量は思ったのだ。

在処《ありか》を知るのは、無量たちの他は、高野だけだ。

「神宝をどうするかは、高野さんが罪を償い終えた時、彼自身が決めればいい」

「……………。あの時、高野さんは俺を殺そうと思えば殺せたんだ」

無量は潮騒を聞きながら、切ない瞳をした。

「咄嗟《とっさ》に手が鈍ったのかもしれないけど、考古学をやれって。逃げるなって。道を通してくれた。あれがあの人の本当の姿なんだって、思いたい」

忍はようやく抜糸したばかりの無量の腹のあたりを見た。

「刺されたっていうのにお人好《よ》しなんだからな。もっと怒ってもいいのに。……おまえはどっちを選ぶんだ、無量。将来、研究をするつもりなら、そろそろ、古生物と考古学、どっちの道に進むか、決めた方がいいんじゃないか」

「うん……。そうなんだろうけど」

遠い目になる。

　高野の家族が介護していた両親は、介護施設が引き受けることになった。八頭《やがしら》家の親族が口を利いたようで、高野の兄弟たちも八頭から叱責《しっせき》を受けては動かないわけにいかなかった。息子の孝平《こうへい》を殺された八頭だったが、原因の一端が自らにもあることを認めたのだろう。尤《もっと》もそれはマスコミが「八頭家のお家騒動」などと騒いだせいで、選挙活動を控えた八頭宗平《そうへい》の実弟が慌てて、火消しをするために仕込んだパフォーマンスでもあるのだが。

「あれおまえじゃないの？　忍」

　無量が言った。

「マスコミに派手に盛った話、吹き込んだの、おまえなんじゃないの？」

「俺じゃないよ」

「ほんとに？」

「しないしない」

　忍は目を合わせようとしない。

　そこへ萌絵が戻ってきた。手に海藻を持っている。

「西原くん、メノハメノハ」

「なんだよ。メノハって」

「出雲弁でワカメのこと」

「あ、こら。かぶせんなよ」

「……あ、メールきてる」

萌絵のスマホに届いたのは、九鬼からのメールだった。

「すごい。あの髑髏《どくろ》の復顔が終わったって……！」

博物館での展示に合わせて、青銅の髑髏の原型になった頭骨から復顔を行っていたのだ。うまくいけば、頭骨の持ち主の――出雲振根かもしれない人物の容貌が判るかもしれない。復顔師から届いたという画像を見て、萌絵は「あ！」と声をあげた。

「西原くん、見て！　この顔！」

画面を覗《のぞ》き込んだ無量と忍も「これは」と言葉を呑み込んだ。

復元されたその顔は――。

高野繁雄にそっくりだったのだ。

「そうか……。あの人は正しく、出雲王の子孫だったのかもしれないな」

遥かな時を超えて、彼の肉体に束の間、集まったのかもしれない。

出雲振根とよく似た遺伝子が。

「ミツさんは、高野さんが考古学の研究者だって知って、本当は嬉《うれ》しかったんじゃないかな」

そのミツは、何十年か前にすでに、赤子が生きていることを密《ひそ》かに知らされていたらしい。忍が面会に行って、話を聞いてきた。

――家族は難しゅうございますね。

ミツの言葉が、無量の心にこだました。

――心の奥では片時も忘れず想っておるものです。

――伝わらないのは、哀しいことですわね。

そんなことはない、と無量は思った。本当は胎内にいる時から伝わっていたのだろう。だから高野は考古学の道に進んだ。

海風が吹いている。

萌絵がスマホをカバンに戻し、無量の後ろから飛びついた。

「うっお、イッテ！　何すんだよ！」

「西原くん、鬼ごっこしようか？」

「はあ？」

「かくれんぼでもいいよ」

「このバカ広い砂浜でどこに隠れんだ。あ、ちょ……っ。こら！　つめて」

無量の腕を引いて波打ち際に連れ込んだ萌絵が、波を蹴《け》りあげ、無量に水飛沫《しぶき》をかけた。夕暮れの海で大きな犬のようにじゃれあうふたりを、忍は感慨深そうに眺めている。

「なかなかいいコンビじゃないか」

その忍のスマホにもメールが着信した。見ると、英文が並んでいる。

差出人は「ＪＫ」。

忍の表情から笑みが消え、硬い表情になったが、すぐに小さく微笑んでメール画面を消した。今は無量たちといる時間を満喫したかった。

「国来《くにこ》、国来、か……」

この浜は国引き神話の舞台でもある。ここから続く海岸線は、国引きの時に綱になった。この綱の先に島をくりつけ、引き寄せて島根ができた。国譲り神話の舞台でもある。高天原から下りてきた使者・建御雷命《たけみかづちのみこと》と大国主命が国譲りの交渉をした場所だ。

そして、神在月《かみありづき》（十月）に八百万《やおよろず》の神々がやってくる浜でもある。

沖は赤く昏く燃えている。その向こうから神々が押し寄せる幻想を心に思い浮かべて、忍は潮風に吹かれてみた。

「相良《さがら》さーん。西原くんがすごいの見つけた」

萌絵が呼んだ。

波打ち際で何を見つけたのか。砂を掘る無量と萌絵が手招きしている。宝物発掘師《トレジャー・ディガー》の右手が、また何か見つけた。

忍は微笑み、駆け寄っていった。

主要参考文献

『発掘調査のてびき』 文化庁文化財部記念物課 監修 同成社
『西谷墳墓群 平成14年~16年度発掘調査報告書』 島根県出雲市教育委員会
『荒神谷遺跡 銅剣発掘調査概報』 島根県教育委員会
『荒神谷遺跡発掘調査概報(2) ―銅鐸・銅矛出土地―』 島根県教育委員会
『荒神谷遺跡 出雲に埋納された大量の青銅器』 足立克己 同成社
『出雲国風土記』 加藤義成 校注 松江今井書店
『古代出雲』 門脇禎二 講談社学術文庫
『出雲の原郷 斐川の地名散歩』 池田敏雄 斐川町役場
『文化財の社会史 近現代史と伝統文化の変遷』 森本和男 彩流社
『歴史に語られた遺跡・遺物 認識と利用の系譜』 桜井準也 慶應義塾大学出版会
『闇の歴史、後南朝 後醍醐流の抵抗と終焉』 森茂暁 角川選書
『英連邦軍の日本進駐と展開』 千田武志 御茶の水書房
『陸軍登戸研究所の真実』 伴繁雄 芙蓉書房出版

『発掘で探る縄文の暮らし　中央大学の考古学』　小林謙一　中央大学出版部
『出土遺物の応急処置マニュアル』　ディビッド・ワトキンスン　バージニア・ニール　柏書房

取材にご協力いただいた出雲の皆様に、心より御礼申し上げます。
ありがとうございました。

本書は、二〇一二年十二月に刊行された小社単行本『出雲王のみささぎ　西原無量のレリック・ファイル』を改題の上、文庫化したものです。

遺《い》跡《せき》発《はつ》掘《くつ》師《し》は笑《わら》わない

出雲王《いずもおう》のみささぎ

桑原《くわばら》水《みず》菜《な》

平成27年 4月25日　初版発行

発行者●堀内大示

発行所●株式会社KADOKAWA
〒102-8177　東京都千代田区富士見2-13-3
電話　03-3238-8521（営業）
http://www.kadokawa.co.jp/

編集●角川書店
〒102-8078　東京都千代田区富士見1-8-19
電話　03-3238-8555（編集部）

角川文庫 19125

印刷所●旭印刷株式会社　製本所●株式会社ビルディング・ブックセンター

表紙画●和田三造

ISBN978-4-04-102298-6　C0193

角川文庫発刊に際して

角川源義

第二次世界大戦の敗北は、軍事力の敗北であった以上に、私たちの若い文化力の敗退であった。私たちの文化が戦争に対して如何に無力であり、単なるあだ花に過ぎなかったかを、私たちは身を以て体験し痛感した。西洋近代文化の摂取にとって、明治以後八十年の歳月は決して短かすぎたとは言えない。にもかかわらず、近代文化の伝統を確立し、自由な批判と柔軟な良識に富む文化層として自らを形成することに私たちは失敗して来た。そしてこれは、各層への文化の普及滲透を任務とする出版人の責任でもあった。

一九四五年以来、私たちは再び振出しに戻り、第一歩から踏み出すことを余儀なくされた。これは大きな不幸ではあるが、反面、これまでの混沌・未熟・歪曲の中にあった我が国の文化に秩序と確たる基礎を齎らすためには絶好の機会でもある。角川書店は、このような祖国の文化的危機にあたり、微力をも顧みず再建の礎石たるべき抱負と決意とをもって出発したが、ここに創立以来の念願を果すべく角川文庫を発刊する。これまで刊行されたあらゆる全集叢書文庫類の長所と短所とを検討し、古今東西の不朽の典籍を、良心的編集のもとに、廉価に、そして書架にふさわしい美本として、多くのひとびとに提供しようとする。しかし私たちは徒らに百科全書的な知識のジレッタントを作ることを目的とせず、あくまで祖国の文化に秩序と再建への道を示し、この文庫を角川書店の栄ある事業として、今後永久に継続発展せしめ、学芸と教養との殿堂として大成せんことを期したい。多くの読書子の愛情ある忠言と支持とによって、この希望と抱負とを完遂せしめられんことを願う。

一九四九年五月三日

角川文庫ベストセラー

遺跡発掘師は笑わない
ほうらいの海翡翠
桑原水菜

永倉萌絵が勤める亀石発掘派遣事務所には、絶対的エースがいる。世紀の発見を繰り返し、天才発掘師と名高い西原無量、その人だ。奈良の古墳から出土した宝玉をめぐり、無量たちの周囲に暗い影が迫る！

Another (上)(下)
綾辻行人

1998年春、夜見山北中学に転校してきた榊原恒一は、何かに怯えているようなクラスの空気に違和感を覚える。そして起こり始める、恐るべき死の連鎖！名手・綾辻行人の新たな代表作となった本格ホラー。

図書館戦争
図書館戦争シリーズ①
有川浩

2019年。公序良俗を乱し人権を侵害する表現を取り締まる『メディア良化法』の成立から30年。日本はメディア良化委員会と図書隊が抗争を繰り広げていた。笠原郁は、図書特殊部隊に配属されるが……。

朧《おぼろづき》月市役所妖怪課
河童コロッケ
青柳碧人

希望を胸に自治体アシスタントとなった宵原秀也は、赴任先の朧月市役所で、怪しい部署に配属となった。妖怪課——町に跋扈する妖怪と市民とのトラブル処理が仕事らしいが!? 汗と涙の青春妖怪お仕事エンタ。

カブキブ！1
榎田ユウリ

歌舞伎大好きな高校生、来栖黒悟の夢は、部活で歌舞伎をすること。けれどそんな部は存在しない。そのため、先生に頼んで歌舞伎部をつくることに！まずはメンバー集めに奔走するが……。青春歌舞伎物語！

角川文庫ベストセラー

ピンクとグレー　加藤シゲアキ

12万部の大ヒット、NEWS・加藤シゲアキ衝撃のデビュー作がついに文庫化！　ジャニーズ初の作家が芸能界を舞台に描く、二人の青年の狂おしいほどの愛と孤独。各界著名人も絶賛した青春小説の金字塔。

つれづれ、北野坂探偵舎　心理描写が足りてない　河野　裕

異人館が立ち並ぶ神戸北野坂のカフェ「徒然珈琲」にはいつも、背を向け合って座る二人の男がいる。一方は元編集者の探偵で、一方は小説家だ。物語を創るように議論して事件を推理するシリーズ第1弾！

芙蓉千里　須賀しのぶ

明治40年、売れっ子女郎めざして自ら「買われ」、海を越えてハルビンにやってきた少女フミ。身の軽さと機転を買われ、女郎ならぬ芸妓として育てられたフミは、あっという間に満州の名物女に——!!

今日から㋮王！　魔王誕生編　喬　林　知

正義感あふれる野球小僧の渋谷有利は、ごく普通の高校生。ところが（なぜか！）物理的法則を無視して水洗トイレから異世界へ流され、気がつけばそこで魔族を統べる王——「魔王」に指名されてしまった!?

うちの執事が言うことには　高　里　椎　奈

烏丸家の新しい当主・花穎はまだ18歳。誰よりも信頼する老執事・鳳と過ごす日々に胸躍らせ、留学先から帰国したが、そこにいたのは衣更月という見知らぬ青年で……。痛快で破天荒な上流階級ミステリー！